Kathrin Schumann

Tagebuch einer Geliebten

Ein Roman über Lebensthemen

Bibliografische Informationen der Deutschen Nationalbibliothek:
Die Deutsche Nationalbibliothek verzeichnet diese Publikation
in der Deutschen Nationalbibliografie; detaillierte bibliografische
Daten sind im Internet unter http://dnb.d.de abrufbar.

Lektorat: Nicole Bartling
Umschlagsgestaltung: TypeStudio Evertz GmbH, Neu-Isenburg
Satz: TypeStudio Evertz GmbH, Neu-Isenburg

Herstellung und Verlag: BoD – Books on Demand, Norderstedt

ISBN: 9783744840132

Printed in Germany

Juli 2017

Widmung

Für meine beiden Töchter Annika und Neele

Lebt Eure Träume und denkt immer daran: Alles ist möglich!

In Liebe,
Eure Mama

... und ich setze mich derweil auf die Bank der Haltestelle, in das Licht der Sonne, genieße die Wärme und warte geduldig ab, was das Leben mir bringt.

Prolog

Nachrichten

Ich sitze im Auto und suche einen Parkplatz. A. hat soeben angerufen. Wir wollen heute Abend noch telefonieren – so wie jeden Abend. Derzeit arbeite ich von Stuttgart aus, da meine kleine Tochter Neele ein Schulpraktikum hier vor Ort macht. A. und ich haben uns seit einer Woche nicht gesehen. Er ist krank. Bandscheiben OP.

Ich finde eine passende Lücke, parke und laufe ins Hotel in heller Vorfreude auf das Telefonat mit dem Mann, den ich vor 5 Monaten in einer Bar in Frankfurt kennengelernt habe. Es war ein absoluter „Wow-Moment", als ich diesem großen schlanken Mann mit den blonden Haaren und diesen wundervollen blauen Augen begegnet bin. Und – er trug keinen Ehering! Herrlich! An dem besagten Abend hieß es zudem von seinem Freund: „Die Scheidung läuft bereits." Das ist ja ein Traum, dachte ich sofort, passt gut in mein Lebenskonzept. Was für ein Zufall – und natürlich ist A. mir einfach zugefallen. Er wurde mir vom Leben geschickt, jawohl! Genau wie ich ihm.

Ich komme in meinem Zimmer an, meine Tochter liegt schon auf dem Bett und zockt an ihrem Handy. Jetzt flott unter die Dusche, Haare waschen und ab ins Bett. Kopfhörer in die Ohren. Ich wähle seine Nummer. Zweimal lasse ich es klingeln und lege wieder auf. So machen wir es immer. Er ruft mich dann zurück – alles andere ist „ent-mann-end", wie er immer so schön sagt und ich mag es, wenn er mich anruft. So gentlemanlike!

Ich rede und tausche mich so gern mit diesem Mann aus, dem ich mein Herz geöffnet habe. Seine ruhige und dunkle Stimme macht mich immer wieder von neuem an und er holt mich einfach runter.
Ich spüre innerlich, dass wir beide sofort die absolute Aufmerksamkeit des anderen haben. Ich genieße das. Das Telefonat ist wie immer sehr bereichernd.

Wir tauschen uns über den Tag aus, berichten, erzählen was uns umtreibt. Ich fühle mich wohlig. Meine Tochter macht mittlerweile schon das Licht aus. Sie ist müde. „Mama, nicht mehr so laut", bittet sie mich noch und schon ein paar Minuten später höre ich ihren ruhigen und gleichmäßigen Atem. Ich widme mich wieder A.s Stimme und höre gerade: „Ich habe noch eine schlechte Nachricht." in meinem Ohr.

Er macht eine kurze Pause und dann kommt der Satz: „Leila kommt mit den Kindern für die nächsten 14 Tage zurück ..." Er hat noch nicht die letzte Silbe ausgesprochen, da reagiert mein Bauch auch schon. Ich spüre es augenblicklich in meinem Magen. Als ob jemand ganz kurz dagegen geboxt hätte. Ich nehme es wahr und weiß sofort – es ist die nackte Angst, die sich da wie auf Knopfdruck meldet. Ich versuche noch hinzuspüren, doch das Gefühl ist so schnell verschwunden, wie es kam.

A. spricht weiter: „Sie hat mich heute angerufen und mir das mitgeteilt. Und sie kommen bereits übermorgen!" Meine Gedanken rasen wie Raketen durch meinen Kopf. Am Freitag schon?

Wir wollten uns am Wochenende sehen. Nach einer Woche Abstinenz erstmalig. Ich wollte mit ihm Sex haben, mit ihm lachen, einkaufen, kochen, spazieren gehen, ihn fühlen und Kontakt haben, mit ihm reden ... Das alles wird es nun nicht geben und das für weitere zwei Wochen. Und wer weiß, was danach sein wird. Die Raketen hinterlassen glühende Funken. Ich verbrenne mich innerlich daran.

Wie auch immer ich es schaffe, in einem absolut ruhigen und gefassten Ton sage ich: „A., alles hat seinen Sinn und soll genauso passieren. Es wird irgendwo hinführen. Das wissen wir nur noch nicht."
Kathrin, du bist der Wahnsinn, denke ich über mich. Wie erwachsen das klingt. Ich bin irgendwie total stolz auf mich. Ich schreie nicht los, ich lege nicht auf, mache ihm nicht in irgendeiner Form die Hölle heiß oder trenne mich direkt von ihm. Nein, ich weiß, dass ich keinerlei Recht oder Besitz auf jemand anderen habe. Ich möchte keine Handelsbeziehung haben, frei nach dem Motto „Ich bin lieb und nett zu dir, dann bist du es bitte auch zu mir". Ich möchte die ehrliche wahre Liebe und nicht die Ware Liebe.

Und so habe ich auch kein Recht auf A., den Mann, für den ich zur Zeit so unglaublich viel empfinde, dass mein Herz ganz warm wird, wenn ich ihn sehe und mit dem ich mir alles vorstellen kann, weil er so ist wie er ist und weil er mich so nimmt wie ich bin. Ich genieße den wertschätzenden Umgang, den wir miteinander haben. Er ist von gegenseitigem Respekt, Offenheit und Vertrauen geprägt. Und das war von Anfang an so.

A. lebt in unserem Zusammensein das, was er mit seiner Frau seit langem nicht mehr gelebt hat. Das spüre ich immer wieder.

Wir beide befinden uns seit fast 6 Monaten in einer Art Beziehung und verändern uns täglich anhand unserer Energien. Wir haben es bis jetzt geschafft, uns diesen sich immer wieder verändernden Energien zu öffnen und in uns hineinzuspüren.

A. war von Anfang an offen und ehrlich zu mir. Er hat auch von Beginn an gesagt, dass er eigentlich keine Beziehung bzw. Partnerschaft möchte. Er hat den festen Glauben, dass er Frauen in einer Beziehung oder Partnerschaft Unglück bringt. Daher will er es lieber gleich lassen, anstatt seine Sichtweise zu ändern. Doch das gehört ihm – nicht mir. Und ich lasse es ihm.

Er neckt mich immer wieder und nennt mich liebevoll „meine Geliebte" mit der Begründung: „Als Geliebte wirst du wirklich geliebt, Kathrin. Du bist geliebt. Meine Ehefrau nicht ...!" Dies kommt wahrscheinlich aus der Summe seiner Erfahrungen.

Die laufende Scheidungsnummer stimmte gar nicht. Das stellte sich nach unserem ersten Date ganz schnell raus. Den Ehering hatte seine Frau ihm irgendwann vor Jahren in einem Wutanfall vor die Füße geworfen und er hat ihr und sich geschworen, diesen nie wieder anzuziehen. Daran hat er sich gehalten. Tja, wenn er diesen an dem besagten Abend, als ich ihn kennengelernt habe, angehabt hätte, hätte ich mich ihm wohl nicht zugewandt. Männer mit Ehering sind ein rotes Tuch für mich.

„Kathrin, du hast recht", holt mich A. aus meinem Gedanken. „Ich war so wütend auf sie. Sie hatte das noch nicht mal mit mir abgesprochen! Sie hat einfach die Flüge gebucht. Selbst meine Eltern wussten es vor mir!", schleudert er die Worte in den Hörer. Ich schaue gedankenverloren auf meine Zehen, die am Bettende herauslugen und wackle damit auf und nieder. Plötzlich merke ich, dass sie ganz kalt sind. Wahrscheinlich bekomme ich im wahrsten Sinne des Wortes „kalte Füße" von der ganzen Situation. Wie bist du da schon wieder hineingeraten, Kathrin?

Ich ziehe meine Füße unter die warme Bettdecke. Meine noch nassen Haare kleben an meinen Wangen. Neele liegt neben mir und zuckt im Traum. Wie selig Kinder sein können.

Die Frau hat wenigstens mal eine Entscheidung getroffen, denke ich so bei mir, sie bewegt sich und somit kommt Bewegung in die ganze Sache. Sehr gut!

„Ich war so sauer auf sie und habe das auch entsprechend zum Ausdruck gebracht. Einerseits freue ich mich ja, dass ich seit 10 Wochen das erste Mal meine Kinder wiedersehe. Und, Kathrin, ich mag nicht, dass es dir dabei jetzt so schlecht geht und du darunter leidest."
Totenstille in der Leitung. Dann sage ich völlig klar mit mir: „A., ich entscheide selbst, ob ich mich gut oder schlecht dabei fühle. Es sind meine Gefühle, nicht deine. Und ich entscheide, ob ich das zulasse. Nicht du. Ich verstehe, was du meinst, und genau das spielt sich auch alles gerade in meinem Kopf ab. Meine Gedanken könnten jetzt durchdrehen. Ich kann mir die schlimmsten Szenarien in meinem Kopf ausmalen. Ihr wohnt jetzt die nächsten 2 Wochen in eurer Wohnung zusammen, wie eine ganz normale Familie. Ihr schlaft in einem Bett! Vielleicht will sie mit dir schlafen oder es zumindest probieren! Den Kindern wird eine normale, heile Familie vorgespielt. Alles Gedanken, die ich mir in meinen Kopf pflanzen kann, wie Samen und wenn diese gedeihen und größer werden, indem ich dich in Gedanken sehe, wie sie dich vielleicht küsst, wird es wuchern in meinem Kopf wie Unkraut und ich ziehe mich selbst damit immer weiter runter, bis ich wimmernd am Boden liege!" Mein Mund ist ganz trocken, mir bleibt im wahrsten Sinne des Wortes die Spucke weg bei diesen Gedanken. Ich setze die Wasserflasche an meinen Mund und trinke einen Schluck.

Von A. ist am anderen Ende der Leitung nichts zu hören. Doch dann spricht er unvermittelt weiter: „Du weißt doch wie ich zu dir stehe. Und ich bin ehrlich und sage dir direkt, dass meine Familie kommt." In diesem Moment will ich von ihm wissen, seit wann er genau weiß, dass seine Familie aus Tunesien anreist.

„Seit drei Stunden – ich wollte am Anfang unseres Telefonats nicht gleich mit der Tür ins Haus fallen und dir den Abend versauen", spricht A. offen in mein Ohr. Ich fühle seine Ehrlichkeit. Das mag ich sehr an ihm, und doch wäscht er damit auch manchmal sein Gewissen rein. So nach dem Motto: „Ich war ehrlich und hab es dir gesagt. Mach was du willst damit – ich bin es los."

Ich liege immer noch im Bett und schaue aus dem Fenster, als ich spüre, wie ich drohe in die Opferhaltung zu rutschen. Mein Verstand will mich in die Knie zwingen. Kathrin, wieso hast du kein Glück bei den Männern? Warum verlassen dich immer alle Menschen, die dir wirklich wichtig sind? Wieso ist das alles so unehrlich? Warum gerätst du immer wieder an Männer, die nicht frei sind? Kann es sein, dass ich selbst noch nicht frei bin? Wo bin ich gebunden? Warum habe ich seit Monaten schon wieder so Gelenkschmerzen?

Ich bin mir bewusst, dass mein Körper die Projektionsfläche der Seele ist. Doch was will mein Körper mir mit diesem Schmerz sagen? Dass er für mich eine Mitteilung hat, und dass an den schmerzenden Stellen Gefühle wie Traurigkeit, Wut, Hass, Neid und Eifersucht wahrgenommen werden, und endlich angenommen werden wollen?

Schon lange beschäftige ich mich mit diesen Themen und je älter ich werde, desto klarer sehe ich die Dinge. Ich bin jetzt 45 – also in dem für mich besten Alter!

Den meisten Menschen wird in den Vierzigern und Fünfzigern einiges klarer. Sie werden bewusster, in dem was sie tun und was um sie herum passiert. Ich hinterfrage mich eher, warum geschieht das jetzt, was will mir das sagen. Reflektiere. Bin dankbarer. Ich spüre mich deutlicher und bewußter, weiß, was ich will. Die meisten Menschen wissen häufig, was sie nicht wollen, doch was sie wollen, ist ihnen nicht klar. Je älter ich werde, desto weiser und erfahrener werde ich. Das ist meine eigene Erkenntnis. Ich fühle mich, als ob ich jahrelang durch den Nebel gefahren wäre und je länger ich fahre, desto sicherer werde ich darin und umso mehr klart dieser Nebel auf und es wird heller und die Umrisse schärfer, bis vollständige Bilder entstehen.

Ich setze mich auf, zupfe an der Bettdecke und sage ganz trocken: „Ich komme schon klar. Ich bin eine starke Frau. A., lass es uns positiv sehen und die Sichtweise darauf ändern. Freue dich, dass du deine Kinder wieder siehst. Jahrelang mache ich das Spielchen ganz sicher nicht mit, doch du tust mir gut und ich denke, ich dir ebenso. Das fühle ich zumindest. Es wird auf jeden Fall etwas mit dir machen, diese Zeit, und ich bin froh, dass sie nach Deutschland kommen und du nicht zu ihnen fliegst!" Irgendwie beruhigt mich der Gedanke, dass er in meiner Nähe bleibt.

„Wir werden keinen Kontakt in dieser Zeit haben können, Kathrin und ich weiß wie wichtig dir das ist, die Kommunikation."

Ja, da hat er recht, der Gute. Der komplette Kontaktabbruch wird die Hölle. Manche Dinge sind so wie sie sind und lassen sich dann auch nicht ändern. Doch ich kann mein Denken diesbezüglich ändern. Dann bin ich nicht mehr das Opfer sondern der Gestalter. Ich mag es, selbst zu gestalten. Diese Worte, aus meinem Mund? Ich bin fassungslos. Was ist los mit dir, Kathrin?

„Kathrin, du klingst so unglaublich vernünftig." Ich muss lachen. Es liegt nur ein bisschen Panik in meinem Lachen. Neele dreht sich in ihrem Bett zu mir hin. Ich fühle mich genau in dem Moment so stark verbunden mit ihr, obwohl sie schläft, doch sie ist da und das ganz ehrlich. Mir wird plötzlich bewusst, wie toll ich mich in den letzten Jahren entwickelt habe.

Heute ist der Tag, der irgendwann kommen musste. Ich wusste es, doch es kam so unvorbereitet. Damit hatte ich nicht gerechnet. Plötzlich ist A. aus der Leitung verschwunden. Ich stapfe zur Toilette – habe richtig Druck auf der Leitung – wundern tut mich das nicht.

Kaum habe ich mir die Hände gewaschen, klingelt mein Handy erneut. Ich hüpfe ins Bett und nehme ab. Allein sein Bild auf meinem Display macht mir schon Freude. 14 Tage kein Kontakt – das wird die Hölle. Ich will nicht in die Hölle. Ich will in den Himmel auf Erden. „Hatte keinen Akku mehr", meint er. Ja, ist klar. Ich hab auch gerade keinen mehr, denke ich, sage jedoch nichts.

Ich bin traurig. Langsam beginne ich es zu realisieren.

In Gedanken gehe ich bereits Pläne für die kommenden zwei Wochen durch. Sport, Freunde treffen, arbeiten, arbeiten, arbeiten ... Sollte ich wegfliegen? In die Sonne? Nein, Flucht bringt auch nichts. Und diese Form der Ablenkung ist sicherlich nicht das, was das Leben jetzt mit mir vorhat.

Der Mann mit der ruhigen und männlichen Stimme am anderen Ende holt mich aus meinen Gedanken zurück. „Kathrin? Bist du noch da?"

„Ja", antworte ich lahm, „mein Papa kommt im April aus Australien wieder und ich habe ihm angeboten, uns besuchen zu kommen, wenn er möchte. Er kennt unser Zuhause noch nicht. Er wäre 3 Tage hier in der Nähe und hätte Zeit", sage ich. Meine eigenen Worte dringen wie durch einen Nebel in meinen Kopf.

„Na, dann soll er kommen und ich lerne ihn und seine Frau kennen." Wie bitte, habe ich gerade richtig gehört? Er will dabei sein und meinen Vater kennenlernen? Das ist im April – noch 3 Monate bis dahin. Ich weiß gar nicht, wie ich die nächsten zwei Wochen überstehen soll und ob mir dieser wunderbare Mann bis dahin nicht abhandenkommt. Doch er scheint da ganz klar zu sein.

Er hat sich in den letzten Monaten so wunderbar in meine Familie eingefügt. Nicht nur mit meinen beiden Mädels versteht er sich gut. Meine Familie und Freunde – alle mögen und schätzen ihn. Auch mit meinem ehemaligen Mann, sowie seiner neuen Frau und seiner Familie versteht er sich prima. Doch ist er ehrlich sich selbst gegenüber und in dem, was er vom Leben will? Doch das ist seine Angelegenheit, nicht meine. Dennoch betrifft es mich. Auch das habe ich ihm immer wieder gesagt in unseren Gesprächen – ich bin keine Frau für die zweite Reihe! Doch momentan füge ich mich genau in diesen Platz ein. Ich lasse es selbst zu. Entscheide mich ganz bewusst. Den Vorwurf kann ich ihm nicht machen. Da muss ich schon auf mich selbst schauen.

Ich kratze mich am Kopf. Die Haare sind immer noch nass. Vielleicht hätte ich sie doch föhnen sollen. „A.", was für ein wunderbarer Name. Ich liebe es, ihn immer wieder leise vor mich hin zu sagen. Er passt so gut zu ihm. Seine klaren blauen Augen, die manchmal richtig traurig dreinschauen können.

Es zieht plötzlich ein Gefühl der Ruhe durch meinen Körper. Warum breche ich nicht in Tränen aus? Vielleicht kommt das später. „Kathrin, willst du mich abwürgen und das Gespräch beenden? Ich merke das. Du bist so still. Ich mag es lieber, wenn du lachst." „Nein, nein. Ist schon ok." Dennoch merke ich, dass ich tatsächlich keine Lust mehr habe zu telefonieren. Doch weiß ich, dass ich dieses Telefonat auskosten muss. Heute noch und dann noch mal morgen. Freitag um 12.20 Uhr, wenn die Familie landet, ist dann erst mal alles vorbei. Kontaktsperre für 14 lange Tage!!!

Vielleicht passiert ja etwas ganz Außergewöhnliches und alles kommt anders, als ich es mir in meinem Kopf gerade zurecht spinne. Sei positiv, ermutige ich mich innerlich.

„Wir tun uns noch gut, oder findest du nicht?", höre ich A. wie aus der Ferne. „Naja, der Satz ist gut, doch ich verzichte auf das Wort ‚noch'." „Hast recht."

„Das Leben meint es immer gut mit mir und mit dir auch – mit uns allen. Darauf versuche ich zu vertrauen in den nächsten Wochen." Dennoch merke ich die Tränen, die mir in die Augen steigen. Ich sehne mich so nach diesem Mann, dessen Frau in genau 48 Stunden mit den süßen beiden Kindern aus dem Flieger steigen wird.

„Ich hätte dich auch so gern noch mal gesehen", sagt er leise. Und da kullern sie auch schon, die Tränen und laufen mir heiß die Wangen hinunter. Dieser Satz war definitiv zu viel für meine Selbstbeherrschung. Ich schaue auf die Uhr. Es ist mittlerweile Mitternacht. Neele schläft seit zwei Stunden tief und fest neben mir. „Wir machen jetzt mal Schluss, meine Süße. Es ist schon spät." „Ja, du hast recht", erwidere ich müde. Ich spüre bleierne Schwere in mir. Wir wünschen uns gegenseitig eine gute Nacht und legen auf. Ich drehe mich auf die Seite und starre in die Dunkelheit des fremden Zimmers. Ich will nach Hause. Fühle mich einsam und allein und warte wie ein Fuchs auf den Hasen im Bau, auf die Angst und die Gefühle, die da in mir schlummern. Ich möchte mich ihnen stellen, mich liebevoll befreien von ihnen. Ich warte. Höre meinen eigenen Atem. Spüre in mich hinein. Nichts passiert. Vielleicht braucht es noch ein wenig Zeit? Eventuell bin ich doch schon so gewachsen an mir. Ich falle in einen unruhigen Schlaf. Einmal werde ich noch mit ihm telefonieren, ein einziges Mal und dann – Funkstille. Ich wache immer wieder mit diesem Gedanken auf, wälze mich hin und her. Wie schaffe ich das? Was wird das mit mir machen? Soll ich mich vielleicht gleich trennen? – Hat ja eh alles keinen Sinn. „Annehmen" ist das Wort der Nacht, welches immer wieder in meinem Kopf umherschwirrt. Es fühlt sich gut an, dieses Wort. So weich. So friedvoll und versöhnlich. Endlich falle ich in einen tiefen Schlaf, in dem immer wieder „die Geliebte" eine Rolle spielt. Ich wache auf und die Sonne scheint ins Zimmer. Neelchen schläft noch tief und fest. Mein Körper schmerzt. Vor allem meine Armgelenke. Was bedeutet das nur?

Ein neuer Tag. Wie war das gestern? Flieger, Familie, zwei Wochen ... und schon bin ich wieder mittendrin in meiner Gedankenhölle. Ich will da nicht hinein. Das ist mir zu heiß dort. So, ab unter die Dusche, Kathrin. Abkühlen. Vielleicht passiert ja heute noch ein Wunder. Soll es ja geben. Ich dusche und hübsche mich für eventuelle Wunder auf. „Neele, aufstehen! Ich gehe jetzt frühstücken. Kommst du mit?" Ein verschlafenes „Ja" erreicht mich, ein Krächzen aus dem Bett gegenüber, versteckt unter einem Wust von Decken. Relativ gut gelaunt und wirklich ganz passabel aussehend, spaziere ich zum Frühstück. Ich entscheide mich für das positive Denken. Hilft ja nichts. Die Situation ist jetzt so, wie sie ist. Schon verrückt – die Frau und ihre Kinder freuen sich jetzt total und man selbst sitzt da und will das alles nicht wahrhaben. So verschieden sind die Realitäten.

A. ist seit 13 Jahren mit Leila zusammen. Nach 8 Jahren Partnerschaft war er schon mal kurz davor, sich von ihr zu trennen. Die finanzielle Lage des Unternehmens ließ jedoch eine Trennung damals nicht zu – so zumindest erklärte er mir die einstige Lage. Kinder wollte er auch nicht haben, doch als er gesehen hat, wie liebevoll Leila mit Kindern umgeht, wurde es doch vorstellbar für ihn. 3 Jahre später kam das erste Kind und schwanger mit dem Zweiten, heiratete er sie in Las Vegas. Er wollte damit ein Statement setzen. Schließlich war die Frau an seiner Seite, nun auch die Mutter seiner Kinder. Jedoch ging Wertschätzung und gegenseitiger Respekt nach und nach verloren. Geprägt von lautstarken Streitereien, Wutausbrüchen, Stimmungsschwankungen, verbalen Verletzungen und Attacken, geriet die Beziehung immer mehr aus dem Ruder. Und es ist nun einmal so: Gesagte Worte lassen sich nicht mehr zurücknehmen. Es wurde zunehmend schwieriger.

Im Frühjahr letzten Jahres bewarb sich Leila dann im Ausland und bekam den Job. Sie ging – ohne ihre Kinder. A. kümmerte sich, neben der Leitung seiner eigenen Firma, liebevoll um die beiden Kleinen. Im Sommer holte seine Frau die Kinder zu sich nach Tunesien. Von da an war er allein.

Sein bester Freund Bernd schlug an einem Abend vor, zusammen essen zu gehen. A. geht normalerweise nicht gern aus, doch an diesem Abend entschied er sich anders und ging kurzerhand mit. Das war der Abend, an dem wir uns das erste Mal begegnet sind. Alles hat seinen Sinn.

Meine Freundin Kristina und ich sitzen in einer Bar. Zuhause hatten wir noch Schnick-Schnack-Schnuck gespielt, wer mit dem Auto nach Hause fährt. Ich habe gewonnen und freue mich auf einen feucht-fröhlichen Abend.

Ich stehe kurz vor meinem dreiwöchigen Urlaub in die USA und habe an diesem Abend eigentlich gar keine Lust wegzugehen. Ich beschließe mich nicht aufzubrezeln und steige mit Flipflops an den Füßen ins Auto meiner Freundin. Ein Blick auf mein Gegenüber im Auto lässt mich schmunzeln. Kristina scheint exakt den gleichen Gedanken gehabt zu haben. Auch sie ist sehr natürlich und ohne großen Zauber. So habe ich mich auch noch nie in Frankfurt blicken lassen und es ist mir zum ersten Mal völlig einerlei. Wir fallen in die Willi James Bar ein und bestellen uns gleich zwei Cocktails. Angeregt unterhalten wir uns, ich erzähle freudestrahlend von meinem bevorstehenden Urlaub und wir schmieden Pläne, wie wir uns in Hamburg, meiner absoluten Traumstadt, selbstständig machen werden. Das geht mit Alkohol im Blut viel schneller und wesentlich kreativer. „Noch zwei, bitte", rufe ich dem Kellner fröhlich zu, halte zwei Finger in die Höhe und werfe meine blonde Mähne lachend in den Nacken. Im Gedanken haben wir schon den Bankkredit für unsere eigene Veranstaltungsfirma unterschrieben und meine Freundin sieht sich bereits in ihrem Luxusauto durch Hamburg fahren. Wenn du eine verrückte Freundin hast, brauchst du für den Abend fast nichts anderes mehr.

Bevor „unsere Firma" bankrottgeht, bestellen wir lieber noch zwei Cocktails und versprechen uns gegenseitig, dass das wirklich das Letzte ist, was wir wollen. Äh... dass das der letzte Cocktail ist, den wir auf unsere Pläne trinken werden.
Der Alkohol steigt uns langsam zu Kopf und genau da sollte man(n) beziehungsweise frau eigentlich gegensteuern, was uns jedoch nicht ganz leicht fällt, da bereits der vierte Cocktail wie aus dem Nichts plötzlich vor uns steht. Na gut, den Einen nehmen wir auch noch mit. Was soll's.

Sehr beschwingt verlassen wir mit unserem heißen, flachen Schuhwerk die Bar und laufen zur nächsten Location. Irgendwie habe ich schrecklichen Durst auf Wasser. Wir laufen beim Griechen in Frankfurt ein. Es ist relativ wenig los.

Wir drehen bei guter Musik eine Runde durch die Bar und checken mal die Lage. Ein Mann mit dunklen Haaren fällt mir auf. Mehr Aussicht lässt mein Blickfeld aufgrund des Alkoholpegels momentan nicht zu. Ich bestelle zwei große Wasserflaschen. Ich habe Durst. Großen Durst. Beschwingt und fröhlich lehne ich mich an den Bartresen, werfe meine Haare nach hinten, als ich plötzlich eine männliche Stimme sagen höre: „Entschuldigung, kannst du bitte deine Haare aus meinem Rotweinglas nehmen?"

Der Spruch ist gut, denke ich noch, wende mich allerdings der Kellnerin zu, da ich das Wasser noch bezahlen möchte.

„Wow!", denke ich augenblicklich, als ich mich umdrehe, um den Witzbold in Augenschein zu nehmen. Doch mein Blick fällt nicht auf den Sprücheklopfer, sondern auf einen gut aussehenden Mann mit blonden nach hinten gegelten Haaren, der an der Theke sitzt. Blaue Augen schauen mich unverwandt an. Scheinbar verrät mein Blick einiges.

Das Zweite, was mein alkoholgeschwängertes Gehirn ausspuckt, ist: „Der ist bestimmt Bänker", und als drittes schiebt es gleich hinterher: „Den bekommst du sowieso nicht."

„Halt die Klappe!", brülle ich der Stimme in meinem Kopf entgegen und spreche kurzerhand dieses wunderbare Exemplar von einem Mann an. Wir kommen gleich ins Gespräch und mir fällt sofort auf, wie sehr ich seinen Geruch mag. Ich bin ein Nasenmensch und das ist eines der Dinge, auf die ich unglaublich achte, nämlich, ob ich mein Gegenüber riechen kann. Bei dem Geruch von diesem Mann werde ich ganz hibbelig und stelle, mutig vom Alkohol, nach etwa 15 Minuten klar, dass ich sowas von auf Sex stehe und da auch ganz offen bin. Ist doch normal ... meine Güte, dazu kann man doch stehen! Sex ist etwas Wunderbares!

Sofort habe ich seine hundertprozentige Aufmerksamkeit – das funktioniert scheinbar immer. Und dann beginne ich ihm zu erzählen, dass ich plane ein

Buch zu schreiben. Wie ich es schaffe, den ungefähren Inhalt klar zu formulieren, ist mir bis heute ein Rätsel. Doch er ist sehr interessiert an diesem Thema. Komisch – er ist doch ein Mann, und die stehen bekanntlich nicht auf Lebensthemen.

Mir fällt auf, dass A. keinen Ehering trägt. Fantastisch! Was hat das Leben heute nur mit mir vor?

Seine beiden Freunde, inklusive dem Herrn mit der Rotwein-Haar-Problematik, sind sehr nett und bemerken direkt den Draht, den A. und ich zueinander haben. Sein bester Freund informiert mich gleich, dass alle in ihren Beziehungen um ihn herum unzufrieden und unglücklich sind und bei A. sogar bereits die Scheidung läuft.
Na, das wird ja immer besser! Bisher sind mir andauernd Männer begegnet, die noch gebunden waren. Und wie sehr wünsche ich mir einen Mann, der frei ist, der gern Zeit mit mir verbringen möchte, für mich da ist und aufrichtig leben will. „Authentizität" ist das Zauberwort!

Vor Monaten saß ich noch heulend im Auto und habe laut geschrien: „Liebes Universum, wo ist der richtige Mann für mich? Zeig dich endlich!!!"

Und dann das – wie verrückt ist das denn?

Wir wollen die Location wechseln. A. steht von seinem Barhocker auf und da ist es dann restlos um mich geschehen. Er ist mindestens 1,90 m. Ich bin restlos begeistert. Ich liebe große Männer. Dieser Mann ist ein Traum! Und er steht mir wohlgesonnen in dieser Bar genau gegenüber und lacht mich an.

Bevor mir dieses gut aussehende Kerlchen verloren geht, gebe ich ihm noch schnell meine Visitenkarte. Er verspricht mir, sich bei mir zu melden. Ja, das kenne ich schon. Mir ist alles egal. Er ist einfach toll.

Sein Freund macht noch schnell ein Bild von uns beiden und wir ziehen um die Häuser. Meine Freundin hakt mich unter und wir fallen im nächsten Schuppen ein. Das Leben ist schön und der Mann auch. Ich bin immer noch ziemlich angeschickert. Das Wasser hat nur den Durst gelöscht, doch der Zustand ist einfach zu schön. Immer wieder versuche ich A.s Blick zu erhaschen. Diese Augen faszinieren mich komplett. Er ist sehr schüchtern und er schaut mich immer wieder fragend an.

Es ist sehr heiß hier in dem Laden.

A. steht mitten im Getümmel wie ein Baum. Er zieht mich magisch an und ich bin heiß auf diesen blonden Typen. Ich falle ihm vor lauter Promille mutig um den Hals. Will schauen was passiert. Mir ist alles egal in diesem Moment. Außerdem befinde ich mich in genau 7 Tagen auf einem anderen Kontinent und von daher setze ich alles auf eine Karte. Und wenn nur ein guter Kuss – oder vielleicht sogar sensationeller Sex – dabei rauskommt. Ist mir alles recht! Ich spüre seine Zurückhaltung und rufe mich innerlich zur Ordnung. Typisch für mich – immer in die Vollen, anstatt mal den anderen kommen zu lassen.

Ich erzähle ihm von meinem bevorstehenden Urlaub und er klingt sehr interessiert. Sein Vater ist Amerikaner und er hat somit ebenfalls die amerikanische Staatsbürgerschaft. Ich treffe also meinen Mr. Big nicht in Manhattan, sondern in Mainhatten! Das wird ja immer besser!

Gegen 3 Uhr verlassen wir den Laden. Ich gehe vor A. in Richtung Tür, als ein junger Mann mir seine Hand um die Schulter legt: „Du hast die schönsten Haare von allen hier", schwärmt er. Und zu A. umgedreht meint er: „Du hast die schönste Frau hier im Laden!" Na, wer sagt es denn. Endlich erkennt das mal jemand im Universum. Ich bin heute der ganz große Glückspilz. A. schiebt mich fröhlich nach draußen.

Wir gehen zur Tiefgarage und verabschieden uns von den anderen Jungs, die Kristina und mich alle sehr sympathisch finden. Ich umarme die beiden anderen kurz und behalte mir das Beste zum Schluss auf. A.!

Ich lege meine Hand auf seine Brust, die andere langsam um seinen Hals und drücke ihn ganz fest an mich. „Danke für das nette Kennenlernen!", sage ich leise. Er riecht so unglaublich gut. Ich würde alles dafür tun, diesen Mann jetzt zu küssen, doch nicht, wenn alle zuschauen – bitte. Der Alkohol hat mich zwar noch fest im Griff, doch ich merke sehr deutlich, wie mich alle beobachten. Er flüstert mir ins Ohr: „Ich melde mich bei dir!" Wir winken und gehen.

Ich bin im Rausch. Im A.-Rausch. Im kompletten Glücksrausch. Die ganze Rückfahrt plappere ich ohne Unterlass! „Warum hat er mich in der Bar nicht geküsst? Der fand mich doch auch gut – oder?", Beifallheischend schaue ich meine Freundin an, die tapfer den Weg nach Hause fährt.

„Es gibt zwei Möglichkeiten. Entweder er fand mich nicht gut oder er wollte mich ganz für sich allein haben", beende ich meinen Gedankengang und damit die Schwärmerei. Oh, ich bin sehr aufgeregt.

Ich fliege nächste Woche für 3 Wochen in den Urlaub und ausgerechnet jetzt muss ich diesen Adonis kennenlernen – das passt ja mal wieder gar nicht. Doch scheinbar sollten wir uns begegnen. Wir sind uns zugefallen. Warum auch immer. Das Leben meint es immer gut mit mir. Ich war scheinbar ganz lieb – mit mir.

Am nächsten Morgen wache ich auf, öffne meine Augen und er ist sofort wieder in meinem Kopf. Und er hat mir natürlich schon eine ganz lange E-Mail geschrieben, dass er mich richtig toll findet und es kaum abwarten kann mich wiederzusehen. Aber leider eben nur in meinem Kopf. Ich habe einen richtig fetten Kater. Werde erstmal wach, Kathrin. Ich schäle mich aus meinem Bett und schaue auf mein Handy und checke meine Mails. Nichts! War ja klar!

Diese Prozedur mache ich gefühlt 5000 Mal in den nächsten 48 Stunden und bin immer mehr enttäuscht. Doch Enttäuschung bedeutet auch „das Ende der Täuschung". Scheinbar habe ich mich in dem Traummann A. getäuscht. Ok, egal. Du fährst in den Urlaub nächste Woche und das wird toll und du nimmst alles mit, was geht. Vergiss diesen Mann.

Regel Nr. 1: Meldet sich ein Mann in den nächsten 48 Stunden nach dem Kennenlernen nicht, hat er kein Interesse. Da kannst du gleich einen Haken dranmachen. Haken.

Was für eine tolle Geschichte – sie hat so schön angefangen. Das Ende hatte ich eigentlich schon in meinem Kopf. Doch das Leben macht es nach seinen eigenen Spielregeln. Ich mag aber nicht zurück auf LOS. Wenigstens Sex hätte ich vor meinem Urlaub noch gut genießen können.

Am Montag arbeite ich ganz tapfer und räume meinen Schreibtisch auf. Ich gehe meine Reiseliste durch und bin heute Abend bei meinem Schwager Frank zum Essen eingeladen. Ich liebe mein durchstrukturiertes Leben. Es ist mein Gerüst, an dem ich mich festhalte.

Ich schwinge mich auf meine neue Vespa. Ich muss sie während meines USA-Aufenthaltes unbedingt irgendwo unterstellen.

Freudestrahlend empfängt mich mein Schwager.
„Ich freue mich so sehr auf den Urlaub! Ich werde die Seele baumeln lassen und genieße was geht! Meine beiden Mädels sind auch schon richtig aufgeregt!", sprudelt es aus mir heraus und ich hole jedem ein Bier aus dem Kühlschrank.

„Und wir fliegen morgen nach Australien zu unserer Tochter. Kannst du uns zum Flughafen fahren?", fragt mich Frank.

Die Flaschen stoßen klirrend aneinander und wir stoßen auf unseren Urlaub an.

„Na klar, mache ich gern. Ich habe alles soweit fertig und nichts vor", sage ich und schiebe mir eine Gabel voller Nudelsalat in den Mund. Mhm, ist das lecker! Ich habe richtig Appetit. „Kannst du mich später mit dem Auto nach Hause bringen? Die Vespa stellen wir bei euch in die Garage, einverstanden? Da ist sie sicher." „Genauso machen wir es", willigt mein Schwager ein und mit einem Stück Baguette im Mund helfe ich den Tisch abzuräumen.

Ich schaue auf mein Handy, da ich noch einen Anruf meiner Kinder erwarte, die bis zum Urlaub bei ihrem Papa sind und traue meinen Augen nicht. Das Bild von mir und A., welches sein Freund in der Bar von uns geschossen hat, erscheint auf meinem Display. Ich bin sprachlos. Damit hatte ich nicht gerechnet. Eine SMS – von ihm! Ich bin total aufgeregt.

Während Frank die Spülmaschine einräumt, antworte ich A. schnell
„Was für ein schönes Bild ... Danke!"

Sofort ploppt seine Antwort: „Sehr gelungen. Hat Bernd gemacht." auf.

Völlig begeistert schaue ich auf mein Handy und tippe wie wild in die Tasten.
„Es gefällt mir sehr gut und ich werde es mitnehmen."
Seine Antwort kommt postwendend.
„Fliegst du am Freitag?"

Jetzt halte ich inne. Kathrin, halt dich zurück und lass ihn mal zappeln. Der Mann hat 72 Stunden gebraucht, um sich zu melden. Da musst du nicht direkt antworten.
Ich könnte die ganze Welt umarmen und nehme genau in dem Moment meinen Schwager Frank, der völlig überrumpelt ist von meinem Gefühlsausbruch, in den Arm.

Bestandsaufnahme Kathrin: Vespa gekauft, 3 Wochen Urlaub in der USA gebucht und der absolute Traummann mit mindestens 1,90 m Körpergröße meldet sich tatsächlich bei dir. Und das alles in einem Jahr. Yeah!!

Plötzlich habe ich es ganz eilig nach Hause zu kommen.

„Können wir fahren, Frank?"
„Klar, ich bringe dich."

Im Cabrio sitzend schreie ich erstmal ganz laut: „Ich bin so happy!!!" Frank lacht sich kaputt. Wenn der wüsste! Er denkt, ich freue mich so auf den Urlaub.

Zuhause angekommen, renne ich die Haustreppe hoch zur Tür und antworte A. während des Laufens.

„Ja. 2 sturmfreie Tage noch."

Die Nachricht ist noch heiß, da kommt schon seine Antwort.

„Bist du allein zuhause?" Während ich die Haustür aufschließe, tippe ich ein „Ja" in mein Smartphone.

Ich stehe im Treppenhaus, halte den Schlüssel noch in der Hand, da klingelt plötzlich mein Handy.
Was??? Er ruft mich an?!

„Hallo, Kathrin ...!" Seine Stimme klingt wie ein Samtkissen. Dunkel und Mann pur. Mir läuft ein Schauer über den Rücken. Der Austausch per Telefon dauert 4,5 Stunden!!! – Ich mag einfach nicht aufhören und er ebenfalls nicht. Es ist so schön! Um 2.30 Uhr legen wir endlich auf.

Was war bei ihm passiert?

Er ist, direkt nachdem wir uns alle vor der Tiefgarage am Freitag getrennt hatten, nach Hause gelaufen und hat mich noch nachts (!) im Internet gesucht. Auf meiner Visitenkarte, die ich ihm gegeben hatte, steht der Name der Firma, in der ich arbeite und alle notwendigen Angaben. Er hat mich erstmal durchleuchtet und mich in seine Kontakte eingepflegt, damit ich nicht verloren gehe. Unfassbar!

Keine 12 Stunden später will sein „Haare-im-Rotweinglas-Freund" erneut weggehen. Er ist auf der ständige Suche nach einer Frau. Es ist Samstagabend. A., noch aufgefüllt vom Vorabend, lässt sich mitschleifen. Der Abend verläuft so langweilig, dass er zu seinem Freund sagt: „Ich rufe Kathrin gleich mal an, dann ist hier direkt Stimmung!" Er hat bereits meine Nummer auf dem Display und bräuchte nur den Wahlknopf zu drücken, doch er traut sich nicht.

Währenddessen sitze ich zu Hause, allein und habe alle Zeit der Welt. Natürlich denke ich an den letzten Abend, doch meine Hoffnung auf eine Meldung schwindet mit jeder Stunde.

A. traut sich auch am Sonntag nicht sich zu melden. Gewissenskonflikt. Trotzdem ruft er seinen besten Freund Bernd an, der am Montag mit seiner Familie in den Urlaub fahren möchte.

„Freitagabend war so klasse! Wenn du im Urlaub bist, rufe ich die Blonde an."
„Nein, das tust du nicht. Denke daran, A., du hast eine Familie und Verantwortung!"
„Morgen rufe ich sie an und frage sie, was sie will!"
„Nein!"
„Doch, du wirst ja sehen! Wir telefonieren wieder, wenn du zurück bist."

Da sieht man mal wieder – es spielt sich alles in den Köpfen der Menschen ab. Ich spinne mir meine eigene Wahrheit in meinem Kopf zurecht, wie eine Spinne ihr Netz. Verrückt!

Das Leben spielt sich immer in der Gegenwart ab – und nur da! Nicht in der Vergangenheit oder gar in der Zukunft. Es ist immer jetzt – es ist immer Gegenwart. Doch viele Menschen hängen in der Vergangenheit fest oder machen sich Sorgen um die Zukunft und verpassen die Gegenwart und das was genau da geschieht, denn die Zukunft entsteht im Hier und Jetzt, in dem was wir jetzt denken.

Sich Dingen bewusst zu sein macht glücklich. Nur mit unseren eigenen Gedanken, die wir uns selbst machen, indem wir sie in unseren Köpfen erschaffen, können wir uns unglücklich, aber auch glücklich machen.

Ich sitze da, an jenem Samstagabend und kann mir in meinem Kopf die Hölle kreieren. Wieso ruft er nicht an – dieser wunderbare Mann? Vielleicht mochte er mich nicht. Bin ich nicht attraktiv genug? Ich bin schlecht. Ich habe mich falsch verhalten.

Alles Gedanken, die ich mir selbst über mich mache und mich damit runterziehe. Innerliche Selbstkritik. Ich fühle mich dadurch immer schlechter und kleiner und mache mich zu etwas, was ich in Wahrheit gar nicht bin.

Ich bin, so wie jeder andere Mensch auf dieser Erde, einfach großartig. Eine einzigartige Persönlichkeit. Eine tolle Frau mit viel Potenzial und außerordentlichen Eigenschaften. Ich bin wichtig und wertvoll und habe nur das Beste verdient!

Das hört sich doch toll an! Ich bin ganz begeistert von mir selbst und fühle mich augenblicklich gut damit.

Heute Abend telefoniere ich das letzte Mal mit A., bevor der Flieger morgen Mittag landet und seine Familie in großer Erwartung fröhlich aus dem Flieger hüpft.

Um 21.30 Uhr klingelt mein Handy. Ich stehe noch tropfend unter der Dusche, als Neele an mein Telefon geht und sich fröhlich mit A. unterhält.

Sie plappert ohne Unterlass und es fühlt sich alles so vertraut und normal an, obwohl die Welt morgen völlig anders ist. Doch ist sie das? Nur in deinem Kopf, Kathrin!, ermahne ich mich.

Ich hopse frisch eingecremt aus dem Bad und mache es mir auf meinem Hotelbett, das wie eine Hängematte aussieht, da die Matratze total durchhängt, gemütlich. Eine Nacht noch, dann bin ich wieder zuhause und schlafe in meinem eigenen Reich. Welch' schöne Vorstellung!

„So, Neele gib mal her ... jetzt bin ich dran", schneide ich meiner kleinen Quasselstrippe das Wort ab und lange nach meinem Handy. Bloß keine Zeit verstreichen lassen. Die ist kostbar.

„Hallo, meine Süße, wie geht es dir? Wie war dein Tag?", säuselt mir seine warme Stimme ins Ohr, sie macht mich immer wieder aufs Neue weich.

Ich möchte sie jeden Tag hören – ohne Unterlass – und bitte, keine 2 Wochen Funkstille, nur weil die Familie, die eigentlich keine mehr ist, anrückt.

Allein dieser Gedanke lässt mich schon wieder Trübsal blasen. Traurig antworte ich: „Naja, den Umständen entsprechend."

„Och, mach kein Drama daraus. Wir schaffen das schon! Du bist ja raus und ich bin sowas von drin! Ich muss das alles jetzt ertragen. Die schlechte Stimmung und die Streitereien ..."
„Was soll ich dazu sagen, A.? ... mich belastet das eben", antworte ich ehrlich.

Männer sehen das immer etwas rationaler, habe ich den Eindruck ...

Während ich meine Füße in dicke Socken stecke, weil sie schon wieder eiskalt sind, schiebe ich mir ein Stück Schokolade in den Mund.

„Du bist schon so tief in meinem Herzen, A."
„Du doch auch bei mir. Mach dir bitte keine Gedanken. Die Zeit geht vorbei. Wir haben bisher eine so tolle Zeit gehabt, obwohl wir gar nicht viel weg waren."
„Darauf kommt es nicht an. Wir sind zusammen und das ist wichtig. Und jeder lässt dem anderen seinen Raum und ihn so, wie er ist. Ich schaffe das schon. Bestimmt."

Ich zähle ihm auf, was ich alles in der Zeit machen werde.

„Wenn du morgen nach Hause kommst, schaust du bitte auf dem Holzstoß unter deiner Eingangstreppe nach. Ich habe da etwas für dich hinterlegt."

Wie süß ist das denn? Ein Hoffnungsschimmer am Himmel, doch es ist der letzte Tag bevor die „Stille" einkehrt, und seine Familie ist noch nicht einmal hier. Wünscht man sich als Frau oder „Geliebte", dass sie sich ganz viel streiten und sie wutentbrannt nach 3 Tagen wieder abreist? Nein, das ist gemein. Das schafft auch schlechte Gefühle in einem selbst.

Ich verstehe mich sehr gut mit meinem ehemaligen Mann. Das war nicht immer so. Es war sehr viel Arbeit und bedurfte ein eigenes, inneres Wachsen und ein Über-den-Schatten-springen. Ich habe es geschafft und es geht mir heute gut damit. Ich habe es gut gemacht. Ich habe es so gut gemacht, wie ich es nur konnte. Stolz bin ich darauf. Aus dieser Erfahrung kann ich nun schöpfen und diese weitergeben.
Es hilft keinem etwas und bringt niemanden weiter, sich bis aufs Blut zu streiten. Den eigenen inneren Frieden zu schaffen sollte das Ziel sein. Vergeben – erst sich selbst, und dann den anderen. Das ist wichtig.

Ein Mensch der schreit, schreit nur nach Liebe! Eigener Liebe.
Unzufriedenheit schaffe ich stets in mir selbst. Neue und gute Gedanken, die ich mir immer wiederhole, bringen neue Gefühle mit sich.

Das ist ein guter Gedanke, denke ich noch und A. holt mich mit seinen nächsten Worten aus meinem Gedankenpuzzle heraus: „Klaus hat sich heute gemeldet." Der Geschäftsführer seines Unternehmens.

„Was sagt er denn dazu, dass deine Frau kommt?"

„Er war total geschockt und die erste Frage, die er mir gestellt hat war: ‚Und? Was sagt Kathrin dazu?'"

Ja, was sagt Kathrin eigentlich dazu, sinniere ich.

„Kathrin ist eine intelligente Frau. Und du weißt, wie sehr ich intelligente Frauen mag.', habe ich ihm gesagt."
Das ist ein sehr nettes Kompliment und eigentlich hat er Recht. Ich bin intelligent und ich weiß das einzuordnen. Manchmal klappt es besser, manchmal nicht so gut. Doch ich bleibe dran.

Das Leben ist ein einziges Lernen und irgendwie bin ich auch dankbar, dass das Leben mir dieses Geschenk macht, indem seine Frau entschieden hat, diese Tickets zu buchen. Alles hat seinen Sinn.

Kathrin, du schaffst das!

Neele schaltet den Fernseher ein und während irgendeine trashige TV-Serie über den Bildschirm flimmert, merke ich, wie die Zeit zum Telefonieren zwischen A. und mir abläuft. Ich spüre unendliche Müdigkeit in mir.

Ich hatte vorher noch eine Meditation gemacht, aber auch durch das Tagesgeschehen im Allgemeinen, bin ich sehr erschöpft.
„A., ich wünsche dir eine tolle Zeit mit deinen Kindern. Und wenn wir beiden Abends den Mond sehen, dann denken wir an den anderen, ok?", mir kommen die Tränen. Ich kann nichts dagegen machen. A. reagiert sehr betroffen.
„Bitte versprich mir, dass du dir nicht allzu viele Gedanken machst, hörst du? Versprich es mir, bitte!"
„Ich verspreche es", sage ich mit erstickter Stimme.
„Gut, dann schlaf schön, meine Süße."
„Du auch!"
„Tschüss."

Ich lege auf. Das war es. Aus die Maus. Die „Süße" weint. Ich lege meinen Arm über mein Gesicht, damit Neele nicht merkt, dass mir die Tränen die Wange runterlaufen. Will es nicht.

Ich versuche, mich mit dem Fernseher abzulenken. Es klappt halbwegs. Als ich das Licht ausmache, falle ich sofort in einen tiefen und festen Schlaf in meiner Hängematte.

Ich träume von einem Schwimmbad, in dem ich viel Spaß habe. Das Schwimmbad deute ich so: *Im Becken ist das Wasser der Gefühle. Es ist gefangen in einem menschlichen Konstrukt. Ich frage mich: „Welche Gefühle möchte ich hinter sicheren Mauern wissen?"*
Diese Deutung passt ja mal wieder, wie die Faust aufs Auge.

Stunde 0

Auch das geht vorüber.

Ich checke meine Mails und lege los für den Tag. Der erste, an dem ich nicht mit A. telefoniere. Ich ertappe mich, wie ich immer wieder auf die Uhr schaue. Seine Familie sitzt nun schon im Flieger und freut sich sicherlich schon auf ihn. Wahrscheinlich hat sich seine Frau hübsch gemacht und kommt in ihr altes Zuhause zurück. Was für ein Gedanke!

Mein Telefon klingelt. Es ist mein Chef. Eine willkommene Abwechslung. Wir tauschen ein paar Informationen aus und dann ist wieder Stille.

Im Radio läuft gerade „Where are you?" von Jimmy McHugh und Harold Adamson.

Ja, das wüsste ich jetzt zu gern.

Es hilft ja nichts. Wie baue ich mir eine Straße der Hoffnung, die mich das durchhalten lässt? Ablenkung durch Arbeiten? Kein guter Plan.

Mich im Selbstmitleid suhlen? Auch nicht gut. Ich möchte leben, genießen und gestalten. Ich möchte mich um mich selbst kümmern, sodass es mir gut geht.

Ich habe A. gestern gesagt: „Wenn du dich, aus welchen Gründen auch immer, doch für deine Frau entscheidest oder aus meinem Leben verschwindest, kommt es für mich noch besser!" Hart gesagt, doch das ist meine feste Überzeugung.

In der Leitung war danach erst einmal Stille.

Ich bin schon vor geraumer Zeit zu der Einsicht gekommen, dass alles, was nicht freiwillig bei mir bleibt oder zu mir kommt, auch nicht bei mir sein sollte und es so seinen Sinn hat. Dies so zu sehen, hat lang bei mir gedauert, doch es ist möglich.

Wir Menschen neigen dazu, alles unter Kontrolle haben zu wollen. Und wenn uns diese Kontrolle scheinbar durch das Handeln einzelner Menschen, durch ausweglose Situationen oder versperrte Wege entzogen wird, fühlen wir uns machtlos. Wir sind ohne Macht – wir empfinden eine Ohnmacht. Und dann sind wir ohnmächtig.

Doch ich möchte Macht über mein Leben haben, Dinge in meinem Leben selbst machen und mein Denken und meinen Gefühlszustand selbst bestimmen. Meine Größe wahrnehmen.

Mein E-Mail-Account meldet sich. Ich muss mich zusammenreißen und mich auf die Arbeit konzentrieren. Du hast in 10 Wochen eine große Veranstaltung und diese soll fantastisch werden. Auf geht's, Kathrin.

11.30 Uhr, 11.46 Uhr, 12.05 Uhr ... die Zeit tickt. Der Flieger ist sicher schon im Landeanflug. Kathrin, sei im Hier und Jetzt und bleibe bei dir.

Mein Handy klingelt. A.s Bild erscheint auf meinem Display. Was? Das gibt es doch nicht. Er ruft mich an!

Ich hebe ab: „A.! Du rufst mich an! Ich freue mich."
„Kathrin, na klar, rufe ich an. Warum nicht?"
„Bist du auf dem Weg zum Flughafen?"
„Ja, bin ich. Wie geht es dir?"
„Naja, den Umständen entsprechend."
„Kathrin, darüber haben wir doch gesprochen, du brauchst dir keine Gedanken zu machen. Vertraue."
Ich fühle in mich hinein. Ich habe nicht das Recht ihn in irgendeiner Form zu verurteilen, damit würde ich nur mich selbst verurteilen und Dinge in gut und böse einteilen. Ich bin die Gute und seine Frau die Böse. Das steht mir nicht zu.
Ich setze mich gerade auf meinen Stuhl, aufrecht und stolz: „Ja, du hast recht. Doch ich kann nicht in dich reinfühlen und wissen, was sich in deinem Kopf abspielt und das macht es so schwierig für mich. Ich kann nur für mich selbst sprechen und das möchte ich jetzt nochmal sagen. Ich liebe dich."

„Ich liebe dich auch. Das weißt du auch." Der Mann, der auf dem Weg zum Flughafen ist, um seine Familie abzuholen, sagt mir soeben, dass er mich liebt. Mein Herz hüpft und wird ganz warm.

„Ja, es ist dennoch wichtig, sich das immer wieder zu sagen."

„Ich habe es nicht geschafft, den Korb, den ich für dich vorbereitet habe, unter deine Treppe zu legen. Ich werde das nachholen."

„Ist schon gut." Ich bin nicht traurig darüber. Die Freude, dass er mich anruft überwiegt zu sehr.

„Du hast auch noch eine Parkkarte für meine Garage von mir. Kannst du mir diese zuschicken?"

„Ja, das mache ich."

„Ich fahre jetzt in die Tiefgarage und der Kontakt wird gleich weg sein."

„Bitte drücke in Gedanken deine Kinder von mir und sage ihnen gedanklich, dass ich mich auf unser Kennenlernen freue egal wo und wie."

„Ja, das mache ich gern."

„Versprich es mir ..."

Und dann ist der Kontakt weg. Das war es. In weniger als 20 Minuten wird er seine Kinder im Arm halten und ich sitze in Stuttgart. Weit weg von dem ganzen Geschehen. Doch ich entscheide mich dafür, glücklich darüber zu sein, dass er sich nochmals gemeldet hat. Das fand ich sehr wertschätzend. Er hat sich gut angehört und er hat mir ehrlich gesagt, dass er mich liebt. Und ich glaube ihm. Ich kann es fühlen.

Um 13.30 Uhr schaue ich das nächste Mal auf die Uhr. Jetzt sind sie schon da und in meinem Kopf sehe ich das Bild, wie seine kleine Tochter ihre winzigen Ärmchen um den Hals ihres Papas legt und so glücklich ausschaut und sagt: „Papi, ich habe dich so vermisst." Der Sohn daneben freut sich, dass er bei seinem großen Helden ist. Der starke, unverwundbare Papa. Ein schönes Bild und ich beschließe, es genauso in mir aufzubewahren.

Alle Kinder haben ein Recht auf ihre Eltern. Ich bin davon überzeugt, dass, obwohl meine Kinder zu mir gehören, sie dennoch nicht der Mittelpunkt meines Lebens sind. Ich bin schließlich auch noch da und habe eigene Wünsche, Träume und Sehnsüchte. Sie gehen irgendwann aus dem Haus, sagen „Tschüss" und führen ihr eigenes Leben und ich habe mich aufgegeben bis dahin? Nein. Das Leben findet tatsächlich schon statt, wenn die Kinder noch zu Hause sind.

Sinnierend schaue ich aus dem Fenster. Was sie jetzt wohl machen? Hallo!! Aufwachen! Was machst du? Bist du im Hier und Jetzt?

Neele ist in Stuttgart shoppen und wir haben verabredet, dass sie um 19.30 Uhr wieder im Hotel ist, damit wir pünktlich zurück in die Heimat fahren können. Morgen bin ich mit meiner Arbeitskollegin Manja verabredet. Wir wollen spazieren gehen. Ich muss raus, in die Natur und mein Gehirn durchlüften. Vielleicht kommen mir neue positive Ideen zu meiner Lebenssituation.

Wieso mache ich das eigentlich mit? Immer wieder frage ich mich das. Wieso bin ich mit einem Mann zusammen, der nicht frei ist? Was spiegelt mir das? Bin ich etwa selbst noch nicht frei? Von was bin ich noch nicht befreit?

Ich bin seit 4 Jahren Single, geschieden und lebe mit meinen beiden Töchtern, die jetzt 14 und 17 Jahre alt sind, in einer wunderschönen Wohnung in einer Stadt im Taunus. Ich komme nicht von hier. Bin eigentlich aus dem Norden und ich möchte auch eines Tages wieder dorthin zurück. Hamburg ist mein Ziel.

Den Papa meiner Kinder habe ich in München kennengelernt, damals, vor 23 Jahren. Ich war 22 und ein graues Mäuschen. Vom Leben keinen Plan. Wir haben in einem großen Hotel zusammengearbeitet. Er war mein Chef an der Rezeption und ich die Empfangsdame. Am meisten hat mich damals auch seine Familie fasziniert. Er kam aus einer großen und sehr harmonischen Familie. Sie haben mich sofort herzlich aufgenommen und ich habe mich stets wohl und willkommen gefühlt.

Meine Familie war komplett anders. Meine Eltern waren geschieden. Meine Mama hat nie wieder geheiratet, mein Papa schon. Das Verhältnis zu meinem Papa war nach seinem Weggang schwierig. Als er ging, war ich 12 Jahre alt. Wir hatten lange keinen Kontakt. Dennoch war der Wunsch nach meinem starken Papa stets sehr präsent. Ich war damals noch ein Kind, verstand das alles nicht und fühlte mich im Stich gelassen. Und schrecklich allein.

Meine Mama versuchte alles, um unser Leben weiter am Laufen zu halten. Sie hat ihr Bestes gegeben. So sehe ich das heute.

Dennoch rebellierte meine Seele. Ich bekam Magersucht. Wollte mich regelrecht auflösen. Wollte nicht mehr sein. Aber ich habe überlebt und bin stolz auf mich, denn es war nicht so einfach aus dieser Sucht wieder rauszukommen.

Mit 17 Jahren habe ich mein Zuhause verlassen und besuchte für ein Jahr ein Internat für Hotellerie. Im Anschluss daran machte ich meine Ausbildung zur Hotelfachfrau, obwohl ich Hand aufs Herz viel lieber Stewardess geworden wäre. Ich wollte reisen, die Welt kennenlernen, die Luft da oben schnuppern.

Doch ich startete erstmal mit der Welt der Hotellerie und begann die Dienstleistung und Kundenorientierung auf höchstem Niveau zu leben.

Als ich meinen ehemaligen Mann zum ersten Mal traf, war ich eigentlich selbst noch ein Kind. Völlig unreif, verletzt und mit großen Verlustängsten bepackt. Heute bin ich der festen Überzeugung, dass ich mich damals selbst verlassen habe, als mein Papa ging.

Mein damaliger Mann war, und ist es auch heute noch, ein warmer und liebevoller Mensch. Und genau deshalb habe ich ihn mir auch ausgesucht. Die intakte Familie, aus der er kam, war genau das, wonach ich mich sehnte.

Tief in mir erahnte ich meine wahren Träume und Wünsche vom Leben und hatte wohl auch eine konkretere Vorstellung, wie ein Mann für mich sein sollte. Jedoch lag dieses Wissen noch völlig im Dunkeln und ich hatte noch nicht das Bewusstsein, es ans Tageslicht zu bringen.

Ich ließ andere Menschen für mich entscheiden, was richtig und was falsch sei. Ich habe ihre Meinung als meine eigene angenommen, obwohl sie nicht zu mir gehörte und auch nicht authentisch war. Ich hatte mich tatsächlich innerlich verlassen. Heute bin ich mir dessen bewusst.

Mit 26 Jahren war ich verheiratet und wusste irgendwie gar nicht, wie mir geschah.
Ich hatte keinen Plan. Die dazugehörige Familie meines Mannes war toll. Dort fühlte ich die Geborgenheit, die ich bei meiner eigenen Familie in der Form noch nicht gefunden hatte.

Doch das Leben meint es immer gut mit mir und alles kommt so, wie es kommen soll.

Karriere wollte ich machen, und mein eigenes Ding. Doch was war mein Ding? Anstatt mir darüber Gedanken zu machen, lief ich innerlich vor mir selbst davon. Ich fing an innerhalb meiner Ehe zu betrügen. Ich betrog mich innerlich selbst und wollte den eigenen Schmerz in mir nicht fühlen.

Ich hatte derzeit keinen Kontakt zu meinem Papa. Es war alles zu viel für mich. Ich wurde krank. Endometriose war die Diagnose. Gutartige, schmerzhafte Wucherungen von Gewebe der Gebärmutterschleimhaut, die sich bei mir bereits außerhalb meiner Gebärmutter in benachbarten Organen angesiedelt hatten. Im Klartext: mein Innerstes wuchs nach außen. Es war so schlimm, dass ich niemals hätte Kinder bekommen können, wenn es nicht entdeckt und behandelt worden wäre.

Heute weiß ich, dass diese Krankheit für Unsicherheit, Enttäuschung und Frustration steht und für Vorwürfe, die man sich selbst macht.

Ich ließ mich operieren und als ich 29 war, bekam ich mein erstes gesundes Kind. Sprich das verletzte Kind Kathrin bekam nun selbst ein Kind.

Es ist bereits 19.15 Uhr und keine Meldung von Neele. Um 19.30 Uhr hätte sie am Hotel sein sollen.

19.25 Uhr – keine Meldung von dem Kind. Ich fange an zu brodeln.

Ich packe meine Sachen zusammen, zahle meine Hotelrechnung und gehe noch auf die Toilette.

19.45 Uhr, immer noch kein Zeichen von Neele. Ich setze mich um kurz vor 20.00 Uhr ins Auto – mittlerweile bin ich auf hundertachtzig. Ich bin müde und will eigentlich nur noch nach Hause. Ich weiß, dass noch 2,5 Stunden Autofahrt vor uns liegen. Neele ist immer noch nicht da. Ich rufe sie an und sie nimmt nicht ab. Ich flippe innerlich schier aus, schimpfe wütend über mich, über Neele, über alles. Mache mir selbst die Hölle heiß und ziehe mich damit immer weiter runter.

Und Neele, die davon nichts mitbekommt und scheinbar der Auslöser sein soll, ist gar nicht da.

Ich bin in dem Moment der Schöpfer meiner Emotionen, dass es mir jetzt so schlecht geht, liegt an mir.
Ich mache es ganz allein, dass es in mir kocht. Stelle die innerliche Kochplatte selbst auf die höchste Stufe.

Als Neele dann um die Ecke kommt und endlich die Autotür öffnet, entlade ich mich ihr ohne Rücksicht und Rückfragen. Ohne ihr auch nur die Gelegenheit zu einer Erklärung geben zu wollen, schreie ich sie an und brülle aus Leibeskräften. Was ihr eigentlich einfiele, so spät zu kommen, und warum sie sich nicht an die Absprache halten würde und sie hätte doch genug Zeit gehabt, rechtzeitig loszufahren und sie solle sich mal vorher Gedanken darüber machen ... Ich brülle und schreie mir all meinen Frust von der Seele und meine kleine Tochter bekommt die komplette Breitseite ab. „Ich will nach Hause", zetere ich weiter und „ich bin müde", und ... und ... und.

Zwischendurch versucht meine Tochter noch etwas zu sagen, sich zu erklären, doch es gelingt ihr nicht mehr, zu mir durchzukommen. Ich bin so am Explodieren, dass nur noch die Funken sprühen.

Neele verabschiedet sich kleinlaut von ihrer Freundin und setzt sich in das aufgeladene Auto. Die Energie hier drin ist spürbar schlecht. Sie versucht sich zu wehren, als ich Luft hole.

„Mama, die Busse kamen nicht und die eine Station wurde nicht angefahren. Wir können nichts dafür! Selina ist extra mit mir mitgefahren, damit ich nicht so allein bin und überhaupt: Warum schreist du meine Freundin so an?"

Sie fängt an zu weinen. Doch ich setze noch eine Schippe oben drauf: „Ich ermögliche dir das alles hier mit deinem Praktikum, und du bist einfach nur undankbar und nicht pünktlich." Ich sage dies alles und weiß innerlich genau, dass ich nur am kritisieren und verurteilen bin und eigentlich nicht Neele, sondern mich selbst meine. Und das ununterbrochen. Ich kritisiere und verurteile nur mich selbst in einer Tour. Ich füge mir somit selbst Schmerzen zu.

Ich beende das Gespräch und sage Neele, dass ich nichts mehr von dem Thema hören will. „Du wirst das Mädchen nächste Woche nicht mehr sehen. Das ist die Konsequenz aus der Nummer heute!"

Neele heult noch mehr und dreht sich zur Seite. Schniefend und durch das monotone Geräusch des Autos schläfrig geworden, fällt sie bald erschöpft in einen tiefen Schlaf.

Ich habe indes Zeit und Ruhe mich und meine Reaktion zu reflektieren. Es ist verheerend und sehr ernüchternd. Innerlich fühle ich mich wie auf einem Schlachtfeld. Die letzten 45 Minuten haben sich einige Gefühle und aufgestaute Emotionen in mir entladen. Und das mit voller Wucht. Wie ein verstopftes Rohr, das plötzlich Druck bekommt und den ganzen Dreck rausschleudert. Die Gefühle haben sich gezeigt, mir dargeboten mit der großen Bitte, sie anzuerkennen, bejahend zu fühlen und wertzuschätzen. Sie sind ein Teil von mir.

Ich bin ein Mensch, der nicht alles richtig macht. So sind Menschen nun mal. So läuft eigene persönliche Entwicklung.

Was für ein Geschenk mir Neele mit ihrem vermeintlich schlechten Verhalten gemacht hat, erkenne ich zunächst nicht.

Ich konzentriere mich aufs Fahren. Zum Glück ist nicht viel los auf der Autobahn. 22.30 Uhr sind wir zuhause, wenn alles gut geht. Neele liegt eingemummelt auf ihrem Sitz. Es tut mir so leid für sie.

Die Ruhe im Auto tut mir gut. Was bin ich für eine Rabenmama? Schreien bedeutet Hilflosigkeit. Wer schreit, schreit nach Liebe. Wie ein kleines Kind. Was ist hier nur wieder schief gelaufen?

Ich war in keiner Weise ein Vorbild und habe mich nicht erwachsen verhalten. Und schon wieder kritisiere ich mich.

Was hat sich gerade in mir abgespielt? Wieso bin ich so ausgerastet? Warum war ich so voller Wut? Wo kam die her? Ich habe mal irgendwo gelesen, dass Wut verzerrte Liebe sei.

Am liebsten würde ich A. jetzt anrufen. Meinen Frust ablassen. Toll, geht ja nicht. Kathrin, die Nummer musst du jetzt ganz allein lösen und dafür hast du nun großartige 250 km Zeit und keinerlei Ablenkung, bis auf das Autofahren. Vielen Dank, liebes Universum. Es kommt im Leben immer so, wie es kommen soll. Es tut mir so leid, dass ich so war. Das war nicht erwachsen. Wie peinlich dem anderen Mädchen gegenüber! Ich bin ein schlechter Mensch und habe mich nicht im Griff. Ich muss mich bei Neele entschuldigen. Das war böse. Neele hat Angst und ist sauer auf mich. Sie redet jetzt nicht mehr mit mir und straft mich damit ab. Ich muss klein beigeben und mich dafür entschuldigen, dann ist alles wieder gut. Das Gedankenkarussell dreht sich wieder 3 mal vorwärts und 5 mal rückwärts. Und ich verliere mein Gesicht als Mama! Das will ich auch nicht. Ich denke darüber nach und merke, wie das innere Kind in mir rebelliert. Ich spüre die alten Gefühle von früher. Emotionen, die ich damals hatte, als ich die kleine Kathrin tatsächlich noch war und etwas getan oder gesagt hatte, das meine Mama oder auch mein Papa missbilligt und verachtet hatten. Sie bestraften mich damals wie Eltern das taten aus der Summe ihrer eigene Verletzungen aus ihrer Kindheit. Verletzte Kinder bekommen wiederum selbst Kinder, und diese werden erneut verletzt.

Diese plötzliche Erkenntnis schockt mich. Ich gehe mit meinem eigenen Kind so ungerecht um aus eigenen alten Gefühlen heraus? Doch diese Gefühle sind nicht böse. Sie wollen nur wahrgenommen werden. Diese alten Gefühle wollen noch mal durchfühlt werden.

Ich habe sie mir selbst als Kind erschaffen, um mich zu schützen, da von meinen Eltern keine Abgrenzung, zwischen meinem damals scheinbar falschen oder unangemessenen Verhalten, und ihrer Liebe zu mir als ihr Kind, vollzogen wurde. Ich durfte nicht zeigen, was ich wirklich fühlte. Ich habe diese Gefühle in mir verschlossen. Und da stecken sie. Bis heute.

Es wird plötzlich ganz hell in meinem Inneren. Langsam beginne ich zu begreifen. Völlig begeistert von dieser Erkenntnis, gehe ich weiter meinen innerlichen Weg. Und die Richtung in die ich gehe, ist gut. Ich kann es fühlen.

48 km noch. Ich fahre in einem guten Tempo. Auch innerlich. Was geschieht hier gerade?

Alles, was jetzt gerade passiert ist, hat seinen Sinn für mich. Es sollte passieren, dass Neele getrödelt hat, die Haltestation sollte von dem Bus nicht angefahren werden, wo sie hätten aussteigen müssen, damit genau diese Situation eintritt. Das Leben meint es immer gut mit mir. Ich sollte eine weitere Lebenslektion erlernen.
Wäre das alles nicht passiert, hätte ich diese Erkenntnis nicht gehabt.

Und ich erkenne, die Ursache für meinen Ausbruch liegt nur bei mir. Alte, aufgestaute Gefühle aus der Kindheit kamen an die Oberfläche. Mit einem ungeheuren Druck. Neele hat sie durch die Aktion lediglich ausgelöst. Nun ist es an mir. Wie gehe ich damit um? Wahrnehmend. Friedlich. Bejahend. Annehmend. Wertschätzend.
Alles wunderbare Wörter, wie ich finde.

Ich setze den Blinker und verlasse die Autobahn. Bald habe ich es geschafft.

Wenn wir zu Hause sind, werde ich mit Neele nochmals sprechen, beschließe ich. Ich möchte das Geschehene nicht so stehenlassen.

A., ich vermisse dich so sehr. Ich würde alles dafür tun, jetzt in deinen starken Armen zu sein. Du wunderbarer Mann.

Ich parke und Neele wacht auf. Wir laden das Gepäck aus und stapfen gemeinsam die Treppe hoch. Keiner sagt einen Ton. Vorher schaue ich noch unter die Treppe. Da ist nichts außer dem trockenen Kaminholz. Alles gut. Mir war klar, dass A. das nicht mehr schafft. Er ist jetzt erst mal für die nächsten 14 Tage beschäftigt.

Neele redet kein Wort. Sie macht sich bettfertig und ich Bestandsaufnahme in meiner Wohnung, die, obwohl ich nur eine Woche weg war, total chaotisch aussieht. Was hat Annika gemacht?
Kathrin, höre jetzt endlich auf in dir selbst schlechte Stimmung zu machen, zu verbreiten und weiter an dir herumzukritisieren.

„Gute Nacht", sagt Neele noch und ich schicke ein: „Ich komme gleich noch mal." zurück.

Ich packe meinem Koffer aus und reflektiere dabei noch mal die Woche. Echt anstrengend. Ich überlege, ob ich noch ein Glas Wein trinken sollte, um runterzukommen. Alkohol scheint aber auch nicht die passende Lösung zu sein. Nee, lass mal lieber. Stattdessen laufe ich in Neeles Zimmer. Sie liegt bereits eingekuschelt in ihrem Bett.

Ich setze mich auf ihre Bettkante und schaue sie an. Es ist ganz still im Zimmer. Klar und deutlich sage ich: „Neele, das was da vorhin passiert ist, sollte geschehen und es hat ganz viel mit mir selbst zu tun. Du und deine Freundin habt es nur durch euer Zuspätkommen ausgelöst. Es hat etwas mit meinem eigenen Gefühlen zu tun.
Weißt du, ich bin auch als Mama ein Mensch, der nicht alles richtig macht und auch nicht perfekt ist. Ich habe euch verurteilt und mich dadurch selbst verurteilt. Ich habe in gut und böse geteilt. Aber ich erkenne jetzt, dass ich mich in dieser Verurteilung geirrt habe. Und ich muss bei mir schauen. Ich hatte auf der Rückfahrt viel Zeit zum Nachdenken."

Neele sagt nichts. Sie schaut mich ganz aufmerksam an.

„Es war nicht richtig, dich so anzuschreien und dir keine Möglichkeit der Erklärung zu geben. Das war nicht wertschätzend und es muss dir sehr unangenehm gewesen sein. Doch trägst auch du deinen Anteil daran und es wird sicher eine weitere Chance kommen und dann werden wir sehen, ob du es verstanden hast, was es heißt pünktlich zu sein."

Während ich spreche, fühle ich zum ersten Mal in meinem Leben, wie ich ganz bewusst und klar meine eigenen Wörter und meine eigene Sprache finde, ohne dass ich vorher mit jemand Dritten darüber gesprochen hätte. Sie sind in meinem Kopf entstanden, da ich mich in den letzten Stunden allein damit auseinandergesetzt hatte. Es fühlt sich fantastisch an!

Neele schaut mich mit großen Augen an. Ich sehe, wie sie spürt, dass ich absolut ehrlich und klar bin und ich merke, sie versteht genau, was ich sage. Völlig ruhig spreche ich weiter: „Und, Neele, egal was du tust und wo du bist, ich liebe dich. Das hat nichts mit deinem Verhalten zu tun. Das sind zwei Paar Schuhe. Bitte bewahre das in deinem Herzen. Und jetzt schlaf schön!" Ich drücke ihr einen Kuss auf die Wange und gehe aus dem Zimmer, während Neele mir ein leises „Ich hab dich auch lieb!" hinterher ruft.

Was für ein Gefühl! Ich bin so stolz auf mich. So unendlich stolz! Das habe ich gut und richtig gemacht – und ich fühle mich super.

Mit diesem Gefühl hüpfe ich erst unter die Dusche und dann in mein Bett und schlafe augenblicklich ein.

Tag 1

Ich öffne meine Augen und sehe, dass die Sonne scheint. Was? Erst 8.00 Uhr morgens? Ich wollte doch ausschlafen! Genüsslich drehe ich mich nochmals um, und schon geht das Gedankenkarussell wieder los. „Wer will alles zusteigen?", höre ich den Karussell-Betreiber schreien. Kathrin natürlich.

Tag 1 und A. ist nicht da. Wir hatten uns beide so sehr auf das gemeinsame freie Wochenende gefreut. Ausschlafen, Sex, dann Sex und anschließend noch mal Sex. Haben viel nachzuholen, wir beide. Käsekuchen essen und danach noch mal Sex. Spazierengehen und einkaufen. Reden und sich anfassen. STOP! Ich steige aus, raus aus dem Karussell. Es wird mir gerade ganz schwindelig hier oben.

Ich stehe auf und gehe duschen und versuche positive Energie für mich in das Universum zu schicken. Das gelingt mir. Ich gehe in den Schnee raus, hole frische Brötchen für mich und meine Tochter und plane ein leckeres Frühstück. Es ist herrlich hier draußen. Der Schnee glitzert so, wie ich mich im Inneren fühle. „Auch die Schönheit im Außen spiegelt sich in meiner inneren Schönheit wider", denke ich noch und freue mich über meine Fröhlichkeit und diese Erkenntnis.

Das Frühstück ist lecker und ich versuche das Beste aus meinem veränderten Wochenende zu machen. Ich backe einen Kuchen und warte auf meine Arbeitskollegin Manja. Wir wollen raus in die Natur. Laufen und Luft einatmen. Neue Luft, die alte ist so stickig.

Der Tag verläuft wirklich harmonisch. Doch immer wieder schweifen meine Gedanken zu A.. Vor meinem inneren Auge sehe ich ihn zusammen mit seiner Familie in der herrlichen Sonne spazieren gehen. Seine Frau versucht seine Hand zu nehmen und er weiß nicht so recht, wie er sich verhalten soll. Er hat immer wieder mit dem Dilemma zu kämpfen, das er innerlich hat. Er will ein guter Papa sein, durchhalten, obwohl er gar nicht glücklich ist. Doch er wählt selbst für sich. Er entscheidet, wie er leben möchte. Das kann kein anderer für ihn tun und ich erst recht nicht. Es ist seine Angelegenheit. Ich habe meine.

Es ist immer wieder ein Wechselspiel der Gefühle. Liebe ich, oder habe ich Angst?

Liebe und Angst können nicht beide zeitgleich am selben Ort existieren. Die Liebe ist nur da, wo keine Angst herrscht, und dort, wo Angst ist, kann keine Liebe existieren. Interessanter Gedanke.

Ich habe keine Angst davor diesen Mann zu verlieren. Wenn dem so sein sollte, dann soll das so sein. Ich entscheide mich, positiv zu bleiben und für die Liebe zu sein.

Das fühlt sich gut an. Ich versuche den Zustand, in dem ich mich gerade befinde, anzunehmen. So wie er ist. Auch das geht vorbei und nur im Annehmen liegt die Kraft. Nur mit dem Bejahen schaffe ich Frieden in mir.

Es kommen auch wieder andere Zeiten, die einfach nur schön sind und das ist gut zu wissen. Wenn dann die guten Zeiten da sind, dann weiß man das Schöne auch zu schätzen und nimmt es viel bewusster wahr.

„Komm, wir kochen noch was gemeinsam", motiviere ich Manja am Abend. Ich fülle Wasser für Nudeln in einen großen Topf.
„Gute Idee", sagt meine Freundin und wir machen es uns in meiner kleinen Küche gemütlich. Was für ein herrlicher Abend. Wir sinnieren über das Leben und erfreuen uns an dem, was jetzt ist.

Innerlich bereite ich mich schon auf Stuttgart vor. Einmal noch in meinem Bett schlafen. Ich möchte nicht wieder wegfahren, doch es ist jetzt so, wie es ist.

Ich schlafe tief und fest, und träume von einem Spielplatz. Ich höre die Tochter von A. laut lachen. Glockenhell und so fröhlich. Wie ein Engel. Ich schaue auf den Spielplatz und sehe Kinder eine Rutsche runterrutschen. Es sind die Seinen.
Ich sehe noch einen Mann, der seine Hose runterlässt und sie in den Papierkorb wirft. Das ist ja alles super spannend! Was das wohl wieder heißen mag?
Am nächsten Tag schaue ich direkt nach was das bedeutet:
Ich kehre in meinem Traum in die Gefühlswelt der Kindheit zurück, da das Kind was wir einst waren, immer in uns vorhanden bleibt.

Tag 2

Ich wache auf, von der herrlichen Sonne geblendet, die in mein Zimmer scheint. Ich schaue direkt auf das Bild, das von A. und mir auf meiner Kommode steht. Mein Herz schlägt gerade besonders für ihn. Ich vermisse seine Umarmung, seine Hände auf meiner Haut und seinen Guten-Morgen-Kuss. Die Sonne muss reichen – sie küsst mich heute auf meine Nasenspitze. Sei dankbar, Kathrin, dass du diesen wunderbaren Morgen erleben darfst, unter deiner warmen Bettdecke, ein- und ausatmend, ein Dach über dem Kopf, mit deiner Intelligenz, deinem großartigen Sein.

Ich beschließe heute im Bett zu frühstücken. Das mache ich am liebsten, wenn die Kinder nicht da sind. Ich mag das. Wenn mein Bäuchlein so schön voll ist, dann kann ich nochmal schön einschlafen.

Ich genieße es, mir das frisch aufgebackene Croissant einzuverleiben und dabei die Sonne auf meinem Gesicht zu fühlen. A., ich denke an dich und schicke dir alle Liebe, die ich habe.
„Die Liebe erträgt alles, glaubt alles, hofft alles, hält allem stand. Die Liebe hört niemals auf.", stand heute in der Zeitung in einer Todesanzeige. Es war auch mein Trauspruch. Erst heute verstehe ich die wahre Bedeutung dieses Spruches wirklich.

Ich entscheide mich für die Liebe. Nicht für die Angst, A. zu verlieren. Ich vertraue in die Liebe, dass mir Gutes widerfährt. „Trauen" ist ein schönes Wort.
Ein Rotkehlchen hüpft fröhlich auf meinem Balkon herum, auf der Suche nach Futter. Ich brauche auch noch mal Futter und schiebe noch einen Toast hinterher.

Ich entscheide mich, an diesem herrlichen sonnigen Tag spazieren zu gehen. Allein. Das mag ich eigentlich gar nicht. Ich mag es mit Menschen zu sein und mich unterhalten und austauschen zu können. Doch heute möchte ich etwas verändern und mache es einfach anders.

Ich hopse rasch unter die Dusche und mache mich ausgehfein. Der Schnee und die Luft sind einfach herrlich. Ich habe meine Kopfhörer auf und höre eine Meditation, die mir viele neue Aspekte und Sichtweisen über das Leben gibt.

Ich denke über die Verantwortung nach, die ich trage. Über das Annehmen der Dinge und Situationen, die jetzt sind. Ich denke über das nach, was ich im Leben ablehne und als ich um die Ecke eines wunderschön gelegenen Sees biege, der mittlerweile komplett zugefroren ist, kommt mir die Erkenntnis, dass ich die Einsamkeit auf Eis gelegt habe. Ich lehne sie ab. Seit meiner Scheidung vor 4 Jahren habe ich viel darüber gejammert allein zu sein. Ich lehne die Einsamkeit ab. Ich sage „Nein" dazu und bin immer weiter gerannt auf der Suche nach Menschen, die um mich sind und mich ablenken. Bei diesem Gedanken angekommen, merke ich plötzlich, dass mein Äußeres mein Inneres spiegelt. Ich überlege, wo ich überall allein bin. Im Büro, in meiner Partnerschaft, in meinem Job. Verrückt! Das, was ich all die Jahre abgelehnt habe, klebt an mir wie eine Klette, doch nur weil ich es ablehne und nicht haben will. Doch alles hat zwei Seiten, wie eine Medaille, die ich mir gerade für diese Erkenntnis innerlich verleihe.

Danke an die Frau von A., die entschieden hat, die Flugtickets zu kaufen um hierher zu kommen. A. sei Dank, dass du mir mit deinem Kontaktabbruch die Gelegenheit der Einsamkeit geschenkt hast. Wie hätte ich mir sonst in der Einsamkeit diese Gedanken machen können?

Was passiert hier gerade? Annahme? Ein „Ja" zu dem was ist? Genial, so läuft also das Leben. Mit einem Lächeln auf den Lippen, laufe ich weiter. Das Leben ist schön!

Zuhause angekommen, belohne ich mich mit einem leckeren Kaffee und einem Stück Kuchen. Entscheide mich für die „Süße im Leben" und fühle mich auf einmal so leicht, wie das Baiser auf meinem Kuchen. Ich habe es erfolgreich geschafft, allein mit mir draußen spazieren zu gehen. Habe es sogar genossen und mich mit meiner Einsamkeit verbündet. In der Einsamkeit kann auch ein Samen keimen. Haha, so leicht ist das.

Das Leben ist von Grund auf erst mal leicht. Wir Menschen machen es uns unbewusst nur schwer. Wir verneinen das, was sowieso schon ist und sind mit dieser Verneinung auch nicht bereit, Verantwortung für unser Denken und Handeln zu übernehmen.

Ich packe meine Koffer für Stuttgart, morgen geht es wieder los und stoße. In meiner Wäsche auf ein T-Shirt meines Freundes, äh Geliebten, äh Partner. Ja, was denn jetzt? Egal. Ich rieche daran. Es riecht so nach A.. Dieser Geruch schafft Erinnerung. So wunderbare Erinnerungen.

Plötzlich denke ich an unser erstes Date. Ja, ein Date. Mein erstes Offizielles. Erfragt von ihm.

Den gesamten Dienstag kann ich mich gar nicht auf meine Arbeit konzentrieren. Der Urlaub steht kurz bevor und das erste Telefonat gestern mit A. bis spät in die Nacht klingt noch in mir nach. Ich habe ein Chaos in meinem Kopf. Und auf meinem Schreibtisch.

Ich mahne mich zur Konzentration.

Da ich noch viele Dinge erledigen muss, mache ich mich frühzeitig auf den Weg ins Einkaufszentrum um die Ecke. Mein Handy klingelt. Ich sehe auf das Display. A. ruft an. Das gibt es ja nicht. Der scheint ja wirklich nicht locker zu lassen. Ich bin begeistert. Seine Stimme in meinem Ohr lässt mich schmelzen, wie Butter in der Sonne.

„Hallo Kathrin, alles gut bei dir? Bist du auch so müde wie ich?"
„Wie schön, dass du mich anrufst. Da freue ich mich. Nein, ich bin nicht müde, bin noch voller Adrenalin. Das Telefonat gestern hat mir sehr gut gefallen." „Mir auch, Kathrin. Mir auch."

Ich mag es, wenn er meinen Namen nennt. Ich fühle mich angesprochen und das mit hundertprozentiger Aufmerksamkeit. Und ich habe das Bedürfnis ihm das zu sagen.

„Ich mag es, dass du mich beim Namen nennst. Das ist sehr wertschätzend."
„Und ich mag deinen Namen, Kathrin. Was machst du heute noch?", will er wissen.
„Ich muss noch verschiedene Sachen für den Urlaub besorgen, und heute Abend bringe ich meine Schwägerin und meinen Schwager zum Flughafen. Sie fliegen heute nach Australien zu ihrer Tochter."
„Aha. Und danach?"

Ich würde ihn am liebsten sehen, möchte jedoch, dass er den Vorschlag macht. Will durch und durch weiblich sein und erobert werden. Jawoll!

„Danach habe ich sturmfreie Bude, da meine Kinder bei ihrem Papa sind."

Stille in der Leitung. Ich halte diese aus. Es ist nicht einfach für mich, doch ich will ihm den Raum geben, selbst zu entscheiden.

Ich fühle mich schon allein am Telefon zu ihm hingezogen. Diese Stimme. Bei unserem ersten Treffen in der Bar hatte ich genügend Alkohol im Blut und war nicht klar.

Doch ich spüre so viel feinstoffliche Anziehung.

„Hättest du Lust, dich mit mir heute Abend zu treffen?"

„JAAAAAAAAAAAAAAAAAAAAAAAAAAAAA", möchte ich am liebsten schreien.

„Sehr gern, A.", sage ich stattdessen betont höflich, „ja, das möchte ich sehr gern."

Ich fühle regelrecht, dass er sich genauso freut, wie ich mich. Es ist ein gutes Gefühl.

„Wann hast du die beiden denn am Flughafen abgeliefert?"
„Gegen 19.00 Uhr. Danach könnte ich direkt nach Frankfurt fahren. Ich parke immer im Goethe-Parkhaus. Treffen wir uns da an der Post? Holst du mich ab?"
„Sehr gern. Ich warte dort auf dich. Du kannst ja eine Nachricht schicken, wenn du am Flughafen losfährst."
„Das mache ich. Bis später. Ich freue mich sehr."
„Ich mich auch. Fahr vorsichtig."

Ich schreie ganz laut. Danke an das Universum, dass du mich erhört hast. Ich bin so glücklich. Kann mein Glück kaum fassen. Gut gelaunt, gebe ich ganz wenig Geld aus. Ich brauche nichts. Wünsche mir jedoch alles und wähle einfach, was das Leben mir zeigt! Ein guter Plan.

Zuhause angekommen, stellt sich natürlich für mich als Frau die Frage aller Fragen: Was ziehe ich an?

Also, Kathrin, jetzt mach mal einen Punkt. Du kannst nur gewinnen und hast jetzt die großartige Chance so zu sein, wie du bist. Sei ganz ehrlich zu dir. Du brauchst dich nicht zu verstellen. Bleib, wie du bist und sein willst. Ganz natürlich. Nur so wirkst du authentisch. Wenn du ihm so nicht gefällst, dann ist es der Falsche.

Das gibt mir ein gutes Gefühl und so mache ich es. Ich sehe toll aus, als ich mich im Spiegel betrachte. Meine Augen strahlen einfach nur.

Super gut gelaunt hole ich Christel und Frank ab, bringe sie zum Flughafen und traue mich ihnen zu sagen, mit wem ich mich danach treffen werde und wo wir uns kennengelernt haben. Christel ist immerhin die Schwester meines ehemaligen Mannes, doch diese beiden Menschen waren immer für mich da und haben nie bewertet oder geurteilt. Sie mögen mich als Person und schätzen mich sehr.

„Viel Glück wünsche ich dir gleich bei deinem Date!", sagt Frank und zwinkert mir zu.
„Und ich wünsche euch einen guten Flug und eine tolle Zeit in Australien! Kommt heil und gesund zurück!"
Wir fallen uns in die Arme und drücken uns ganz fest. Ich bin so happy, dass ich die ganze Welt umarmen könnte. Ich fühle eine Flut an Emotionen in mir.

Ich setze mich wieder ins Auto und schreibe A. eine SMS.
„Fahre jetzt vom Flughafen los. Freue mich."

30 Minuten später parke ich im Parkhaus. Ich bin aufgeregt. Sehr aufgeregt. Ich gehe langsam und mich sammelnd die Treppe hoch. Und da steht er.

Groß. Strahlend blaue Augen und ein für mich unglaubliches Lachen. Es ist um mich geschehen. Wir gehen aufeinander zu und wir küssen uns auf die Wange. Er riecht so gut. Ich sauge den Geruch in mich auf.

„Lass uns zu Willi James gehen. Da war ich am Freitag mit Kristina Cocktails trinken. Da kann man auch gut essen. Magst du das?"

„Was auch immer du vorschlägst. Du bist doch das It-Girl von Frankfurt und kennst dich hier am Besten aus. Ich gehe nie weg."

„It-Girl?! Ich helf dir gleich. So gut kenne ich mich auch wieder nicht aus."

Wir spazieren in das Lokal und bekommen auch gleich einen Tisch.

Er sieht gut aus und wir sind beide etwas schüchtern. Ich kann immer noch nicht fassen, dass ich hier mit diesem gutaussehenden Mann zusammensitze. Ich habe ein echtes Date.

Wir sprechen über unser gestriges Telefonat und dann fragt er mich plötzlich: „Kannst du gut kochen?" Haha, was ist denn das für eine Frage?

Oha, Kathrin. Jetzt sei mal ehrlich. „Also, ich kann kochen, doch ich gehe lieber essen. Liegt wahrscheinlich daran, dass es zuhause immer nur sogenanntes Kinderessen gibt und dieses auch nicht immer wertgeschätzt wird. Außerdem arbeite ich Vollzeit und freue mich, mich an den gedeckten Tisch zu setzen und bedient zu werden. Ich mag das einfach", sage ich ganz ehrlich. „Ich gehe nicht gern essen. Ich habe schon so viele Küchen von innen gesehen. Da vergeht einem das Essengehen", meint A. verschmitzt.

Gedankenversunken nippe ich an meinem Wasserglas.
„Magst du keinen Wein trinken?", fragt er mich überrascht.
„Nein, ich bleibe beim Wasser. Oder trinkst du einen Wein mit?"
„Ich trinke grundsätzlich keinen Alkohol. Hat den Vorteil, dass man alles ganz klar mitbekommt."
Äh, wie bitte? „Na gut, am Freitag habe ich etwas viel getrunken, doch ansonsten trinke ich auch nicht so viel Alkohol."
„Ach ja? Da hast du mir am Freitag noch ganz andere Dinge erzählt."
Oh ha, auf den Schreck bestelle ich lieber ... noch ein Wasser.

Während wir essen, erzählt er mir ehrlich, dass die Aussage seines Freundes, bezüglich A.s angeblich bereits laufender Scheidung, nicht stimme. Seine Frau und er sind nach dem amerikanischen Recht verheiratet und haben sich in Las Vegas trauen lassen. Er hat diese Heirat jedoch in Deutschland nie eintragen lassen.

Sprich, in Deutschland wird er offiziell als Single geführt", denke ich bei mir. „Kathrin, du machst dir die Welt auch so, wie sie dir gefällt ...

Nun sei sie, aufgrund ihrer eigenen Unzufriedenheit, im gegenseitigen Einvernehmen, allein nach Tunesien zum Arbeiten gereist. Es war somit abgemachte Sache und eine Trennung auf Zeit, in der sie ihre Wünsche und Träume verfolgen sollte. Er hat sich in der Zeit um die gemeinsamen Kinder gekümmert, neben seinem Job, und sie hat die Kinder im Anschluss für die darauffolgenden 3 Wochen Schulferien zu sich geholt. Geplant war eigentlich ein gemeinsamer Urlaub in den USA, der jedoch aufgrund ihres Jobs und ihres nicht beantragten Urlaubs, flach fiel. Alles hat seinen Sinn und soll für etwas gut sein.

Scheinbar sollten wir uns begegnen. Warum, das wird sich noch rausstellen. Tja, und nun sitzt er mit mir hier beim gemeinsamen Essen mitten in Frankfurt. Alles kommt so, wie es kommen soll. Ich beschließe, die von ihm beschriebene Situation, erstmal zur Seite zu schieben. Ich genieße das Hier und Jetzt zu sehr.

Wir tauschen uns über mich und meinen bisherigen Weg aus und meinen ersten großen und langen USA-Urlaub, der kurz bevor steht. Er erzählt mir erneut, dass er durch seinen Vater zusätzlich zur deutschen auch die amerikanische Staatsbürgerschaft besitzt. Das wird ja immer spannender. Dieses gegenseitige Beschnuppern ist einfach nur toll, geprägt von Respekt und Wertschätzung. Er hat ein gutes Benehmen, hilft mir in den Mantel und zahlt auch das Essen. Und er riecht so gut! Ich bin einfach nur erfüllt von diesem Mann und bin mit vollem Bewusstsein im Hier und Jetzt.

Wir beschließen die Location zu wechseln. Wir beide wollen uns noch nicht trennen.

Tag 3

A., was machst du? Vermisst du mich? Denkst du an mich? Schickst du mir den Mond heute Nacht? Es ist Montagmorgen, noch zwei lange Wochen. Scheiße!

Wir sind gestern Abend wieder nach Stuttgart gefahren.

Kathrin, du schaffst das. Was würde passieren, wenn ich A. verliere? Der gesamten Familie, meinen Freunden, denen ich dann erneut sagen muss: „Naja, er war es dann doch nicht. Konnte sich nicht lösen. Es kommt etwas Besseres." Wieder tapfer sein. Wieder viele Tränen. Und schon wieder allein. Ich mag das alles nicht mehr. Ich habe das Beste verdient.

Ich hebe, trotz der negativen Gedanken, meine Beine schwungvoll aus dem Hotelbett. Bewegung ist angesagt. In aller Ruhe versuche ich mich fertigzumachen. Stehe unter der Dusche und lasse das warme Wasser an mir abperlen in der Hoffnung, dass auch die ständige Gedankenschleife des Verlassenwerdens mit weggespült wird.

Und immer wieder diese Gelenkschmerzen ...

Dennoch, das Wasser fühlt sich so gut auf meiner Haut an. Unweigerlich muss ich an die Hände von A. denken. Er liebt es meine warme und weiche Haut zu berühren. Er streichelt sie so zärtlich und liebevoll, wie eine Vase aus kostbarem Porzellan. Was gibt es Schöneres, als sich zu berühren und den anderen dabei zu erreichen?
Ich bekomme Gänsehaut und stelle das Wasser ab. Ich mache mich hübsch – für mich. Bin schließlich der einzige Mensch, der ohne Unterbrechung mit mir zusammen sein darf. Ich mag es hübsch auszusehen und mich wohl in meinem Körper zu fühlen. Manchmal gelingt es mir besser, manchmal schlechter es bewusst auch so umzusetzen. Alles hat zwei Seiten.

Heute arbeite ich vom Hotel aus. Ich bin seltsamerweise sehr entspannt. Manchmal ertappe ich mich sogar dabei, dass ich überhaupt nicht an A. denke. Dann schäme ich mich fast ein wenig. Ich darf ihn doch nicht vergessen. Er ist doch in meinem Herzen. Doch auch ich lebe mein Leben weiter. So wie er auch – nur mit dem Unterschied, dass er es derzeit mit seiner Familie teilt.

Ich seufze bei diesem Gedanken und wecke Neele. Als sie fertig ist, gehen wir frühstücken. Es ist irgendwie ein guter Start in die Woche. Ich denke noch sooft an meine Erkenntnisse von meinem Spaziergang am Sonntag. Verantwortung tragen, annehmen, was jetzt ist und es wertschätzen, vergeben und die Verurteilungen zurücknehmen. Und zu guter Letzt noch fühlen, immer wieder in sich reinfühlen.

Ich beschließe heute Abend eine Meditation zu machen. Fand ich bisher echt bescheuert auf dem Boden zu sitzen wie ein Guru, die Augen zu schließen und zu atmen. Doch ich will mich dem öffnen, frei nach dem Motto: „Wenn du etwas verändern willst, mache es anders." Ich entscheide mich dafür. Ich habe die Wahlfreiheit und das jeden Tag aufs Neue.

Nach dem Frühstück verabschiede ich mich von Neele, setze mich erneut auf meinen Platz im Restaurant und fange an zu arbeiten. Die Sonne scheint. Heute habe ich einen richtigen Flow und ich sause in diesem Tempo über die Tasten meines Laptops. Herrlich!

Gegen Spätvormittag telefoniere ich mit meiner Arbeitskollegin, die diese Woche ganz allein im Büro sitzt und sich ein wenig einsam fühlt. Ja, das kenne ich. Das Gefühl kenne ich sogar sehr gut, denn bevor sie da war, ging es mir jahrelang genauso. Und ich habe es ausgehalten. Für mich war das Schwerstarbeit!
Ich baue sie auf und mache ihr Mut. Es ist schön, einfach zu geben und das Gefühl zu haben, anderen Menschen durch meine Worte und dem eigenen, sonnigen Gemüt etwas Gutes zu tun. Diese Momente füllen mich auf und ich tue mir damit selbst gut.

A. war am Anfang auch sehr skeptisch. Dieser esoterische Mist da. Gefühle und Emotionen, wie Schwäche, Einsamkeit, Wut, Scham. Alles nicht greifbar. Ein Nirwana und man kann sich an nichts aber auch gar nichts festhalten.
Männer sind meist Kopfmenschen und lassen sich oft ungern auf Gefühle ein. Doch irgendwie habe ich es geschafft ihn zu erreichen. Ich glaube, es lag

daran, dass ich seinen weichen und so wunderbaren Kern erkannt, gesehen und gefühlt habe.

Er vertraut mir und hat sich geöffnet, da er merkt, dass ich ihm nicht wehtun will und ihn so nehme, wie er ist und nicht verändern möchte.

Warum auch, ich möchte ja auch, dass er mich so nimmt, wie ich bin. Und das tut er! Die meisten Menschen fühlen das nicht bei ihrem Partner. Weil sie sich selbst nicht mehr fühlen. Wissen gar nicht mehr, wer sie wirklich sind und wer sie eigentlich sein wollen. Verstellen sich. Leben eine Farce. Wer ist echt und authentisch? Die wenigsten geben sich einfach so, wie sie wirklich sind und auch tatsächlich sein wollen. Da wird am anderen rumgebastelt ganz nach dem Motto: „Den oder die biege ich mir schon noch so hin, wie ich das will. Das braucht etwas." Da sind wir wieder bei der Ware Liebe.

Bei der besten Freundin oder Kumpel kann man sich fallenlassen und man ist meist relaxter. Da wird offen geredet und man bleibt authentisch. Das ist auch ein Grund, warum Freundschaften erfahrungsgemäß länger halten, als Ehen oder Partnerschaften.

Welche Gedankengänge zum Mittagessen! Heute beschließe ich mal eine Pause zu machen. Normalerweise arbeite ich durch.
Aber – alles braucht seinen Ausgleich. Arbeiten – ausruhen.
Ich verabrede mich mit meiner Freundin Simone zu einem Telefonat. Dafür wechsle ich den Ort und gehe auf mein Zimmer. Auf dem Weg nach oben, esse ich mein leckeres und selbst geschmiertes Käsebrot. Ich LIEBE meine Käsebrote. Damit ist Kathrins Welt in Ordnung.

Ich drehe meinen Kopf nach rechts und schaue gerade aus einem bodentiefen Fenster auf ein großes Fußballstadion, als mein Handy klingelt.

„Simone! Ich freue mich von dir zu hören!"
Ich nehme mir die Zeit und erzähle ihr den aktuellen A.-Stand.

Seit ich A. kenne, hat er Rückenschmerzen. Mal mehr, mal weniger.

„Ich weiß darum. Ich muss nur immer meine Übungen machen", wiegelt er ab.

Vor Jahren hatte er bereits einen Wirbelbruch.

Als ich zum ersten Mal mit ihm im Auto sitze, fällt mir seine schlechte Haltung hinter dem Steuer auf. Er kauert wie eingesunken auf seinem Sitz. A. ist 1,90 m und oft sagt man bei solch großen Menschen: „Naja, er oder sie ist zu schnell gewachsen"... Blabla!

Ich behaupte, er will seine wahre Größe nicht zeigen und genau das sage ich ihm auch: „A., zeig dich! Du darfst und du kannst das. Richte dich auf! Alles andere ist unaufrichtig." Er lacht dann nur.

A. sitzt viel im Auto und fährt beruflich oft ins Ausland, bringt lange Strecken hinter sich, und das oft stundenlang ohne sich eine Pause zu gönnen. Als ich dann für 3 Wochen in den USA war, joggte er täglich wie verrückt. Auch nicht so gut für die Knochen. Immer wieder diese Erschütterungen der Gelenke auf dem Asphalt. Doch er meinte nur: „Ich will fit werden und gut aussehen für dich." Ok – ist ja auch sehr süß! Doch mir ist es lieber, dass er gesund ist. Aber es ist sein Körper und es sind seine Emotionen – und vor allem: Er ist erwachsen und entscheidet selber!

Je näher das Jahresende rückt, desto schlimmer wurden seine Rückenschmerzen. Irgendwann erscheint A. mit einem Korsett bei uns zuhause, damit er sich gerade hält. Er leidet. Doch das Leben meint es immer gut mit uns. Der Körper ist die Projektionsfläche der Seele und das Leiden klopft bei uns an, um uns wachzurütteln. Diese Rückenschmerzen könnte man demzufolge als ein Geschenk des Lebens betrachten. Doch wer möchte schon eine Krankheit als Geschenk verstehen?

Er sucht sich einen Arzt, der ihm eine Spritze gibt und der versucht, ihn wieder einzurenken. Doch „zum Glück" schafft es der Arzt nicht.

Sein Leiden wird täglich schlimmer und trotzdem muss er, unter starken Schmerzen, beruflich nach Tunesien fliegen.

Dort kommt es erneut zur Konfrontationen mit seiner Frau. A. hat diesen Aufenthalt in Tunesien natürlich auch dazu genutzt, seinen Kindern einen Besuch abzustatten.

Kurz vor dem Abflug nach Hause fragt ihn seine Frau ganz direkt: „Ich habe irgendwie ein ungutes Gefühl. Gibt es eine andere Frau?" „Nein", antwortet er.

Er schämt sich für seine Antwort. Als wir uns ein paar Tage später wiedersehen, gesteht er mir diese Lüge. „Das hast du nicht verdient, Kathrin. Ich schäme mich, dass ich dir das antue. Du bist eine so tolle Frau!"

Dies zum Thema „Unaufrichtigkeit und Scham", welche als Emotionen angenommen werden wollen.

Ich versuche immer wieder ihm vorsichtig und wertschätzend zu erklären, dass es noch schlimmer kommen wird, wenn er nicht bald anfängt, bei sich hinzusehen. Suche nach der Ursache, A.! Dein Äußeres spiegelt dein Inneres wider, und dein Körper wird dich irgendwann dazu zwingen anzuhalten. Wenn du dann weiterhin mit dem Kopf handelst, wird es dich von der Senkrechten in die Waagerechte katapultieren, denn dies ist oft der einzige Weg, um vom Denken ins Fühlen zu gelangen. Das ist hart, aber manchmal unumgänglich.

Und eines Tages ist es dann tatsächlich soweit. Die Waagerechte kommt. An Heiligabend. Der große Zusammenbruch.

A.s Fuß ist bereits taub und er kann kaum noch laufen, als er unter größten Schmerzen den Notarzt anruft, der ihm nicht wirklich weiterhelfen kann und ihm einige Medikamente verschreibt. Der Weg zur 400 Meter entfernten Apotheke bei ihm zu Hause wird für A. zum Höllengang. Helfen lässt er sich nicht von mir. „Ich schaff das schon. Lass mal, meine Süße", sind seine Worte. Typisches Muster aus der Kindheit – Zähne zusammenbeißen und durchhalten.

„A., du darfst auch krank und schwach sein. Ich liebe dich auch dafür. Und du darfst auch um Hilfe bitten und diese annehmen. Es wird nichts erwartet dafür. Keine Gegenleistung. Alles braucht Ausgleich." Er versteht es nicht oder es ist ihm noch nicht bewusst. Ich glaube dennoch an ihn.

Er hingegen glaubt, dass dies eventuell die Strafe dafür ist, dass er seine Frau die letzten 6 Monate betrogen hat! „Das nennt man wohl schlechtes Karma", ist er der Meinung. Was für ein Unsinn! Er hat sich seinen Zustand selbst erschaffen und all die Jahre genährt.

Ich bringe ihn vor dem Jahreswechsel zu meiner Hausärztin. Meine Schwägerin Christel arbeitet dort und er kommt sofort dran. Sie schickt ihn ins MRT und es wird ein schlimmer und bereits fortgeschrittener Bandscheibenvorfall mit Fußlähmung diagnostiziert.

Die Bandscheibe steht spirituell betrachtet für Unaufrichtigkeit, keine Aufrichtigkeit sich selbst gegenüber, krümmen, sich nicht mehr für sich selbst gerade machen, und für sich selbst nicht gerade stehen wollen. Für existenzielle Belastungen. Die Last ist zu schwer. A. wird am 2. Januar operiert.

Doch ich bleibe dabei. Das Leben meint es nur gut mit uns. Alles passiert für uns, nicht gegen uns.

Nun liegt dieser wunderbare Mann mit dem großen Herzen buchstäblich in der Waagrechten und hat endlich Zeit nachzudenken. Über sich und sein Leben. Ich wünsche ihm so sehr, dass er für sich seine Wahrheit erkennt und schenke ihm ein Buch über die Selbstliebe. Er lacht mich mit seinen blauen Augen dankbar an.

„Und nun hat er sich eine Woche später noch eine eitrige Mandelentzündung mit Stimmverlust eingefangen", schließe ich meine Erzählung an Simone.
„Was bedeutet das denn?", will sie wissen.
„Es steht für die pure Angst und für unterdrückte Emotionen. Der Stimmverlust bedeutet, dass er keine eigene Stimme mehr hat, um sagen zu können, was er eigentlich für sich selbst braucht." Ich erschaudere und mir wird kalt bei meinen eigenen Worten.

Doch auch hier – das Leben meint es immer gut mit uns und es werden uns jedes Mal wieder neue Chancen vom Leben geboten.

„Und am Freitag ist nach 9 Monaten ohne sein vorheriges Wissen, seine Frau mit den Kindern nach Deutschland gekommen", schiebe ich noch hinterher.

Simone ist sprachlos. Ich verurteile weder A. noch seine Frau. Ich stelle es einfach nur fest und plötzlich wird mir durch meine eigenen Worte so vieles deutlich. Mein A. ist ein wirklich klares Beispiel dafür, was passieren kann, wenn man wegschaut. Ausharrt, es versucht auszusitzen. Bloß nicht aus der Komfortzone raus. Keine Veränderung. Stehen bleiben, wie erstarrt.

Doch die Gesetzmäßigkeiten des Lebens wollen Ausgleich und dann ändern sich im Außen die Umstände. Das Leben ist weiterhin in Bewegung und gibt den Menschen immer wieder aufs Neue die Möglichkeit etwas zu ändern. Das Leben rückt es zurecht – ob man will oder nicht. Und dann wirst du regelrecht gezwungen, dich zu bewegen. Da gehe ich doch lieber vorher schon hin und bewege mich, lasse Altes und Abgelebtes los und trete durch neue Türen und bin im Fluss des Lebens.

Auch Simone kennt die Problematik des Fühlens und Loslassen von ihrem eigenen Mann. Das weibliche Prinzip – das Geschehenlassen, das Loslassen und das Fühlen, scheint den Männern oft zu suspekt zu sein. Da sind sie wieder die Emotionen. Für viele Männer nicht zu erklären, zu weiblich, zu esoterisch und was sie sonst noch für Erklärungen haben, um sie nicht anzuerkennen. Doch sie sind trotzdem da. Sie tragen Emotionen in sich und diese haben genauso ihre Berechtigung und sind ein Teil von ihnen. Es ist wie bei einer Batterie. Sie hat einen Minus- und einen Plus-Pol und man braucht beides, damit die Energie fließen kann.

„Mache es gut, Simone. Das Telefonat war mal wieder wie inneres Blumen-pflücken für mich! Ich danke dir."

Ich lege auf, packe meine Sachen zusammen und mache mich wieder auf den Weg zu „meinem Arbeitsplatz" im Restaurant.

Was für ein tolles Telefonat! Meine Gedanken gehen erneut zu A. und was er in den letzten Wochen gesundheitlich durchgemacht hat. Doch es soll ihn wachrütteln und aufmerksam machen, dass er noch nicht auf dem richtigen Weg ist. Seinen eigenen persönlichen Herzensweg. Doch oft übergehen wir es unachtsam. „Ich bin halt auch mal krank", heißt es dann ganz lapidar. Dennoch, wir entscheiden uns somit unbewusst weiter für das Leiden. Und A. leidet weiter. Und ich komme mit meiner Esoterik und meinen Erklä-rungen der Spielregeln des Lebens um die Ecke. Stückweise nimmt er es an und ist auch dankbar, dennoch dennoch bewegt er sich nur soweit, wie er es in seinem Bewusstsein kann. Ich freue mich einfach, ihm etwas geben zu können, was ihn weiterbringt.

Wenn ich das Leiden nicht selbst bei ihm miterlebt hätte, könnte ich es beinah nicht glauben. Unfassbar, wenn man außen steht und alles mitbe-kommt. Wie in einem Theaterstück. Er ist auf der Bühne und ich bin die Zuschauerin und ich kann es nicht fassen, warum Menschen freiwillig die Hölle wählen, obwohl sie den Himmel haben könnten.
Ich schicke ihm in Gedanken viel Kraft und Positives, egal wo er jetzt ist. Ich bin mir sicher, er wird es fühlen. Ich werde ihn danach fragen, wenn wir uns wiedersehen.

Meinen erlebten Tag empfinde ich als wunderbar. So viel Schönes habe ich vom Leben heute geschenkt bekommen. Ein wunderbarer Morgen, ein klasse Telefonat mit meiner Freundin Simone, tolle E-Mails. Ganz bewusst fällt mir das auf, während Neele grinsend von ihrem Praktikum um die Ecke kommt.

„Na, wie war dein Tag, mein Schatz?"
„Mama, ich hab so einen Hunger! Kann ich mir Pommes bestellen?"
Na gut, bevor das Kind verhungert. „Ok, ausnahmsweise. Bevor du mir hier noch umfällst."

Während sie die goldenen Kartoffelspalten verschlingt, erzählt sie mir von ihrem spannenden Tag.

Am Abend treffen wir meinen Chef sowie meinen anderen Kollegen und spielen zusammen Billard.

Es ist wie das wahre Leben. Bei mir ist es ewig her, dass ich Billard gespielt habe, doch es hat damals wirklich Spaß gemacht.

Ich schaue auf die grüne Fläche und versinke mit meinen Augen darin. Das Leben ist wie ein Billardspiel – nicht wirklich berechenbar.

Mein Leben gleicht diesen im Dreieck angeordneten, bunten Kugeln, welche vom Queue des Lebens in alle Richtungen auseinander gestoben werden. Ein schönes Bild ergibt das Auseinanderdriften der Kugeln, die sich dann über den Tisch ergießen. Ich lasse mich auf das Spiel der Selbsterfahrung ein.

Mein Leben ist sehr oft bunt wie diese Billardkugeln. Es wirkt manchmal wild durcheinander gemischt und quer verteilt auf dem grünen Tisch des Daseins – ja, es ist mit dem Vergleich der Billardkugeln, wie mit dem wahren Leben. Manchmal bin ich die weiße Kugel und bin an einen unvorhersehbaren Platz gerollt. Und während ich hier in mein Tagebuch schreibe, passiert etwas im Außen, indem zum Beispiel jemand die Kugeln erneut anstößt, es gerät etwas in Bewegung und die Kugeln kullern weiter auf dem Tisch. Sie rollen in unterschiedliche Richtungen und ohne mein Zutun oder meinen Einfluss, wird meine Kugel wiederum von einer anderen Kugel touchiert und ich gerate dadurch selbst in eine andere Richtung. Ich rolle in eine andere Lebensposition und nehme durch den Positionswechsel auch einen anderen Blickwinkel ein. Ich sehe die Dinge somit anders, was von mir zwar nicht gewollt war, was jedoch außergewöhnlich sein kann. So ist das Leben manchmal. Man soll in gewisse Positionen rollen, damit sich die Sichtweise ändert und man einen anderen Blick auf das Ganze erhält.

Doch oft finden Menschen diese Veränderungen in ihrem Leben nicht großartig. Wollen diese nicht annehmen, lehnen sie ab. Sie wollen alles in ihrem Leben kontrollieren. Sie haben große Probleme damit, Dinge geschehen zu lassen, die passieren sollen. Das Leben meint es immer gut mit uns. Und dabei sollen sie genau deshalb passieren, um uns regelrecht zu zwingen, eine neue Position des Sehens, des Erkennens einnehmen zu können. Offenheit – genau darum geht es. Offenheit dem Leben gegenüber, damit alles für uns an den richtigen Platz gerückt werden kann.

Manchmal dauert es etwas bis man sich an die neue Position gewöhnt hat. Doch oft geht das schneller als man denkt und bald genießt man diese neue Perspektive der Wahrnehmung, des Erkennens und das was dahinter steckt. Dennoch ist es wichtig, neugierig zu bleiben und sich weiter bewegen zu wollen. Und das immer für sich selbst. Es gibt noch so vieles zu entdecken auf dieser, unserer eigenen grünen „Wiese".

Ich kann mich auch gezielt fortbewegen und zwar genau dahin, wo ich hin möchte. Es gibt Zeiten, in denen ich andere Kugeln in meinem Leben mitreiße und diese dabei schneller verschwinden, als mir lieb ist. Und manchmal ist es sogar besser, wenn ich sie nicht mehr in meinem Blickfeld habe.

Natürlich können hierbei auch Strategien wichtig sein, doch meist kommt es im Leben sowieso anders als man denkt oder man es sich mit dieser Strategie gewünscht hätte.
Andere Kugeln wiederum sind wie an mir festgeklebt – sie lassen mich nicht mehr los, verfolgen mich in alle Ecken. Doch auch diese Kugeln haben ihre Berechtigung und sollen mich verfolgen, da sie mir etwas mitteilen wollen. Erst wenn ich bereit bin, mich diesen mutig zu stellen, ihr Sein anzuerkennen, wird sich etwas verändern.

Und nicht zu vergessen, ich bin der Spielführer und habe die Möglichkeit mit dem Queue des Lebens, das Beste aus jeder Spielsituation zu machen. Und ich bin gewiss, ich werde immer die richtigen Spielzüge mit meinem jetzigen Bewusstsein machen und neue Sichtweisen dadurch gewinnen. Selbst wenn andere Kugeln dabei vorschnell und nicht gewollt versenkt werden, probiere ich es immer wieder aufs Neue.

Ich lass mich nicht unterkriegen. Auch hier gilt „Übung macht den Meister". Beim nächsten Mal mache ich es anders und entscheide mich für eine andere Variante. Ich will das Leben in vollen und allen Zügen genießen. Ich entscheide mich FÜR das Leben und keiner hält mich davon ab. Das kann nur ich selbst tun.

Ich lege mich mit ganzem Einsatz über den grünen Tisch des Lebens und erfreue mich an kniffligen Aufgabe und Herausforderungen. Es lohnt sich immer!

Es gibt Zeiten, in denen meine Kugel im Mittelpunkt aller anderen liegt und zu anderen Gelegenheiten wieder einsam in der Ecke ihren Platz gefunden hat. Manchmal sind die Kugeln träge, weil ich nicht genug Schwung mit meinem Queue genommen habe. Sie eiern regelrecht über den Tisch. Ich versuche nicht betrübt zu sein. Dann soll es so sein und manche Kugeln wollen sich einfach nicht treffen lassen, so gern ich das auch möchte – es ist besser so. Das was du suchst, findet dich. Vertraue dem Leben! Es meint es immer gut mit mir!

Dann gibt es wieder Zeiten in denen die Kugeln regelrecht über den Tisch fliegen – da ist Geschwindigkeit drauf, als gäbe es keinen Morgen. Es kann einfach nicht schnell genug gehen. Doch auch da ist Verlass drauf. Werden gewisse Grenzen überschritten, wird man direkt in die Ecken des Lebens verwiesen und das auf verschiedenste Weisen.

So manche Spielzüge rächen sich. Auch diese Erfahrungen sind richtig und wichtig für jeden von uns. Je älter man wird, desto ruhiger und bedachter wird die Spielweise, man überlegt den nächsten Zug genauer und kommt so dem angestrebten Ziel kontinuierlich ein Stückchen näher.

Und irgendwann ist auch meine Kugel eingelocht – Chapeau! Geschafft! Wieder eine große Herausforderung oder einen Lebensabschnitt geschafft. Und die grüne Spielwiese des Lebens ist frei für ein neues buntes Spiel.

Ich habe für mich beschlossen, jeden einzelnen Zug genießen zu wollen, die verschiedenen Kugelbilder und jede Berührung und Begegnung in meinem Leben bewusst anzunehmen. Ich entscheide mich dafür, diese Momente genauer zu betrachten, denn ich weiß, dass Großes daraus werden kann.

Das Leben ist nicht immer rund wie eine Kugel, doch es bewegt sich besser, als wir es manchmal wahrnehmen wollen.

„Kathrin, du bist dran!" Mein Kollege reißt mich aus meinen Gedanken. Diesmal verliere ich, was mich jedoch nicht berührt. Nach der 2. Runde bin ich müde. Ich gehe aufs Zimmer und beschließe zum ersten Mal in meinem Leben zu meditieren. Mit meinem Kissen auf dem Boden setze ich mich, bin ganz still und atme. Verrückt. Ich habe das noch nie gemacht. Ich warte, was passiert. Es gibt nichts zu tun, außer achtsam zu sein. Nach einiger Zeit merke ich, wie plötzlich zwischen meinem Magen und meiner Lunge ein Hohlraum entsteht. Ganz komisch. Es fühlt sich irgendwie seltsam an, doch ich nehme es so, wie es ist und betrachte es.

Plötzlich geht die Tür auf und Neele kommt ins Zimmer gepoltert. „Mama, was machst du da?" Muss schon ein komischer Anblick für ein Kind sein, seine Mutter so auf dem Boden hocken zu sehen. Mit geschlossenen Augen zische ich ein „Schschsch", merke jedoch, dass ich den Kontakt zu mir verloren habe und höre seufzend auf. Schade, aber ein guter Anfang, wie ich finde. Ich werde es morgen wieder versuchen.

Müde gehe ich ins Bett. Dennoch kann ich nicht schlafen. Wälze mich unruhig hin und her. Ich spüre die innerliche Unruhe. Ich weiß, dass auch heute wieder kein Mond kommen wird. Plötzlich habe ich Angst. Kann ich A. vertrauen? Ich möchte so sehr. Ich vermisse ihn so unglaublich. Und es stehen mir noch so viele Tage bevor. Über diesen Gedanken schlafe ich ein und träume in der Nacht erneut von einem Mann, der mich umarmt, was so viel bedeutet wie: *Wo in meinem Leben bin ich zu mehr Selbstbehauptung bereit und welcher Teil von mir braucht mehr Aufmerksamkeit?*

Aufmerksamkeit bekomme ich und zwar zu 100 %, als A. und ich nebeneinander über den Goetheplatz zur Sullivan Bar schlendern. Er riecht so gut und ich sauge seinen Duft auf. Wir lachen, betreten die Bar und finden direkt einen Platz an der Seitentheke. Ich sitze bequem auf dem Barhocker und wir bestellen uns etwas zu trinken – ich brauche jetzt dringend was zur Beruhigung. Ich bin so aufgeregt.

„Ein Bier für mich, bitte!" A. lacht.

Während wir miteinander sprechen, schauen wir uns immer wieder in die Augen. Ich genieße es in seinen blauen Augen zu versinken. Sie sind so klar und ich kann bis auf seinen wunderbaren Kern in seinem Herz sehen. Dieses Flirten – es ist so schön. In diesen Momenten ist mein Herz so wunderbar leicht und flattert. Alles fühlt sich in diesem Augenblick so aufregend an.

Wie auch immer, irgendwann stellt er meine Beine zwischen seine, während wir uns weiterhin gegenübersitzen. Die Berührung allein ist unglaublich erregend. Dieser Mann übt eine solch gewaltige Anziehung auf mich aus. Und im selben Moment, in dem ich diese Erregung in mir aufkeimen fühle, empfinde ich eine ganz starke Geborgenheit und diese extrem feinstoffliche Verbindung zu ihm. Dieses Hier und Jetzt ist einfach nur faszinierend. Immer wieder lachen wir und berühren uns wie zufällig am Arm oder an den Händen. Er fühlt sich so gut an, und dieser Geruch von ihm ... Er zieht mich magisch an. Mittlerweile ist es fast 1.00 Uhr und der Laden will schließen. Ich möchte noch nicht, dass dieser so großartige Abend endet. Auch A. scheint es so zu gehen und so überlegen wir, wohin wir noch gehen könnten.

Mir fällt der Frankfurter Hof ein. Ein Hotel hat doch immer auf. Als wir die Hotelbar betreten, läuft uns der Barchef über den Weg. Ein weiterer Gast sitzt noch an der Bar.
„Dürfen wir hier noch etwas trinken?", frage ich den Kellner „Selbstverständlich, Madame!" Mit seinem herrlich französischen Akzent serviert er uns formvollendet unser bestelltes Wasser.

Wir sitzen uns in großen alten Lehnsesseln gegenüber und unterhalten uns, bis die Reinigungskräfte in die Bar kommen. Aber selbst die stören uns nicht.

Wir befinden uns in unserer eigenen Welt und diese ist gerade einfach nur schön. Um 03.30 Uhr brechen wir auf.

Wir laufen zum Parkhaus und er nimmt meine Hand. Sie fühlt sich so groß an, so stark und warm. Als wir dort ankommen, heißt es Abschied nehmen.

Er nimmt mich in den Arm und hält mich einfach fest. Ganz fest. Dieses Gefühl der Stärke, welches er ausstrahlt, ist für mich in diesem Moment vergleichbar mit einem Baum, der fest verwurzelt im Boden steht und dessen Äste sich stark und gleichzeitig weich und warm im Sommerwind bewegen. Ich schließe die Augen und brenne mir diesen Moment in mein Gedächtnis ein. Wie lange habe ich das nicht mehr gefühlt? Es tut so gut. A. atmet schneller. Sein Herz klopft ganz wild. Ich merke, wie nervös er ist. Wie aufgeregt.

Ich löse mich aus seiner Umarmung und schaue ihm in die Augen. Wir sind uns so nah. Ich rieche ihn. Dieser Geruch zieht mich in seinen Bann. Er kommt mit seinem Mund näher, jedoch kurz bevor sich unsere Lippen berühren, zieht er mich an sich und flüstert in mein Ohr: „Kathrin, ich habe solche Angst." „Warum?", flüstere ich zurück.

„Ich habe Angst, dass deine Lippen kalt sind. Das geht bei mir gar nicht. Dann ist der Zauber vorbei und dabei ist es doch so schön mit dir. Es fühlt sich so gut an."

„Vertraue mir. Ich habe keine kalten Lippen." Und dann traut er sich. Er drückt seine warmen und weichen Lippen ganz sanft und zärtlich auf meinen Mund. Dieser Moment ist der Himmel auf Erden. Es fühlt sich so wunderbar liebevoll und zart an. So stimmig. Wir verweilen einen langen Moment so und erfassen dieses zarte Pflänzchen von Gefühl, bevor wir uns wieder voneinander lösen.

„Du hast so wunderbar warme Lippen. Ich bin so froh!", strahlt er mich an. Er spricht von der „Wärme meiner Lippen", will mir aber etwas ganz anderes sagen und ich weiß genau, was er meint. Ein Kuss bedeutet so viel mehr, er kann so entscheidend sein. Der Kuss ist die Eintrittskarte in die Seele des anderen.

Und bei meiner Seele hat er soeben alle Pforten geöffnet. Mit dem Betreten lassen wir uns aber noch Zeit. Und in diesem Moment weiß ich es ganz genau: Ich werde diesen Mann wiedersehen.

Mittlerweile ist es schon 4.00 Uhr und er bringt mich zu meinem Auto. Bevor wir das Parkhaus betreten, sage ich ihm: „Gleich wirst du auch wissen wie alt ich bin. Es steht auf meinem Kennzeichen", zwinkere ich ihm zu. Über mein Alter haben wir noch gar nicht gesprochen. Ich weiß, dass er 38 ist.

Ich habe etwas Angst, dass ihn mein Alter abschrecken könnte, jedoch war der Abend so wunderschön, dass ich sicher bin, dass ihm das egal ist. Außerdem ist seine Frau genauso alt wie ich. Anscheinend mag er ältere und erfahrenere Frauen. Kann mir nur recht sein.

Es stehen noch ganze 4 Autos in der Garage. „Dann rate mal, mein Lieber, welches der 4 Autos meines ist? Dann weißt du auch, welch wunderbarer guter Jahrgang ich bin."

Naja, das ist ja nicht so schwer. Doch er spielt brav mit. Erst sein zweiter Tipp ist richtig.

„Ich wusste dein Alter vorher schon."

Er küsst mich ein zweites Mal und danach steige ich in mein Auto ein.

Das war seit langer, langer Zeit einer meiner schönsten Abende, die ich mit einem Mann erlebt habe. Erfüllt von Dankbarkeit und Glück fahre ich nach Hause.

Mit so viel Leichtigkeit habe ich tags darauf noch nie gearbeitet. Es geht alles so wunderbar von der Hand. Da ich den ganzen Tag nichts von A. gehört habe, beschließe ich, ihn heute anzurufen. Ich wähle die Nummer und A. meldet sich. „Kathrin! Ich freue mich, dass du von dir aus anrufst."
Ich bin überrascht, dass er so glücklich darüber ist.
„Es war gestern ein so toller Abend mit dir, Kathrin. Danke dir nochmals dafür! Ich habe es sehr genossen." „Mir ging es nicht anders, A.!"

Ich mag diese Wertschätzung, die er mir gegenüber hat, ganz besonders an ihm.

Er fragt mich, wie mein Tag war und ich plappere munter drauf los. Ich habe den Wunsch mich erneut heute mit ihm zu verabreden, möchte jedoch, dass er den ersten Schritt macht, da ich nicht aufdringlich sein möchte. Außerdem habe ich nur noch zwei Tage in Deutschland und bin ohne Kinder.

Und tatsächlich. Die Frage kommt.
„Was machst du heute Abend?"
„Möchtest du mich sehen?" „Ja, das möchte ich, Kathrin. Mir bleibt nicht mehr viel Zeit, bevor du für 3 Wochen verschwindest."

Im Kopf gehe ich in Lichtgeschwindigkeit durch mein „Location Pool".

„Dann lass uns heute Abend nach Kronberg in den Opel-Zoo gehen. Dort gibt es eine Lodge, in der man lecker essen, herrlich sitzen und die Tiere sehen kann."
Und so verbleiben wir. Treffpunkt 19.30 Uhr am Opel-Zoo.

Tag 4

Heute schäle ich mich bereits um 6.15 Uhr aus dem Bett. Es geht früh los mit dem Arbeiten. Ich treffe mich gleich mit meinen Kollegen und wir gehen zusammen zum Projektort.

Unter der Dusche denke ich an A.. Es ist unfassbar, wie sehr ich ihn vermisse und die Funkstille ist so hart. Aber alles hat zwei Seiten, denke ich. Hart – weich. Sei nicht so hart zu dir, Kathrin. Sei auch weich und warm zu dir selbst. Das zu verinnerlichen ist schwer. Schwer – leicht. Mit Leichtigkeit hüpfe ich aus der Dusche und mache mich hübsch. Wieder für mich. Neele muss auch früher da sein als sonst. Somit stapfen wir beide um kurz vor halb acht in die Eiseskälte hinaus. Meine Gelenke schmerzen schon wieder. Ich muss mich damit beschäftigen. Unbedingt.

„Ich wünsche dir einen schönen und erlebnisreichen Tag heute", sage ich, küsse meine Tochter auf die Stirn und sie saust ab in ihre Turnerabteilung. Ich laufe mit meinem Kollegen weiter zum Projektort. Heute benötige ich einen Tageszutritt bei unserem Kunden, um dort das Projekt begleiten zu können. Eigentlich sollte, laut meinem Kollegen, alles hinterlegt sein. Doch leider ist es das nicht.

Ich werde in meinem Morgen-Flow unsanft ausgebremst. Sie lassen mich nicht rein. Die zuständige Assistentin ist noch nicht da und daher heißt es: „Übe dich in Geduld". Doch alles hat ja bekanntlich seinen Sinn. Ich sage meinem Kollegen, dass er schon mal vorgehen kann, denn er besitzt eine Zutrittsberechtigung, und setze mich in die Vorhalle, um meine Mails zu checken. Ich warte.

Während ich die Mails abrufe, macht es „pling", und mit einem Blick auf meinem Display sehe ich, dass mir meine Schwägerin eine Nachricht geschrieben hat. Sie möchte wissen, wie es A. geht. Das ist mir dann aber doch zu viel, das alles zu schreiben. Ich biete ihr per SMS an, dass wir telefonieren können.

Kurz danach klingelt mein Handy und Christel ist am anderen Ende. Ich erzähle ihr die „Einfach-Flug-gebucht-Nummer" von A.s Frau und von seinem Befinden. Sie ist ganz erschrocken darüber, dennoch beeindruckt von meiner Stärke, wie ich die ganze Sache annehme. Stärke – Schwäche. Ich möchte auch schwach sein, so gern mal Tränen zulassen, dass ich nichts von A. höre und ihn vermisse. Ich wünsche mir, zuzulassen und loszulassen, was diese innerliche Einsamkeit betrifft. Im Moment kann ich nicht weinen. Vielleicht sollte ich doch heute Abend nochmals meditieren, doch da bin ich bereits verabredet. Ich brauche Ruhe für eine Meditation.

Was A. jetzt wohl macht? Wo ist er? Was fühlt er? Denkt er an mich? Vermisst er mich auch? Kann man das überhaupt – sich knallhart von jemand abnabeln für eine bestimmte Zeit? Ich würde dennoch gern Mäuschen spielen. Die Anwesenheit seiner Kinder wird etwas mit ihm machen, ihn verändern und an sein schlechtes Gewissen appellieren. Ich darf nicht daran denken, sonst drehe ich durch. Ich will A. nicht verlieren. Verlieren – gewinnen.

Wenn etwas nicht bei mir bleiben will oder soll und das Leben der Meinung ist, dass ich es nicht mehr brauche, wird Platz geschaffen für etwas Neues. Etwas anderes, etwas Besseres, was zu meinem Entwicklungsprozess passt, wird kommen. Und dann sollte ich mich auch dafür entscheiden. Offen dem Leben gegenübertreten und das Leben für mich arbeiten lassen, damit alles an den richtigen Platz gerückt werden kann.

Festhalten kostet viel mehr Kraft als Loszulassen, und doch ist Loslassen viel schwerer.
Ich schniefe. Brauche nichts, Kathrin, wünsche Dir alles und wähle, was das Leben dir zeigt.

„Christel, alles wird so kommen, wie es kommen soll und darauf vertraue ich. Vertrauen heißt, dass ich an etwas glaube, was ich nicht sehen kann und irgendwann werde ich dafür belohnt, dass ich das sehe, an was ich geglaubt habe. Ich weiß, ich bin wertvoll und habe das Beste verdient wie jeder andere Mensch auch."

„Kathrin, das ist eine gute Sichtweise. Das Leben ist spannend."

Endlich erscheint die Dame von der Sicherheit und bringt mir die Zutrittskarte. Ich bin drin! Aber sowas von – Hurra!

Ich arbeite ganz flott und konzentriert bis zur Kaffeepause. Ab und zu schaue ich aus dem Fenster. Ganz kleine Schneeflocken fallen leise durch die Luft. Es ist kalt geworden.

Hoffentlich hat A. Spaß mit seinen Kindern und sie können auch etwas zusammen unternehmen. Für die beiden Kleinen ist das so wichtig und wertvoll. Ich schicke ihnen in Gedanken ganz viel Freude.

Hoffentlich schont er sich auch. Bald wird seine Reha anlaufen. Es geht an den Chiemsee. Wir haben geplant, dass ich ihn dort besuchen werde, was ich auch unbedingt machen will. Ich bin dem gegenüber positiv gestimmt. In meinem Kopf stehe ich mit diesem Mann auf meiner „Blumenwiese des Lebens" und die ist so schön. Ich sollte mal einen Ausflug mit ihm dorthin machen. Das täte ihm gut.

In Gedanken sehe ich A. vor mir. Seine blauen und manchmal traurigen und müden Augen. Ich nehme ihn bei der Hand und führe ihn auf einen Kiesweg – er läuft neben mir. Die Sonne scheint und es ist warm. In der Ferne ist eine Anhöhe – dort möchte ich mit ihm hin. Der Weg ist eben und leicht zu laufen, doch je länger wir laufen, desto mehr Steine befinden sich auf dem Weg. Er geht vor, um den Weg zu ebnen. Doch es wird immer schwieriger und die Steine, die auf dem Weg liegen, werden immer größer. Manchmal kommt es anders, als man es sich wünscht. Was tun?

Aus diesen Steinen, die hier auf diesem, unserem Weg liegen, kann man herrlich etwas Neues bauen – die Steine sind unterschiedlich groß ... A., du schaffst das!

Wir laufen weiter und erreichen das Ziel, dass ich für uns ausgewählt habe – vor uns ergießt sich eine sattgrüne Wiese mit vielen, unterschiedlichen Wiesenblumen darauf und auf der besagten Anhöhe steht ein wunderschöner alter Baum. Der Stamm ist sehr breit und kräftig, die Baumkrone herrlich gewachsen und mit unterschiedlich großen Blättern bestückt. Er sieht stolz aus, wie er so da steht, obwohl er schon sehr alt sein muss. Er hat bestimmt einen tollen Ausblick auf die Landschaft von hier oben. Es ist lediglich das Zwitschern der Vögel zu hören und es geht ein leichter Wind.

Unter dem Baum steht eine Bank – sie ist schon etwas verwittert und man kann erkennen, dass hier schon sehr viele Menschen gesessen haben müssen. Ich weiß von diesem Baum bereits, dass er etwas ganz Besonderes ist. A. ist versucht, sich auf die Bank zu setzen, doch ich nehme ihn erneut bei der Hand ... das machen wir ein anderes Mal.

Ich führe ihn zu der Wiese, die sich rund um den Baum erstreckt. Ich lasse mich auf die Wiese fallen und strecke alle meine Glieder im weichen Gras von mir. A. beobachtet mich, lässt sich dann neben mir nieder und tut es mir gleich.

„Na, A., wie fühlt sich das an?", frage ich. Seine Augen sind geschlossen. „Fühlst du das Gras, wie es dich kitzelt auf der Haut? Den leichten warmen Wind, der durch deine Haare weht ...? Die feste Erde unter dir, die dich hält – ganz fest. Du kannst nicht fallen, bist verbunden mit ihr und ... schau in den Himmel!!! Sieh hinauf ... er ist blau ... zwei kleine wundervolle Wolken verschönern den Himmel – sie sind so schön, watteweich und wenn man sie genau betrachtet, verändern sie ihre Form ... mal ist es ein Küken, dann ein Pinguin, ein Bär und schlussendlich ein Vogel, der sich langsam auflöst ... was fühlst du in dir? Spüre dort hinein ...", flüstere ich ihm zu.

Und während er da liegt – ich liege völlig ruhig neben ihm – macht er etwas ganz Entscheidendes ... Er atmet ... ein und wieder aus ... ein und wieder aus ...

Es ist eigentlich etwas Selbstverständliches! Wir haben es als kostbares Gut für unseren Lebensweg mitbekommen ... Wir leben. Er, du, ich – wir atmen und leben in diesem Moment – im Hier und Jetzt. Wir sind hier und dürfen einfach SEIN. Ich schließe die Augen und empfinde – erfasse dieses wunderbare Gefühl.

Ich drehe mich, stütze mich auf meinen Arm und betrachte A. von der Seite, wie sein Brustkorb sich hebt und senkt, wie von selbst. Er ist so schön – so wie er ist. Ich sehe innerliche Schönheit, Stärke, einen Menschen, der schon so vieles geschafft hat und der so einen reinen und guten Kern in sich trägt. Aber ich sehe auch den Mann, der, wie mir scheint, den Glauben an sich selbst verloren hat ... auf seinem Weg ... er hat das Kümmern und das Umsorgen seines wunderbaren Kerns vielleicht vergessen, daran gezweifelt, ob das so wichtig ist, sich um sich selbst und seine Bedürfnisse zu kümmern. Hat sich zu viel ablenken lassen vom Außen. Hat sich ich immer von Situationen oder Menschen umgeben, die scheinbar hilflos und nichts selbst auf die Reihe bekommen haben. Doch A. rennt und er macht die unterschiedlichsten Dinge – immer für andere. Ist nur am Arbeiten. Dabei war er sich nicht bewusst, dass er somit den Fokus ständig von sich ablenkt. Sich nicht mit sich selbst beschäftigt, sich um sein eigenes inneres Ich kümmert. Und der kleine A. sitzt in ihm und weint bitterlich um Aufmerksamkeit und Anerkennung.

„Du bist wichtig, du bist wertvoll! Sorge dich um dich. Wenn es dir gut geht, geht es allen um dich herum auch gut. Das was du aussendest, kommt immer wieder zu dir zurück!", hauche ich ihm ins Ohr.

„Du fragst deine Umwelt, was wahr oder unwahr ist? Du entscheidest darüber, Du gestaltest, Du beurteilst, was richtig und falsch ist – Du bist der Fahrer deines Lebensbusses und entscheidest, welche Richtung du nimmst – niemand anderes. DU bist das, was deine Gedanken sind. Du hast die Verantwortung für dich und somit auch die Macht über das, was du denkst, zu bestimmen. Lass dich nicht von deinem Verstand beherrschen. Deine Gedanken sind nicht real.
Du bist die einzige Autorität in deinem Leben! Du hast die Macht über dich selbst, du hast immer die Wahl und DU entscheidest!
Du suchst nach Wahrheit? Ehrlichkeit? Und Vertrauen? – Du hast das alles schon. Du trägst alles in dir! Alles ist bereits da – in deinem Herzen. Komme zur Ruhe, werde ganz still und schaue nach innen – da findest du alles. Die Antworten auf alle deine Fragen liegen in dir!"
Ich werde nicht müde, ihm all das zu sagen.

„Ohnmacht? Weißt du, woher das Wort kommt? Von ‚ohne Macht'! Aber du hast die Macht darüber, wie du dich fühlst. Hole sie dir zurück, diese deine Macht – du hast die Kraft und das Potential dazu! Doch auch dieses Ohnmachtsgefühl soll dir etwas sagen ... versuche hinzuschauen, woher es kommt. Alles hat eine Ursache ... alles hat einen Anfang. Das Leben stellt dir immer wieder neue Herausforderungen, die dich gesunden lassen wollen. Nimm es an." Ich streichle sanft über seine Wange. Er lächelt mich dankbar an.

„Spürst du noch das weiche Gras unter dir? – Drehe dich mal auf den Bauch – dann siehst du auch den Käfer, der gerade über eine Glockenblume spaziert … er hat Zeit … er tut einfach das, was er tun will … im Moment geht er spazieren. Wie viele Punkte hat er? Zähle sie!"

„Während du jetzt da gelegen hast, warst du ganz still – hast nichts gesagt, nichts gedacht und nicht gekämpft – du warst einfach nur da – durftest einfach nur sein. Schön, oder?", frage ich ihn.

Mit den Worten „Kathrin, wir haben gleich ein Meeting! Treffen wir uns danach zum Mittagessen?", werde ich aus meinem Tagtraum gerissen und mein A. auf der Blumenwiese löst sich in weiße Wolken auf, die ich am Himmel entschwinden sehe. „Na klar, machen wir. Ich halte hier die Stellung!", antworte ich verträumt.

Ich haue in die Tasten und arbeite sehr effektiv bis zum Mittagessen. Dann ist mal eine Pause angesagt. Ich genieße den Austausch mit meinen Kollegen. Auch wenn ich mein heiß geliebtes Käsebrot nicht habe. Allein die Menschen um mich herum, machen das wieder wett.

Ich gehe gern essen, doch lieber abends in Ruhe, wenn ich keinen Zeitdruck habe, mich entspannen kann und nirgendwo noch hin muss.

Wie an dem zweiten Abend mit A..

Es ist ein herrlicher Abend und wir sind um 19.30 Uhr auf dem Parkplatz des Opel-Zoos verabredet. Ich parke und schreibe meiner Freundin Kristina noch eine Nachricht, dass ich nun mit A. verabredet bin. Das mache ich immer so, falls ich abhanden kommen sollte. Sicher ist sicher.

Dann sehe ich ihn, wie er langsam über den Parkplatz auf mein Auto zukommt. Allein wie er läuft – er strahlt eine innerliche Ruhe auf mich aus. Ich bin schon geschmolzen, wie Butter in der Sonne, bevor er am Auto steht. Er macht die Autotür auf und hilft mir galant heraus. Ein Gentleman – wow! „Hallo Kathrin, wie schön, dass wir uns wiedersehen." Er gibt mir einen sanften Kuss auf den Mund. Die flüssige Butter sucht sich ihren Weg. „Hallo A.! Ich finde es klasse meine letzten Tage hier in Deutschland mit dir zu genießen."

Ich gebe zu, dass ich noch nicht einen Gedanken daran verschwendet habe, warum ich gerade jetzt in die USA reisen muss. 3 Wochen von diesem tollen Mann getrennt. Doch wer weiß, wie das mit uns weitergeht. Außerdem ist er verheiratet und weiß selbst noch nicht, wie er die Situation lösen soll. Alles hat seinen Sinn und die Trennung von ihm bringt ja auch einiges mit sich und ich kann in aller Ruhe reflektieren und sehen was die Trennung mit uns beiden macht.

Wir betreten das Restaurant und bekommen einen wunderbaren Platz am Fenster zugewiesen. A. lässt mir den Vortritt und hält seine Hand in meinen Rücken. Ich fühle mich so geborgen und beschützt. Ich mag das, so zuvorkommend als Frau behandelt zu werden.

„Erzähle mir von deinem Tag!" Er ist interessiert an mir und meinem Tun und das Gespräch fließt einfach. Immer wieder schaue ich ihn an und mache mir bewusst, was hier gerade geschieht. Hier sitzen zwei Menschen, die sehr stark füreinander empfinden und plötzlich schnellt ein Impuls in mir hoch. Intuitiv beuge ich mich über den Tisch und küsse ihn auf den Mund. Einfach so. Ohne das ich vorher meinen Kopf befragt habe. Er lacht und ist etwas verschämt. Ich glaube, so etwas ist ihm auch noch nicht passiert. Ich fühle mich gut und ich zeige das auch.

Auch hier bleiben wir so lange, bis der Laden schließt – und gehen dann Arm in Arm zum Auto. Es ist kurz vor Mitternacht. Ich möchte ihm die Villa Rothschild zeigen, von der aus man einen herrlichen Blick auf die Frankfurter Skyline hat. Und genau das schlage ich ihm auch vor. Er regt an, nur mit einem Auto zu fahren. Wir nehmen meines.

„Ich mag deinen Golf." Freudestrahlend steige ich ein und fahre ihn zur Villa hoch. Wir laufen zum Hotel und wollen in die Bar, die jedoch leider schon geschlossen ist. Wie schade!

„Darf ich ihm kurz mal den Ausblick auf Frankfurt zeigen?", frage ich die Hotelangestellte höflich.

„Selbstverständlich, gern. Sie können auch an der Bar in unserem Partnerhotel in Falkenstein etwas trinken gehen, wenn sie möchten. Kein Problem. Ich habe dort schon angerufen. Wenn Sie möchten, fahren wir sie gern mit unserem Shuttleservice dorthin."

„Das ist sehr aufmerksam, doch wir fahren selbst", antworte ich höflich. Ich mag es zuvorkommenden und mitdenkenden Menschen zu begegnen.

Wir treten auf die Terrasse des Hotels und haben einen fantastischen Blick auf das erleuchtete Frankfurt. Danach gehen wir Arm in Arm zum Auto zurück.

Am Parkplatz angekommen, bleibt A. auf einmal stehen, zieht mich noch etwas näher zu sich und sieht mich an. Ich bemerke noch das schwache Licht der Laterne und schaue zu ihm hoch. Keiner sagt was.

Ganz langsam kommt er mir näher und mein Herz klopft immer stärker. Diese Anziehung ist kaum auszuhalten. Ich tue nichts und lasse es einfach geschehen. Dann spüre ich seinen Mund auf meinem und er öffnet ganz sanft meine Lippen. Er küsst mich mit einer solchen Zärtlichkeit, dass meine Beine ganz wackelig werden. Meine Augen sind geschlossen und ich gebe mich ihm einfach hin, während er ganz vorsichtig und respektvoll meine Seele betritt. Er öffnet mich ganz behutsam mit seiner Zunge und ist so liebevoll, dass nicht nur ich schneller atmen muss. Ich stehe in Flammen und bin erregt.

Er löst sich nach einer gefühlten Ewigkeit von mir, behält mich fest im Arm und ich verweile darin.

„Du küsst so wunderbar, A.", flüstere ich an seiner Schulter. „Oh, Kathrin, das kann ich nur zurückgeben. Du bist eine so wunderbare Frau!"

Diese Erfahrung und diese Geschichte mit diesem Mann sind so besonders. Ich werde diesen Moment nie mehr vergessen. Ich bewahre ihn in meinem Herzen auf, wie einen Schatz. Lass es so weitergehen, bitte, liebes Universum!

Wir fahren in das Partnerhotel und trinken in der Bar noch etwas. Wasser und Saft. Wir müssen mittlerweile schon lachen – das ist inzwischen schon zu einem Insider mutiert.
Danach schlendern wir beide nach draußen auf die Terrasse. Ein riesiger Sternenhimmel mit Mond tut sich über uns auf und der Ausblick ist gigantisch. Alles fließt hier ...
A. stellt sich hinter mich. Er schlingt seine starken Arme um mich und erklärt mir die Sterne. Romantik pur. Ich liebe das!

„Wenn Kinder lachen, geht dieses Lachen nach oben und setzt sich am Himmel als Stern fest", erkläre ich A. meine Theorie über die Sterne. Er lacht lauthals.

Ich höre ihn, sehe ihn, fühle ihn, rieche ihn, schmecke ihn, ich nehme ihn mit all meinen Sinnen wahr. Es ist so wunderbar. Mittlerweile ist es 2.00 Uhr nachts und wir wollen zurück. Ich könnte die ganze Nacht hier stehen und mir die Sternbilder erklären lassen. Auf dem Rückweg hält er mich abrupt fest und zieht mich zur Seite: „Vorsicht. Schau nur, da unten!". Ich folge seinem Fingerzeig und traue meinen Augen nicht.

Genau vor unseren Füßen hüpft ein kleiner Frosch vorbei. Das gibt es doch nicht!
Ich glaube nicht an Märchen, doch diese Geschichte ist einfach zu genial. Ich beschließe, dass ich meinen Froschprinz gefunden habe! Ich jauchze vor Glück und wir fahren wieder zum Zoo zurück.

Hier schläft bereits alles. Wir wollen uns immer noch nicht trennen und ich steige in sein Auto ein. Er macht es schön warm und wir küssen uns erneut. Die Küsse werden immer besser und ich bekomme nicht genug davon. Ich weiß nicht, wann ich das letzte Mal in einem Auto geknutscht habe. Immer wieder unterhalten wir uns und lachen gemeinsam. Ich fühle mich wie ein junges Mädchen und möchte hier bleiben, bis es hell wird.

So lange schaffen wir es aber dann doch nicht. Um 4.30 Uhr fahren wir beide nach Hause. Jeder zu sich. Er hat keinerlei Anstalten gemacht, mich in irgendeiner Form auszuziehen oder mich abwertend zu befummeln. Wertschätzend und respektvoll behandelt er mich, wie ich als Frau behandelt werden möchte. Ich fühle mich fantastisch. Mit diesem Gefühl und wunderbaren Erinnerungen an dieses Treffen, schlafe ich ein.

Donnerstag. Mein letzter Tag bevor es in den Urlaub geht. Ich habe bereits meinen ersten Urlaubstag! Obwohl ich nur 4 Stunden geschlafen habe, hüpfe ich voller Elan aus dem Bett. Ich glaube, ich bin verliebt oder ab wann nennt man diesen vor Glückshormonen beinah explodierenden Zustand so? Ich bin ein Glückskind. Mein bevorstehender Urlaub gibt seinen Teil an Endorphinen hinzu.

Ich checke meine E-Mails. Da sehe ich, dass auch eine von A. dabei ist. „Wollte nur mal kontrollieren, ob du auch deine Mails im Urlaub liest. Ich glaube, ich habe mein Handy in deinem Auto liegengelassen. Kannst du mal nachschauen?" Ich muss laut lachen! Anrufen kann ich ihn ja nicht ... Der Mann ist spitze.

Ich will sowieso Brötchen holen und fahre schnell mit dem Auto zum Bäcker. Und da finde ich es auch schon. Es liegt ganz brav auf dem Beifahrersitz. Ich kaufe meine Brötchen und schreibe ihm dann zurück, dass ich das Handy gefunden habe. Er ruft mich vom Festnetz aus an. Er wisse jetzt, wo ich wohne, erklärt er mir, denn er hätte gesehen, wie sein Handy sich innerhalb der Stadt bewegt hätte. Er war schon etwas beunruhigt, als er auf seinem Laptop sah, dass sich sein Handy fortbewege. „Ja, da habe ich Brötchen geholt." Wir lachen lauthals und verabreden uns gegen Mittag zur Handyübergabe im Café eines Einkaufszentrums.

Jetzt sehe ich A. sogar spontan mittags – das wird ja immer besser!

Unser Mittagessen war äußerst lecker. Jetzt muss ich was tun und nicht so herumtrödeln. Ich plane, schreibe E-Mails, telefoniere und freue mich, dass alles rund läuft. Es ist mittlerweile dunkel, als ich endlich mit allem fertig bin. Ich packe meine Sachen zusammen und laufe mit meinen Kollegen zum Hotel zurück. Draußen ist es inzwischen kalt geworden. Meine Gelenke schmerzen schon wieder.

Ich vermisse A.. Dieses Gefühl der Sehnsucht kommt ganz plötzlich. Ich sehne mich nach seiner Stimme, seinem Geruch. Die Vorstellung, ihn wiederzusehen und in den Arm nehmen zu können, gibt mir den Rest. Die Tränen kommen völlig überraschend. Zum Glück ist es kalt draußen, so dass jeder denkt, es sei vom Wind. Mein weißes Taschentuch saugt die Tränen weg und ich werfe es in den Mülleimer. Ich wünschte mir, er würde sich melden. Nur ganz kurz. Warum? Um die Gewissheit zu haben, dass ich mir keine Gedanken machen muss und alles gut wird.

Doch dieser Anruf kommt nicht.

Dieses Hin und Her meiner Gedanken macht mich noch wahnsinnig, und doch es ist menschlich und gehört zu mir. Ich versuche positiv auf mich einzureden. Ich brauche nichts, wünsche mir alles und wähle, was sich mir zeigt. Kathrin, alles wird richtig kommen.

Heute Abend treffen wir uns mit Arbeitskollegen zum Sushi-Essen. Ich liebe Sushi und freue mich, die anderen Kollegen mal wieder zu sehen. Die Fahrt dauert fast 45 Minuten. Viel zu lange für meinen Geschmack. Irgendwie wäre ich doch lieber im Hotel geblieben und hätte nur was für mich gemacht, doch nun sind wir schon unterwegs.

Das Sushi ist lecker. Ich ertränke meine Makis in Sojasauce und genieße jeden Bissen. Bei Mr. Mi ist es eiskalt und mein Kollege zieht schon während des Essens die dicke Winterjacke an. Als wir wieder im Hotel sind, stelle ich mich erst mal 10 Minuten unter die heiße Dusche, bis mir wieder warm wird. Hoffentlich wird mein Körper nicht krank.

Mir laufen mit dem heißen Wasser die Tränen runter. Es tut plötzlich so weh. Dieses Alleinsein. Mein Herz tut so weh. Und ich weiß, dass das nur mit mir selbst zu tun hat. Es sind meine eigenen Emotionen, die dahinter stecken. Und diese gilt es anzunehmen. Sie dürfen da sein und ich lasse sie zu. Denn alles hat zwei Seiten und die Emotionen wollen angenommen und gelebt werden.

A. hat zu mir gesagt, dass er mich liebt und ich solle ihm vertrauen. Ich möchte das. Vertrauen – misstrauen. Wieso bzw. wo misstraue ich mir selbst, dass ich nicht vertrauen kann? Eine interessante Frage.

Wieso traue ich nicht? Oder ist es das Urvertrauen welches mir fehlt?

Das wird schon alles gut. Er hat jetzt eine tolle Zeit mit seinen Kindern. Wie auch immer er mit seiner Frau klarkommt, er wird es schaffen und sie werden schon einen Weg finden, wie sie die Zeit miteinander verbringen. Wie zwei Freunde, wie Bruder und Schwester. Es ist ja nicht meine Angelegenheit.

Ich weiß, er denkt ganz viel an mich und sucht, ebenso wie ich, immer den Mond zu unserer gemeinsamen Verbindung. Ich werde in seinen Gedanken sein. Er denkt an unsere Küsse und unsere gegenseitige Wertschätzung. An den grandiosen Sex und die vielen gemeinsamen Tage und Nächte, die wir miteinander verbracht haben. Er sehnt sich genauso nach mir, wie ich mich nach ihm.

Am nächsten Sonntag bringt er seine Familie wieder zum Flughafen und ruft mich abends an und dann treffen wir uns. Er wird bei mir klingeln, ich werde öffnen und mich in seine Arme werfen und ihn einfach fühlen, wie beim letzten Mal, und seinen A.-Duft einatmen und glücklich sein, dass er wieder bei mir ist.

Diese Gedanken sind toll, damit kann ich leben. Vielleicht sollte ich mir genau das immer wieder vorstellen. Du wirst, was du denkst, doch was wird passieren, wenn es nicht so kommt? Dann ist die Enttäuschung groß, doch Enttäuschung heißt ja die Täuschung hat ein Ende. Aber vielleicht trifft er sich auch mit mir, um mir zu sagen, dass er das mit mir beenden will, und dass er seine Familie nicht verlassen kann.

Na gut, dann ist das so und das Leben geht auch weiter. Es wird zwar erneut hart werden und ich gehe wieder in den Verlust hinein, doch letztendlich –

was kann ich schon tun? Ich habe es mir selbst erschaffen. A. kann nichts dafür. Er hat es dann nur ausgelöst. Es ist ganz klar meine Angelegenheit. Ich habe die Macht an ihn abgegeben, indem ich hier auf dem Haltegleis stehe und darauf warte, dass seine Familie abreist und ich wieder mit ihm kommunizieren kann. Und erst dann werde ich erfahren, wie „mein" Stand bei ihm ist, denn davon mache ich alles abhängig.

Ich habe ihm von Anfang an gesagt, dass ich keine Frau für die zweite Reihe bin. Und wo befinde ich mich gerade? Genau da! Doch ich habe mich selbst dorthin katapultiert. Ich kann ihm keinen Vorwurf machen. Ich habe es selbst so erschaffen.

Wieso mache ich das?, frage ich mich auf einmal. Ist das Liebe, dieses Warten auszuhalten? Die zweite Reihe zu akzeptieren? Geht es mir gut damit? Will ich das?

Ich möchte nicht ohne Macht sein. Ohne Macht – Ohnmacht. Ich will nicht ohnmächtig dastehen. Selbst gestalten, das möchte ich. Das tue ich zwar, indem ich trotz allem mein Ding mache und offen bin, doch es bleibt ein schaler Beigeschmack.

Irgendwie bin ich verwirrt. Ich weiß so gar nicht, in welche Richtung ich laufen soll – innerlich. Vielleicht mal anhalten? Und hineinspüren? Fühlen, was da ist.

Vielleicht fühle ich, dass ich ihn eventuell gar nicht mehr will und aus dieser Angst heraus, gar nicht mehr hinschauen und loslassen will. Es ist ein Gefühl des Verlustes, welches ich ablehne.
Wahnsinn – was für ein Gedanke! Allein der macht mir schon Angst. Doch wenn Angst da ist, kann da keine Liebe sein.

Da fällt mir plötzlich ein Kinofilm ein: „Die zauberhafte Nanny". Die Nanny hat zu den Kindern immer gesagt: „Wenn ihr mich braucht, mich jedoch nicht wollt, dann muss ich bleiben. Wenn ihr mich wollt, mich jedoch nicht mehr braucht, dann muss ich gehen."

Und wenn ich das jetzt auf mein Leben ummünze? Wenn ich gewisse Menschen oder Situationen brauche, aber ich diese gar nicht haben will, werden sie bleiben. Wenn ich gewisse Menschen und Situationen haben möchte, sie jedoch für mein Leben und meine Entwicklung nicht mehr brauche, werden sie gehen. Es wird Platz gemacht für Neues, damit es fließen kann.

Das passt zu dem Spruch: „Du bekommst nicht immer das, was du dir wünscht, doch immer das was du brauchst."

Hilft mir jetzt natürlich auch nicht unbedingt weiter, doch es tröstet etwas.

Generell denke ich schon, dass das Leben es immer gut mit mir meint. Und reich ist an allem, und vollkommen. Vollkommen – es kommt voll! Ja, das stimmt. Jetzt in diesem Augenblick, indem ich hier sitze, brauche ich nichts. Ich habe alles, bin reich. In der Gegenwart, im Präsens kann man sich ganz bewusst sein, wie reich und voll man ist. Was man alles geschafft hat, wie großartig das Leben ist. Wie schön man selbst ist. Alles Präsente des Lebens. Geschenke, auf die man sich immer wieder bewusst besinnen kann im Hier und Jetzt. Präsente kann man nur im Präsens entgegennehmen. Nicht in der Vergangenheit und nicht in der Zukunft sondern nur im Hier und Jetzt.

Jetzt muss ich heute mal ganz bewusst darauf achten, was mir das Leben an Geschenken so bringt. Ich lasse das Leben einfach für mich arbeiten. Herrliches Gefühl. Ich lasse einfach los und lasse kommen. Ich bin sehr aufgeregt und gespannt, was passieren wird.

„Brauche nichts, wünsche Dir alles und wähle, was sich dir zeigt, Kathrin." Mein Credo, die ganze Zeit. Ich finde diesen Satz, den ich irgendwo mal gelesen habe, einfach genial.

Ich küsse meine Tochter und gehe in mein Bett, welches in zwei Tagen nicht mehr meines ist. Ich will nach Hause – habe Heimweh! Mein Bett, meine Wohnung, meine Zuflucht ... mein A..

Um diese Uhrzeit habe ich letzte Woche noch mit A. stundenlang telefoniert. Jetzt unterdrücke ich meine Gefühle, doch ich erkenne, dass das nichts mit ihm zu tun hat, sondern nur mit mir. Es ist meine eigene Unterdrückung.

Was unterdrücke ich? Welches Gefühl ist da schon seit Jahren in mir, welches ich nicht hoch- und zulasse und wegdrücke?

Ich werde mich am Samstag, wenn ich Ruhe habe, damit beschäftigen. Ich kuschle mich in das Kissen und schließe die Augen.

Zu meinen beiden Töchtern bin ich direkt ehrlich. „Ich habe jemanden kennengelernt und es ist mir wichtig, ihn auch heute Abend, den Letzten vor unserem Urlaub, zu sehen."

„Ja, Mama, mach nur. Ist doch super." Meine große Tochter freut sich sehr für mich, das sehe ich. Sie möchten auch, dass es der Mama gut geht und sie glücklich ist.

Der Kleinen ist es scheinbar egal, sie verkrümelt sich in ihr Zimmer. Doch als ich den beiden sage, dass ich noch mal ins Einkaufszentrum fahren werde, um A. sein Handy zurückzugeben, das er versehentlich bei mir im Auto liegen gelassen hat, stehen beide wie die Orgelpfeifen neugierig auf der Matte und grinsen mich überfreudig an.

„Wir wollen mit!" – komisch, sonst sind sich die Beiden nie so einig.

„Von mir aus, doch ich gehe allein ins Café und ich will da von euch in Ruhe gelassen werden. Verstanden?"

Neele verdreht die Augen. Wir fahren los und ich freue mich auf ein erneutes spontanes Wiedersehen. Mein Glück ist fassbar.

Ich sehe ihn sofort. Er steht ganz locker vor dem Eingang und hält nach mir Ausschau. Ich gehe auf ihn zu. „Hallo!" Ich küsse ihn auf den Mund. Dieser Mann ist toll – immer wieder aufs Neue. Ich fühle mich so gut in seiner Nähe.

Wir betreten das Kaffeehaus und ergattern zwei Plätze direkt am Fenster. Ich gebe ihm sein Handy zurück und schlürfe anschließend an meiner leckeren Latte Macchiato.

Wir freuen uns wie die kleinen Kinder, fassen uns immer wieder an den Händen und küssen uns. Alles ist so voller Gefühl und rundum herrlich.

Wir planen den Abend: „Was hast du vor, Kathrin?"

„Ich würde dich gern noch ein letztes Mal sehen, bevor es morgen losgeht für uns."

„Schlag was vor. Ich bin völlig offen."

„Holst du mich um 19.00 Uhr ab? Dann fahren wir nach Kronberg in das Restaurant ‚Liebe Zeit' wie passend, findest du nicht?"

„Perfekt! Das mache ich gern."

Nach vielen Schmusereien und liebevoll geflüsterten Worten, glaube ich meine Tochter aus dem Augenwinkel am Fenster gesehen zu haben. Na, der erzähle ich nachher was!

Wir verabschieden uns mit einem Kuss, der einfach nur göttlich ist und ich sause überglücklich zum Auto.

„Ich habe euch gesagt, ich möchte niemanden dort sehen. Wieso haltet ihr euch nicht daran?", frage ich aufgebracht im Auto.
„Ich habe es der Neele gleich gesagt", petzt Annika, meine Große. „Doch sie will ja nicht hören." Sie ist genervt.
Neele streitet alles ab. „Ich habe nichts gemacht." Ja, ist klar, Neele ...!

Wir verbringen den Tag mit Kofferpacken und Listen kontrollieren, ob wir alles haben. Ich bin sehr aufgeregt. Noch nie in meinem Leben hatte ich 3 Wochen Urlaub am Stück und ich freue mich unglaublich darauf.

Gegen Abend mache ich mich fein für den Mann, der mich mit seinen Küssen noch um den Verstand bringt.
Um 19.00 Uhr fährt er mit seinem Auto vor und ruft mich an, dass er da ist. Neele drückt sich sofort die Nase am Fenster platt. Doch A. ist schlau. Er parkt einfach weiter weg.
Ich gehe die Treppe runter und laufe ihm entgegen. Komisch, wieso steigt er nicht aus? An seinem Auto stehend klopfe ich an sein Fenster. Er öffnet die Tür und steigt aus dem Auto aus. Er ist so herrlich groß. Er umarmt und küsst mich, immer um sich schauend, ob uns jemand sieht. Neele kann vom Fenster aus gar nichts sehen. Haha!

„Na, bist du schon aufgeregt?"
„Oh ja, sehr!"
„Habt ihr alles fertig gepackt?"
„Jawohl – alles ist fertig." Ich bin sowas von entspannt. Wir fahren gemütlich in den Nachbarort und kehren bei der „Liebe Zeit" ein. Bestellt wird natürlich – zu unserer eigenen Belustigung – Wasser!
Ich glaube, wenn wir jedes Mal Alkohol trinken würden, dann wäre das lange Aufbleiben gar nicht möglich. Und dieses klare Erleben ist einfach klasse!

Wir bleiben nicht lange. Ich mag nicht mehr da sein und möchte meine ureigenste „Liebe-Zeit" lieber woanders mit A. verbringen.

„Ich möchte gern gehen und lieber mit dir im Auto knutschen", sage ich lachend!

Über diesen einfachen Wunsch muss A. breit grinsen. „Das gefällt mir, meine liebe Kathrin!" Er ruft den Kellner und zahlt.

Oft ist es die Einfachheit, die es ausmacht. Einfach – das Wort muss ich auch noch mal auseinandernehmen – EIN spezielles Fach, um das man sich kümmert. Wie leicht.

Wir fahren auf unseren Zoo Parkplatz. Da gefällt es uns am besten. Ich beuge mich zu ihm rüber und fordere Küsse noch und nöcher. Möchte sie konservieren, für die nächsten 3 Wochen. Und die Küsse werden immer besser. Jeder von uns öffnet sich immer mehr, traut sich weiter hinein, in den Raum der Seele des anderen. Es ist so wunderbares Licht dort. Ich fühle mich geborgen und sicher.

Die Berührungen, die wir uns gegenseitig schenken, sind so wertschätzend und weich. So einzigartig und besonders. Meine Sinne sind so sensibilisiert. Es erregt mich, wie er atmet. Seine dunkle und rauchige Stimme, wenn er mir so wunderbare Worte in mein Ohr haucht. Er macht mich einfach an und ich lasse mich absolut darauf ein. Das Auto ist erfüllt mit purer positiver Energie, die fließt.

Zwischendurch wagen wir immer wieder einen Blick auf die Uhr. 2.30 Uhr, 3.10 Uhr – immer wieder sagen wir, jetzt müssen wir gehen, doch wir wollen uns nicht trennen. Noch nicht.

Um 3.30 Uhr bringt er mich nach Hause und wir stehen vor meinem Zuhause noch mal eine Stunde, um uns Aufmerksamkeit zu schenken. An sein Auto gelehnt, küssen wir uns immer wieder aufs Neue. So schön kann also Verliebtheit sein!

Irgendwann ist es soweit und ich küsse A. ein letztes Mal. „Passt auf euch auf und kommt gesund wieder!", sagt er und klopft mir liebevoll auf den Po. Dann springe ich die Außentreppe hoch, drehe mich um und schaue ein letztes Mal auf diesen wunderbaren Mann, werfe ihm einen Luftkuss zu und verschwinde im Treppenhaus.

Das war es. Werde ich ihn wiedersehen? Wird das, was wir hier die letzten 4 Tage erlebt haben, Bestand haben? Was ist mit seiner Familie? Das ist doch auch wieder Betrug. Mir ist in diesem Moment alles egal. Ich bin frei, habe Urlaub und beschließe das, was ich erlebt habe, in meinem Herzen zu bewahren. Das kann mir keiner mehr wegnehmen. Niemand.

Irgendwie finde ich es auch gut, dass ich 3 Wochen weg bin. Dann kann ich in Ruhe schauen, was das mit mir macht und ob ihm das auch wichtig ist. Ich will mich nicht in etwas stürzen, das noch auf so dünnem Eis gebaut ist.

Die Basis, die wir bis jetzt geschaffen haben, ist von großer Zuneigung, Wertschätzung und Respekt geprägt und vor allem auf Augenhöhe. Werte, die mir und ihm extrem wichtig sind. Mal sehen, was daraus wird.

Glücklich schlafe ich ein, bis mich der Wecker um 5.00 Uhr weckt. Unsere Reise kann endlich losgehen!

Tag 5

Es ist Mittwoch. 6.15 Uhr. Was für eine Uhrzeit? Ich stehe hier wie zu Hause auf, mit dem einzigen Unterschied, dass ich kein Frühstück machen muss. Ich drehe mich nochmals um und kuschle mich in meine Bettdecke. Bist du schon wach, A.? Manchmal denke ich morgens, dass alles nur ein Traum ist. Doch leider ist es die harte Realität.

Während ich noch im Bett liege, kommt mir plötzlich der Gedanke, dass A. und seine Frau vielleicht einen gemeinsamen Urlaub für die Sommerferien planen. A. kann durch die OP noch nicht arbeiten gehen, sodass sie ohne Unterbrechung 14 Tage zusammen verbringen werden. Vielleicht merken sie dadurch, dass sie sich doch besser verstehen und näher sind, als sie bisher geglaubt haben. Er hat sich durch mich verändert, ist weicher geworden. Werden sich die Eltern durch die Kinder wieder näher bringen lassen? Mein Herz fängt an zu rasen ... Angst. Ich spüre nackte Angst. Das kann nur aus meiner Kindheit kommen.

Ich spüre, wie mein Blut extrem schnell durch meine Adern gepumpt wird. Ok, Kathrin, da hilft jetzt nur eine kalte Dusche. Und schon bin ich raus aus dem Bett.
Wieder von mir selbst abgelenkt ... gerade kommt eine Emotion und ich halte es kaum aus und renne weg ... und wenn es nur unter die kalte Dusche ist.

Da agiere ich wie ein Duracell Hase. Den hat man früher aufgedreht, und dann hoppelte er den ganzen Tag durch die Gegend, bis dann abends kein Saft mehr drin war. Doch meine Batterie hält etwas länger als bei anderen. Manchmal ist das auch ein Fluch.

Ich ziehe mir heute eine hübsche, enge Hose an. Die weiße Bluse mit den schimmernden Perlen an den Manschetten lässt mich frisch aussehen. Weiß ist einfach meine Farbe! Fröhlich begebe ich mich zum Frühstück.

Mein Chef ist schon da und während er die Nachrichten auf seinem Tablet liest, hole ich mir mein Frühstück vom Buffet. Kurz darauf kommt der nächste Kollege und auch meine Tochter gesellt sich dazu. Die vielen Männer um sie herum tun ihr richtig gut. Sie ist ja normalerweise nur von Mädels umgeben. Sie hat eine Schwester, wir sind somit ein Frauenhaushalt. Sie geht auf eine reine Mädchenschule und die neue Frau ihres Papas hat auch eine Tochter. Mein Chef erzählt gut gelaunt Anekdoten aus seiner Zeit, als er noch Golf gespielt hat. Ein ganz guter Morgen, wie ich finde.

Wir brechen alle gemeinsam auf. Heute Abend bin ich mit einer Assistentin verabredet. Durch ein Kundenprojekt haben wir viel miteinander geschrieben und uns ausgetauscht. Ich habe ihr versprochen, wenn ich mal nach Stuttgart komme, dann treffen wir uns. Und wenn Kathrin das sagt, dann macht sie das auch. Darauf ist Verlass. Ich freue mich sehr auf den Abend. Ich finde es immer spannend, neue Menschen auch persönlich kennenzulernen. Mein Motto lautet: „Fremde sind Freunde, die ich noch nicht kenne."

Sie weiß schon eine ganze Menge von mir, auch, dass ich auf meiner Lebensliste stehen habe, dass ich einmal in meinem Leben als Gast über den roten Teppich der Oscar-Verleihung gehen möchte. Natürlich in einem atemberaubenden Kleid und ich habe ihr versprochen, dass wir auch mal gemeinsam auf dem roten Teppich stehen werden.
Ja, ja, die lieben Listen. Während wir zum Projektbüro laufen, lasse ich meinen Gedanken freien Lauf ...

... Einkaufsliste, Kofferpackliste, Geschenkliste, Sportliste, Kalorienliste, Excelliste, Vokabelliste, To-Do-Liste ... alles ist in unserem Kopf. Wir haben sie jederzeit verfügbar, sie sind immer wieder veränderbar und wir sind ganz groß darin, diese abzuarbeiten ... Ja, ich behaupte sogar, dass wir teilweise regelrecht getrieben davon sind, Haken hinter die einzelnen Positionen zu setzen.

Doch, wo sind die Listen, die nur für uns selbst sind? Ausschließlich für unsere eigenen Wünsche und Lebensträume? Wer nimmt sich schon die Zeit und schreibt auf, was ihm sein Herz sagt und was er wirklich will?

Die Wenigsten tun das und dabei geht es doch nur um uns selbst – eigentlich doch wunderbar!

Vor mehr als 4 Jahren, kurz nach meiner Trennung, habe ich mich hingesetzt, nahm ein weißes Blatt Papier und schrieb auf, was ich alles noch in meinem Leben machen möchte. Ich habe sie „Meine Liste der Erfüllung" – kurz „Kathrins Lebensliste" genannt.

Dieses einfache, weiße Blatt war aufnahmefähig wie ein Schwamm. Als der Anfang erstmal gemacht war, ging es ganz leicht von der Hand. Ich war erstaunt, was so alles an Wünschen in mir steckte.

Schwarz auf weiß konnte ich nun sehen und lesen, was ich mir vom Leben noch alles wünschte. Es ging eine richtig Intensität, eine Kraft, eine Energie von diesem Stück Papier aus.

Ich will Italienisch lernen, Wasserski fahren, den Jakobsweg allein laufen, Zelten am Lagerfeuer (inklusive des romantischen Sternehimmels versteht sich), in Mailand shoppen gehen bis die Kreditkarte qualmt, ein Buch schreiben, Vorträge über das Leben halten, den Motorradführerschein machen, eine Vespa kaufen und über den roten Teppich bei der Oscar-Verleihung im Blitzlichtgewitter stolzieren – das alles steht auf dieser Liste, und noch vieles mehr.

Meinen Wünschen habe ich keine Grenzen gesetzt – ich habe mir gesagt, alles ist möglich und das nur für MICH selbst. Jeder hat seine eigenen Wünsche und Träume und jeder Wunsch ist gleich gut und richtig. Das Leben ist so reich und bunt. Ich glaube fest daran: Ich werde auf Menschen, Wege und Situationen treffen, die mich genau dort hinbringen, damit sich die Wünsche meiner Liste erfüllen.

Es war ganz leicht. Ich habe einfach mein Herz sprechen lassen und dies aufs Papier transportiert, egal wie verrückt die Wünsche auch sind. Ich habe sie auf die Liste geschrieben und dadurch für mich sichtbar gemacht.

Wunder kommen zu denen, die an sie glauben.
Und ich bin seitdem aktiv, zielstrebig und darauf aus, meine Träume zu verwirklichen und Haken an meine Wünsche zu machen, so wie ich es bei allen anderen Listen auch mache.
Ich denke gern groß und unrealistisch. Und – es funktioniert!

Hmm, vielleicht sollte ich mal groß und unrealistisch in Bezug auf meine Träume und Wünsche mit A. denken.

Ich sehe mich innerlich mit ihm auf meiner Blumenwiese stehen, mit dem großen alten Baum darauf und einer langen, weiß gedeckten Tafel, die mit silbernen Kerzenleuchtern dekoriert ist. Eine 3-Mann-Band spielt auf einem Saxophone, Chello und Klarinette, und meine Familie und Freunde sind da. Es ist warm.

Hier ist es kalt. Während ich mit den anderen über den Zebrastreifen gehe, denke ich an A. Ich glaube, er wäre stolz auf mich, wie ich das hier so alles meistere.

Kathrin, sei selbst stolz auf dich, wie du das alles so schaffst!, sage ich mir selbst. Du schaffst es aus deiner Stärke heraus. Alles hat zwei Seiten. Schwäche – Stärke.

Meine Tapferkeit, das auszuhalten, was ist. Was hat er seinem Geschäftspartner noch gesagt? „Kathrin ist eine intelligente Frau. Sie weiß mit so etwas umzugehen."
Darüber muss ich mal genauer nachdenken. Ist das nun Manipulation, oder meint er das wirklich ernst? Doch jetzt fahre ich erstmal in den 4. Stock und arbeite eine Runde. Ich mache das alles richtig gut. Ich bin eine tolle Frau, mit einem so großen Herzen und ich habe das Beste überhaupt verdient.

Beim Mittagessen laufe ich einem Kunden in die Arme und fange sogleich an, mit ihm zu quatschen. Ich mag es auf die Leute zuzugehen und sie da abzuholen, wo sie sind. Mit meiner quirligen, dynamischen und herzlichen Art reiße ich oft meine Mitmenschen in den Strom des Lebens mit.

Nach der kurzen Pause geht es wieder zurück an die Arbeit. Dennoch, ich bin müde und erschöpft. Heute Abend will ich trotz der Verabredung um 22 Uhr im Hotel sein. Das ist mein Ziel, sonst packe ich das schlaftechnisch nicht. Der Nachmittag ist schnell rum. Nun ab ins Hotel und umziehen. Da passt zeitlich mal wieder kein Blatt dazwischen, geschweige denn, dass ich mich mal hinsetzen und einfach kurz ausruhen könnte. Doch ich erschaffe mir das alles selbst.

Mich wundert es nicht, dass ich schlecht zur Ruhe und zu mir selbst finde. Meine Gelenkschmerzen sind gerade wieder ganz schlimm.

Mein Kollege fährt mich netterweise zu dem von mir ausgesuchten Restaurant für meine heutige Verabredung. Dort angekommen, bestelle ich erstmal 2 Prosecco und laufe wieder nach draußen, um mein rotes Krepppapier, welches ich extra besorgt habe, vor der Tür auszurollen. Mein roter Teppich – ich mache mir die Welt, wie sie mir gefällt. Und da kommt sie auch schon um die Ecke, meine Verabredung, die nette Assistentin. Sie ist eine zierliche blonde Frau mit ganz liebevollen Augen. Ich mag sie sofort und verbinde mich mit ihr augenblicklich im Feinstofflichen.

Sie lacht herzhaft, als sie meine Vorbereitungsarbeit vor dem Restaurant erkennt, und wir stoßen auf unserem eigenen roten Teppich an und machen dabei noch schnell ein Selfie. Der Abend ist fantastisch. Wir führen so tolle Gespräche. Ich mag es, mich in aller Ruhe auszutauschen, ohne Hast und Eile.

Gegen 21.45 Uhr drücken wir uns ganz fest, verabschieden uns und ich hüpfe fröhlich in mein Taxi ins Hotel. Um 22.00 Uhr liege ich noch vor meiner Tochter im Bett. Na, wer sagt es denn. Dann habe ich ja die großartige Chance und kann noch den Tag reflektieren.

Bestandsaufnahme: A. hat eine schwierige und immer wieder konfliktreiche Partnerschaft. Er ist unglücklich, gesteht es sich aber selbst nicht ein. Hält durch und macht immer weiter. Wegen der Kinder. Will ein guter Papa sein. In der Ehe war es ja nicht immer schlecht. Es gab auch Zeiten, in denen sie sich auch gut verstanden haben.
Der Sex war immer gut. Doch der Respekt und die gegenseitige Wertschätzung wurden immer weniger und irgendwann waren sie komplett abhanden gekommen. Es gab verbale Verletzungen, die tief sitzen. Da muss der Reset-Knopf schon sehr groß sein und lange gedrückt werden, um das wieder hinbiegen zu können.
Beide haben sich im Laufe ihrer Ehe verändert – jedoch jeder in eine andere Richtung. Sie, die bereits zum 4. Mal verheiratet ist, möchte auf keinen Fall ein weiteres Mal geschieden werden. Sie hält fest an etwas, was nicht mehr

existiert. Schon lange nicht mehr. Ist das Liebe? Nein, die Zeit ist schon längst abgelaufen. Es ist wie ein Handel. Liebe als Ware.

Doch das Leben meint es immer gut mit uns und schickt uns Menschen, Situationen und Wege, die uns weiterbringen sollen.

Dann lernt A. mich kennen – durch einen Zufall – ich bin oder sollte ihm regelrecht zufallen. So wie er mir. Wir gehen ein langsames Tempo des Kennenlernens. Es geht in erster Linie um Wertschätzung und Respekt. Zuhören, Annehmen und Genießen. Dem anderen seinen Raum lassen. Wir wissen das beide sehr zu schätzen.

Jedes Mal, wenn er seine Familie in Tunesien besucht hat und wieder zurückkam, war er innerlich ein Nervenbündel. Hochnervös und völlig aus der Bahn geworfen. Was werden jetzt die kommenden 2 Wochen mit ihm machen? Bisher fand er Ablenkung in seiner Arbeit. Er ist seit Wochen durch seine Bandscheiben-OP außer Gefecht gesetzt und wurde dann auch noch durch eine Erkältung lahmgelegt. Sprich, Ablenkung gibt es nicht. Er wird nun mit der neuen Situation knallhart konfrontiert.

Der erste Sex, den er und ich hatten, war so wunderschön! Ich werde es nie mehr vergessen und trage es in meinem Herzen. Er war so aufgeregt. Er kam mir so nahe, näher kann man einem Menschen nicht sein. Sex geht bei ihm, wie bei mir, nur mit Gefühl und Liebe.

Aber er konnte die Stimme in seinem Kopf nicht abschalten, die ihn immer wieder anklagte: „Du betrügst deine Frau. Das ist nicht fair. Das macht man nicht. Das ist böse. Du Verräter. Du bist ein schlechter Mensch. Denk mal an deine Kinder. Ich bringe Frauen nur Unglück." Das ist eine Dauerschleife der Selbstkritik und der eigenen Verurteilung.

Ich bin müde. Rutsche tiefer unter meine Bettdecke und starre an die Decke. Meint er es wirklich ehrlich mit mir, oder schwimmt er und weiß nicht, wie er mich wieder los wird? Ich will kein Anhängsel sein. Ich möchte wahrgenommen und gesehen werden. Ich bin ein so wunderbarer Mensch und habe das Beste verdient.

Ich möchte, dass mein Partner zu mir steht und sich darüber klar ist, was er tut.

Vielleicht mache ich ihm zu viel Druck. Doch, mache ich das? Ich halte mich zurück, habe Verständnis und lasse ihm seinen Raum.

Die Frage ist, wo bleibe ich dabei? Geht es mir gut damit? Ich bin jetzt mal ganz ehrlich. Ja, ich vermisse ihn sehr. Ja, ich leide darunter. Ja, ich habe Angst. Doch wo Angst ist, kann keine Liebe sein. Ich fühle ein inneres Nirwana – einen luftleeren Raum, in dem ich mich seit 5 Tagen befinde. Ich werde in 9 Tagen das Ende der Geschichte wissen.

Es fühlt sich so schwammig an. Ich mag jedoch lieber festen Boden unter den Füßen.

Welche Aufgabe hat dieser Mann für mich in meinem Leben? Obwohl ich diese ganzen zwiespältigen Gefühle habe, weiß ich genau: A. ist ein Geschenk. Dieser ganze Zustand, diese Situation macht etwas mit mir. Mit ihm natürlich auch. Es verändert. Die Energien verändern sich.

Das letzte halbe Jahr hatten wir eine vergleichbare Energie und alles floss, wie ein Fluss durch eine Naturlandschaft. Egal, wie oder wo wir uns getroffen haben oder uns sehen wollten, alles floss uns regelrecht zu. Mit einer einzigartigen Leichtigkeit. Der Urzustand zweier Menschen. Und wir haben das auch so angenommen, wertgeschätzt, darauf reagiert und es mitgenommen.

Seit dieses neue Jahr begonnen hat, ist unser Fluss unruhiger geworden, vollzieht extreme Kurven und staut sich an der einen oder anderen Stelle, als ob jemand Steine in den Fluss geworfen hätte. Große Steine, die das Wasser dort anstauen. Doch aus Steinen, wie wir ja wissen, kann man auch tolle Sachen bauen. Eine neue Herausforderung?

Wir sollen uns anscheinend im Moment nicht sehen oder hören. Es hat einen Sinn und ist für irgendetwas gut. Das kann ich nicht kontrollieren. Ich kann nur auf mich schauen und weiter gestalten, für mich und nicht mit ihm. Das macht mich traurig.

Manchmal kommen mir dann auch solche Gedanken wie: Hätte ich mal meinen ehemaligen Mann nicht verlassen. Er hat wirklich immer zu mir gestanden. Doch ich wusste, dieser Mann ist nicht der Richtige. So lieb und weich er auch war. Weich – hart. Wenn ich das alles mit der Trennung und Scheidung nicht hinter mich gebracht hätte – und es ist wahrlich nicht einfach, sich von einem lieben und netten Menschen zu trennen – wäre ich heute nicht der Mensch, der ich bin, mit all meiner jetzigen Erkenntnis. Und das ist gut so. Diese Geschichte gehört zu mir. Sie soll genau so sein.

Kathrin, vertraue darauf, dass auch diese Situation, in der du jetzt steckst, dich irgendwo hinbringt, wo du hin sollst. Es kommt immer noch besser. Und A. ist schon der Wahnsinn. Was kommt wohl als nächstes? Ich bin sehr aufgeregt!

Letztes Jahr ist mir schon mal ein Mann begegnet, der auch toll war. Er hatte bedauerlicherweise noch sehr viele Baustellen im Leben zu bewältigen und war noch lange nicht bereit für eine Partnerschaft, jedoch auf der ständigen Suche. Aber nach was? Ich habe keine Ahnung.
Ich habe ihn losgelassen, denn er hatte keine Kraft zum Nehmen. Es war zu anstrengend für mich. Und – es kam noch besser. A. toppt diesen Mann bei Weitem.

Ich wünsche mir, dass ein Mann mich will, weil ich Kathrin bin. Der ehrlich Zeit mit mir verbringen, und mit mir sein möchte. Sich frei dafür entscheidet und dabei selber frei ist. Mich als ebenbürtigen Partner ansieht und auch so mit mir kommuniziert. Wo ist mein Puzzleteil? Ich hoffe so sehr, dass es A. ist, doch wenn es nicht passen soll, dann werde ich das so annehmen, und dies bejahen.

Mir fallen fast die Augen zu. Schlaf, Kathrin. Ruhe dich aus. Gestatte dir das. Sammle Kraft in der Nacht. Meine Gelenke tun so weh. Morgen kümmere ich mich darum.

Ich falle in einen tiefen Schlaf und träume ganz verrückt von Puzzleteilen.

Wann habe ich das letzte Mal gepuzzelt?
So ein richtig großes Puzzle, mit zigtausend Puzzleteilen. So eines mit ganz viel Himmel auf der Schachtel. Ja, das macht Spaß – wo man erst mal Stunden, ach was erzähle ich, Tage braucht, um den Himmel allein in all seinen wunderbaren Einzelteilen zusammenzusuchen.

Dennoch, mir macht puzzeln Spaß. Ich bin so in Gedanken versunken, die Teile zu sortieren, wie Aschenputtel die Linsen aus der Asche. Und wie ich mich freue, wenn ich die Teile gefunden haben, die füreinander gemacht wurden, und ineinander gefügt werden können.

Ja, wie im wahren Leben – das Leben ist wie ein übergroßes Puzzle. Das Bild auf der Schachtel ist meine Lebensaufgabe, die ich auf meinem Lebensweg mitbekommen habe. Ich werde geboren und habe eine Basis, eine Plattform, auf der das Puzzle gut und sicher gelegt werden kann, damit die Teile alle halten. Diese Basis ist wichtig und genau richtig, wie sie ist.

Die Puzzleteile sind meine wertvollen Eigenschaften, meine Emotionen, mein Potential, mein einzigartiges ICH.

Nun beginne ich zu puzzeln. Zu Beginn bin ich schon ein wenig überfordert mit so vielen Einzelteilen in groß und klein. Mit den farbigen Teilen klappt es dennoch ganz gut und ich freue mich jedes Mal, wenn die abgerundeten Formen sanft ineinander gleiten. Wieder eine Herausforderung geschafft!

Und jedes Mal, wenn ein Bild entstanden ist, verstehe ich und betrachte es und bin stolz, wieder einen weiteren Abschnitt meines Lebens geschafft zu haben – mit Höhen und Tiefen. Manchmal klappt es besser, manchmal schlechter.

Doch nicht immer läuft es so. Im Leben passen die Teile auch mal nicht zusammen, und ich suche und suche und finde einfach nicht das richtige Teil, das zum dazugehörigen Abschnitt passt. Dann sollte ich vielleicht mal eine Puzzlepause einlegen. Was für ein lustiges Wort „Puzzlepause"!

Das Leben macht jedoch keine Pausen, es geht immer weiter. Doch ich selbst habe immer die Wahl, Pausen machen zu können und auch mal zu verschnaufen. Mich nach „außen" zu stellen und das ganze Puzzle-Gebilde von einer anderen Warte aus zu betrachten – mit Abstand. Es ist fast nicht zu glauben – ich sehe Dinge, die ich von nahem nicht gesehen habe, weil ich einfach zu nah dran war. Man sieht die Umstände, in Form der Konturen besser, das Schöne des Lebens, mit den Farben des Puzzles.

Das Ausmaß der angenommenen Katastrophen, in Form der vielen Teile, die noch nicht gesetzt worden sind. Doch wie wunderbar, ich habe noch einiges zu tun und kann mir selbst meine Zeit für dieses sagenhafte Spiel einteilen. Stück für Stück, einen Schritt nach dem anderen. ICH gestalte.

Manchmal bin ich ungeduldig und will das Puzzle vorantreiben. Ich bin regelrecht süchtig danach, verkrampft, zu ehrgeizig und verbohrt. Kurz, ich will mit aller Gewalt, dass manche Teile an- und ineinander passen ... In diesen Momenten benehme ich mich, wie ein kleines Kind. „Ich will aber!!!" und ich agiere nach der Maxime: „Was nicht passt, wird passend gemacht!" Tja, wenn das mal so einfach wäre. Da rächt sich das Lebenspuzzle – es wird nicht stimmig und an anderer Stelle fehlen die richtigen Teile ...

Ich habe schon Kindern beim Puzzeln zugeschaut. Mit einer Ruhe und Gelassenheit fügen sie Teil an Teil, probieren aus, testen, prüfen. Versuchen alles in Balance zu bringen. Selbstversunken agieren sie völlig im Hier und Jetzt. Ihr Lebenspuzzle hat in diesem Moment oberste Priorität. Ich kann noch so viel von den kleinen Erdenbürgern lernen.

Wie unterschiedlich gehen manche Erwachsene mit so einem Puzzle um – da wird mal ganz schnell das halbe Puzzle wutentbrannt vom Tisch gefegt. Naja, so lösen sich die Anpassungsprobleme auch nicht in Luft auf.

Dem Leben gegenüber offen zu sein, damit es alles an den richtigen Platz rücken kann. Durch ständige Kontrolle werfe ich dem eigenen Lebenspuzzle gehörig Steine in den Weg. Man nennt das auch „sich selbst Probleme schaffen".

Es gibt auch das eine oder andere Puzzleteil, welches ganz besonders ist und auch einen besonderen Platz in meinem Lebenspuzzle einnimmt. Durch das Einsetzen dieses besonderen Puzzleteils, wird ein so berührendes, warmes und vollständiges Bild daraus, obwohl das Puzzle noch nicht beendet ist. Manchmal fällt mir dieses besondere Stück sozusagen in die Hände, manchmal suche ich lange danach und bin voller Freude, es irgendwann gefunden zu haben.

Der Weg ist das Ziel, und wie sehr bin ich beseelt vom Glück über die kleinen Anpassungen im Leben, über die neuen Teile, die ich finde und mit denen ich jeden Tag neu gestalten kann. Das Leben bietet Platz und Raum dafür. Ich puzzle mir das Bild meines Lebens und am Ende werde ich sehen, was für ein wunderbares Lebensbild ich mir selbst geschaffen habe, mit so vielen tollen Eigenschaften und Potential, die in mir und vor mir liegen. Mit einiger Anstrengung und einer gehörigen Portion Liebe und Ausdauer für mich selbst.

Jeder hat seine eigenen Puzzleteile, die nur dieser Person gehören und einzigartig sind. Fantastisch! Darauf vertraue ich und erschaffe damit alles, was meine Herzenswünsche betreffen.

Manchmal denke ich, dass ich ein paar Puzzleteile verloren habe, doch heute weiß ich: Ich kann sie nicht verlieren. Sie sind immer in mir oder noch nicht in meinem Bewusstsein oder besser noch nicht in meinem Sichtfeld angekommen. Doch sie sind da. Das, wonach du suchst, findet dich.
Ich besinne mich darauf, setze sie gut und passend ein, und schon ergibt sich mein persönliches Bild!

Und wenn sie mal nicht passen, dann versuche ich es an einer anderen Stelle, an einem anderen Tag – oft bringt Abstand ganz viel Klarheit in ein Bild.

Das Leben ist wie ein Puzzle – das Gesamtbild sieht man erst am Schluss!

Tag 6

Was für ein verrückter Traum? Ich sehe nur noch Puzzleteile und muss erstmal richtig wach werden. Heute ist der letzte Tag für das Projektbüro und morgen ist Freitag, der letzte Tag für mich in Stuttgart. Ich freue mich so sehr auf zuhause! Dennoch bin ich glücklich über die Erfahrungen, die ich hier machen durfte, und dass ich mal gesehen habe, wie die Kollegen draußen beim Kunden vor Ort arbeiten. Auch spannend.

Neelchen liegt noch in den schönsten Träumen. Sie kann heute länger schlafen. Leise gehe ich duschen. Im Halbdunklen ziehe ich mich an und schleiche mich in voller Montur aus dem Zimmer. Mein Kollege ist schon beim Frühstück. Er muss früher los als ich. Heute bitte keine Hetze, denke ich so für mich. Ich bin noch am Zusammenpuzzeln des Morgens. Das geht nicht so schnell.

„Bis später, Kathrin", ruft mein Kollege mir zu und weg ist er. Ich brauche erstmal 2 Tassen Tee.

30 Minuten später laufe ich mit meiner Meditation im Ohr ins Projektbüro. Man könnte meinen, ich gehöre dort bereits zur Firma. Ich laufe wie die anderen Mitarbeiter selbstverständlich über das Firmengelände. Ich kenne mich aus und fahre immer wieder neugierig auf den Tag mit dem Fahrstuhl in „mein" Büro.

Fleißig wie ein Bienchen arbeite ich und gehe gern, wenn es meine Zeit erlaubt, mit meinen Kollegen einen Kaffee trinken. Ich mag diesen Austausch. Das ist immer wieder hochinteressant.
... Ich vermisse A.
Soviel habe ich ihm zu erzählen. Was ich alles bisher erlebt habe. Hoffentlich vergesse ich nichts, wobei, ich habe ja mein Tagebuch, in dem ich alles festhalte.

Ich gehe in die zweite Arbeitsrunde – heute ist viel zu tun, sodass ich nicht mit zum Mittagessen gehen kann. Ich bitte meinen Kollegen und meinen Chef, mir eine Brezel mitzubringen.

Diese kommt postwendend 30 Minuten später, inklusive einem Kaffee. Mein Chef ist echt ein Schatz. Ich bin wirklich ein Glückskind, mit dieser Firma. Das wird mir erneut sehr bewusst. Da haue ich gleich noch mal schneller in die Tasten.

Nachmittags schicke ich meiner großen und zu Hause gebliebenen Tochter eine SMS: „Wie geht es dir?" Zwei Stunden später ruft sie mich an. „Hallo Annika! Wie geht es dir?" Diese Frage und meine Stimme scheinen einen inneren Tsunami in ihr auszulösen. Sie fängt bitterlich an zu weinen. „Mir geht es immer noch nicht besser, Mama. Ich habe Bauchschmerzen – und Kopfschmerzen. Heute Morgen kamen auch noch Halsschmerzen dazu", schluchzt sie ins Telefon. „Och, Schätzchen. Ich bin ja bald wieder zu Hause. Du vermisst uns, kann das sein?" „Ja", kommt schniefend. Mir wird ganz warm ums Herz. Die Mama. Das Nest. Die damit verbundene Wärme. Die Große ist auch gerade dabei ab und zu aus dem Nest zu fallen und Flugversuche draußen zu probieren. Und dann kommt sie zurück und Mama ist nicht da. Keine Wärme, kein Austausch, keine Nahrung. „Mama, wann kommst Du?" „Süße, morgen bin ich schon wieder da. Jetzt schonst du dich erstmal und bleibst am Freitag zu Hause. Wann holt Papi dich denn?" „Gleich, und ich muss noch die Skisachen zusammenpacken, die wir für Samstag brauchen." Ich erkläre ihr in aller Ruhe, wo sie was finden kann und sie beruhigt sich während unseres Telefonats immer mehr.

Es kommen bei ihr gerade mehrere Dinge zusammen: Termine, die Schule, viel lernen, Fahrstunden und dann ist die Mami auch noch so lange weg. Die Wohnung zu Hause ist kalt, der Kühlschrank leer. Alles wie ausgestorben. Da kann ich ihre Traurigkeit gut nachvollziehen. Doch die Rettung naht. Einen Tag noch, dann bin ich wieder da.

Damit ist sie zufrieden und legt auf. Ich gehe wieder an meine Arbeit. Wir Mütter sind schon klasse. Wie wir das immer alles so machen. Arbeiten, Kinder, Haushalt ... Das ist ein Tempo, mit dem die wenigsten mithalten können.

Die Buchstaben auf meinem Laptop beginnen plötzlich zu verschwimmen ...

Eine Woche mit Kathrin und die Zunge hängt am Boden – oder schon nach einem Tag. Mein Wecker klingelt morgens um 6.00 Uhr – genauer gesagt klingelt mein Wecker heute 5 Mal. 6.10 Uhr – 6.20 Uhr – 6.35 Uhr und um 6.45 Uhr – je später ich mich aus dem Bett quäle, desto schneller muss ich später rennen.

Ok, heute entscheide ich mich mal für die Hardcore-Variante – 6.55 Uhr. „Kinder, aufstehen!" Meine Kleine steht sofort auf – wie ein HB-Männchen steht sie auf der Badezimmermatte! Sehr brav – naja, wir haben ja erst Montag. Freitag sieht das dann schon wieder anders aus.

Während ich Tee koche und das Frühstück herrichte, schreie ich nach den Brotdosen, die ich nie, nie, nie zurückbekomme. Es ist wie eine Krankheit. Immer sehr lecker, wenn die Kinder Ferien haben und das Brot sich innerhalb von 6 Wochen dann selbst auf den Weg in die Küche macht. Dann kann ich gleich die Brotdose zusammen mit dem Brot eliminieren. Toll! Aber ich habe ja schon Fransen am Mund vor lauter wiederholen. Oder nennt man das „Damenbart"? Da fällt mir ein - ich müsste dringend mal wieder einen Termin bei meiner Kosmetikerin ausmachen.
Um 7.15 Uhr sitzt immer noch keiner am Tisch – ich rufe – nein, brüllen ist wohl der bessere Ausdruck. Ich weiß nämlich, dass gleich die Turbohektik ausbrechen wird. Ich konnte gerade noch so die Toilette besuchen und mir meine Zahnbürste in den Mund stopfen – mehr ging zeitlich gar nicht. Duschen mache ich, wenn die Kinder aus dem Haus sind.

Dann frühstücken wir 15 Minuten. Während ich darauf achte, dass die Große genug trinkt, beide ihre Brot schmieren, und natürlich auch essen und dabei die Krümel nicht auf den Oberteilen landen, mampfe ich selbst zwei Brote – ja, ich brauche das. Energie für den Tag! Ein halber Liter Tee hinterher geschüttet und eine Zinktablette eingeworfen – dann ist Mutti eingeordnet.

Jetzt aber flott. Beim Kämmen wird selbstverständlich gezankt: „Lass mich vor den Spiegel.", „Ich war aber zuerst da." und „Wo ist mein Pausenbrot und meine Trinkflasche!?" Immer dasselbe. Ich räume derweil den Tisch wieder ab und bin genug beschäftigt, um meine Ohren auf Durchzug zu stellen.

Um 7.30 Uhr schließt sich nach Küsschen für die Mama und einem: „Schnell, wir müssen uns beeilen!", endlich die Tür. Noch kurz ein großes Gepolter im Treppenhaus - dann kehrt Ruhe ein.

Während ich über alle möglichen Sachen im Zimmer meiner Großen steigen muss, um die Rollläden hochziehen zu können, denke ich wie jeden Morgen das Gleiche. Es ist ein Graus. Die Zimmer sind eine einzige Müllhalde. In meinem Kopf mache ich mir einen Reminder. Bevor ich gehe, werde ich ihr ein Schild an die Tür hängen. „Wenn das Zimmer bis heute um 19.00 Uhr nicht aufgeräumt ist, werfe ich alles, was auf dem Boden liegt, in den Müll." Das geht so nicht weiter.
Wenn, dann ...
Doch warum rege ich mich eigentlich über die Unordnung in deren Zimmer so auf? Immer auf mich selbst schauen. Wie geht es eigentlich der Unordnung in meinem Kopf, meinem Keller und Dachboden? Äh, habe ich meine Steuer eigentlich schon gemacht, die völlig durcheinander auf meinem Schreibtisch liegt und die Schubladen in der Küche sind auch ein einziges Chaos. Ich glaube, ich lasse das mit dem Schild. Ist doch ihr Reich. Solange die Sachen noch nicht von selbst anfangen zu laufen, geht es ja noch.

Jetzt erst mal duschen – kalt – in Ruhe und nur für mich. Ich habe jetzt 30 Minuten bis ich das Haus verlassen muss.
Duschen, anziehen – wie aus dem Ei gepellt natürlich – Gesicht schminken, Haare frisieren, Betten machen, Küche auf Vordermann bringen – schade, das Geschirr hätte ich am Vorabend mal direkt wegräumen sollen – Wohnzimmer aufräumen. Ich war gestern einfach zu müde.

Ich muss heute Abend unbedingt bügeln. Es türmt sich alles!

Ich schaffe viel in 30 Minuten und sehe ganz passabel aus, als ich aus dem Haus gehe. Wie ich das hinbekomme? Keinen blassen Schimmer.

Nun habe ich 30 Minuten bis ich im Büro bin. Auf dem Weg nach unten checke ich erst mal meine Nachrichten. Im Büro ist keine Zeit dafür und während ich Auto fahre, mache ich noch telefonisch einen Arzttermin für mich aus, rufe den Elektriker an und kläre noch etwas mit dem Sekretariat der Schule meiner Kinder. Manchmal ruft mich auch meine Freundin

Simone an, da es auch für sie die einzige Zeit am Tage ist in Ruhe ein Telefonat führen zu können. Ich genieße diese Anrufe jedes Mal.

Um 8.30 Uhr fahre ich in die Tiefgarage der Firma und um 8.45 Uhr sitze ich in der Regel an meinem Schreibtisch, mit einem frisch aufgebrühtem Tee und dem Radio an.

Wenn mein Chef nicht da ist, mache ich nie Pause – mir reicht in der Regel mein selbstgeschmiertes Käsebrot, und ich bin dann einfach nur happy, weil es so lecker ist. Eigentlich sollte ich mir angewöhnen mal raus an die frische Luft zu gehen, um die Sonnenstrahlen zu genießen. Ich nehme es mir fast täglich vor, weiß aber genau, dass ich es nicht machen werde. Wie bescheuert eigentlich. Ich muss das ändern! Kathrin, sei sorgsam mit dir!

Ich wirbele durch den Tag und schaffe zeitlich alles ganz gut.

Gegen 17.30 Uhr fahre ich im Allgemeinen nach Hause, doch dreimal die Woche, da gehe ich direkt nach der Arbeit noch in den Sport – schnell – da die Kids auf mich warten. Verteilt auf 3 Tage: Joggen, Krafttraining, 2000 m Schwimmen – wie ich auch das noch alles hinbekomme? Ich habe keine Ahnung, aber es ist wichtig für mich, sonst würde ich völlig durchdrehen. Ich brauche 1 Stunde für jedes Training.

Ich müsste irgendwie mal wieder das Buch „Momo" von Michael Ende lesen. Da waren doch so graue Herren, die die Zeit der Menschen tauschen und verwalten wollten. Wie war das noch gleich? Ich muss mich mal bei denen melden – ich brauche dringend noch 12 Stunden Extrazeit pro Tag. Aber grau mag ich eigentlich nicht.

Nass geschwitzt – das Duschen und Umziehen spare ich mir nach dem Joggen, dafür bleibt keine Zeit – springe ich ins Auto, um schnell nach Hause zu fahren und dort noch mal eben den Turbogang einzuschalten. Unterwegs kommt auch prompt die achte Nachricht von meiner Tochter: „Mama, wann bist du da?" „Ich eile mein Kind!"

Im Auto überlege ich noch schnell, was ich kochen könnte. Da fällt mir siedend heiß ein: Mensch, ich habe heute Morgen vergessen den Zettel an die Zimmertür von Annika zu hängen, dass sie ihr Zimmer aufräumen soll! Ach, wollte ich ja sein lassen und mich lieber um mein eigenes Chaos kümmern.

Zum Glück habe ich an Lebensmitteln immer alles im Haus – bin ja gut organisiert und mache einmal die Woche den Großeinkauf.

Kaum bin ich in unsere Straße eingebogen und habe den Wagen geparkt, da werde ich auch schon vom Fenster aus begrüßt – na, das ist doch immer wieder nett! Briefkasten checken und ab nach oben. Ich renne die Treppe hoch und kaum bin ich drin, werde ich auch schon bestürmt. Sofort wird alles Mögliche aus der Schule berichtet, was ich im Laufe des Nachmittages noch nicht per Nachricht erzählt bekommen habe.

Ich komme noch nicht mal dazu zu duschen, nein, direkt in die Küche und dann geht es zack, zack, zack. 20 Minuten später ist der Tisch gedeckt – schön und mit Kerzen an – da lege ich Wert drauf – und wir essen. Das ist dann gewöhnlich das erste Mal am Tag, wo ich in Ruhe sitzen und richtig zuhören kann. Dafür nehme ich mir gern eine halbe Stunde Zeit, bis ich wieder aufstehen muss, um mit der Kleinen noch eine Stunde mit Schule, Erzählungen und Vorlesen zu verbringen.

Diese Zeit ist zwar sehr anstrengend für mich, aber sie ist auch wichtig, sowohl für Neele, als auch für mich. Ansonsten wäre ich nicht auf dem Laufenden, was ihre Schulangelegenheiten angehen. Oft ist es dann schon 20.00 Uhr, bis wir überhaupt damit beginnen können. Um 21.00 Uhr liegt sie dann im Bett und wir kuscheln noch ein wenig – auch ganz wichtig! Eine Lehrerin hat mir mal gesagt: „Machen sie Outsourcing was die Schule angeht. Kümmern sie sich um die schönen Dinge des Lebens." Wunderbar, ganz nach meinem Geschmack und das mache ich auch.

Gern lese ich ihr noch vor – um etwas runterzukommen und abzuschalten. Ich liebe das und sie auch.

Manchmal mag sie noch „Kükenhaut" gemacht bekommen, dann kraule ich ihr den Rücken – da schlafe ich fast selbst ein. Kathrin, immer schön wach bleiben, dein Tag ist noch nicht zu Ende!

Bevor mich der Schlaf übermannt, sage ich ihr „Gute Nacht" und mache mich über das Chaos in der Küche her. Heute Morgen habe ich das aber nicht so verlassen, oder?

Der Wäschekorb steht demonstrativ im Wohnzimmer und „grinst" frech. Ja, ich weiß – ich habe nachher noch ein Rendezvous mit meinem Brett ... äh, Bügelbrett. Kann mir auch Schöneres vorstellen.

Bis ich die Küche auf Vordermann gebracht habe, ist es fast 22.00 Uhr. Ich bin nur am Rennen, hier was wegräumen, da was aufwischen. Es nimmt mal wieder kein Ende. Ich muss noch Wäsche aufhängen. Um 22.30 Uhr sitze ich etwas fertig und müde an meinem Bügel-Folter-Tisch. Die Große hat schon mal Stapel gemacht – wer den größten Wäscheberg produziert hat, zahlt Strafe in unsere Luxus-Enten-Spardose – davon wollen wir uns dann immer schöne Dinge kaufen, die viel Geld kosten.

Irgendwie hat diese Ente aber immer Brechreiz, sie ist meist leer. „Mama, ich brauche für morgen 10 Euro für den Wandertag. Ich brauch 5 Euro für dies und das ... " und Mutti hat nie genügend Bargeld in ihrem Portemonnaie. Tja, Ente, Geld her! Also, so wird das nie was mit der Gucci Tasche, Kathrin ...

Nach einer Stunde Bügelqual, gebe ich auf. Ich muss noch Italienisch lernen. Mache ich später, wenn ich im Bett liege. Ich habe vor kurzem einen Italienischkurs belegt und es macht mir super viel Spaß, es ist genau meine Sprache, doch der ganze Stoff muss auch noch in meinen Kopf und ich habe zusätzlich dadurch einen Abendtermin mehr. An diesem Tag muss ich noch schneller sein als sonst.

Doch um meine Vokabeln kümmere ich mich später. Zuerst ist meine große Tochter dran. „Was wie viel ... 150 Englischvokabeln ...?" „I think I ,spider'...!"

Während ich später noch mit Freunden Nachrichten auf dem Handy hin- und herschicke, fülle ich rasch Formulare für die Schule aus. Ich muss dringend meine eigene Buchhaltung machen. In der Firma ist ja alles tip top, aber zu Hause? Da fliegen Kontoauszüge, Rechnungen, Anschreiben und so manches andere rum. Das zum Thema eigenes Chaos. Ok, nächsten Sonntag muss ich das machen. Ach, da kann ich nicht, da helfe ich ehrenamtlich auf einem Marathon und lese im Krankenhaus kranken Kindern vor. Naja, dann eben in 2 Wochen.

Mittlerweile ist es 23.30 Uhr – meine 50 neuen Vokabeln sitzen – mir fallen ständig die Äuglein zu. Buenanotteeeeeeeeeeeeeeeeeeeee. Ich glaube, ich gehe ins Bett.

Was ist eigentlich so in der Welt los? Ich bekomme nichts mehr mit – ok, das geht so nicht. Um 0.15 Uhr mache ich mich bettfertig und in meinem Kuschelbett rufe ich noch die n-tv-Nachrichten über das Smartphone auf – ich bin zwar mehr als 17 Stunden hinterher, aber egal.

Ich schnappe mir mein Buch, schaffe gerade mal eine Seite. Dann fallen mir die Augen zu. Halt, ich muss noch den Wecker stellen. Fünf Mal. Er wird in noch nicht mal mehr 6 Stunden klingeln. „Kathrin, schlaf gut und merke dir unbedingt, wovon du träumst." Meine Ohren rauschen und ich bin auch noch ein bisschen im Rausch von meiner eigenen Lebensgeschwindigkeit. Heute war erst Montag, morgen geht das Spiel wieder von vorne los und das 5 Tage die Woche.

Manchmal ist der Wunsch schon da, sich an einen gedeckten Tisch zu setzen und sich in aller Ruhe verwöhnen lassen. Einfach mal in den starken Arm genommen zu werden und eine Stimme sagen zu hören: „Setz dich hin und leg mal die Füße hoch – ich mache das für dich." Dass mir jemand was zu trinken holt und mich fragt: „Na, wie war dein Tag?" Davon träume ich öfters.

Was Mütter alles leisten, ist so ein großartiges Werk. Was alleinerziehende Mütter bewältigen, ist absolute Höchstleistung – ich nehme den Hut vor jeder Frau, die das stemmt und sage euch allen da draußen: „Ihr seid klasse!"

Sich für sich Zeit zu nehmen, mal durchzuatmen, sich zu erden – eine Seltenheit, doch auch diese erschaffe ich mir ebenfalls selbst. Keiner verlangt es von mir. Nur ich allein.

Ich selbst drehe mich wie ein Brummkreisel, der schon ganz viele Beulen hat, weil er durch die schnellen Umdrehungen immer wieder angestoßen ist. Die Musik geht nur noch sporadisch dazu.

Die Umrisse meines Laptops werden wieder scharf. Aus meinem getriebenen Sein von vor 3 Jahren bin ich zum Glück raus. Wenn ich das damals so weiter gelebt hätte, wäre es wohl in einer Katastrophe geendet. Es war ein einziges Wegrennen - vor mir selbst. Irgendwann habe ich von allein angehalten. Was für ein Glück!

Jetzt hau mal in die Tasten, Kathrin. In zwei Stunden ist Feierabend. Da plane ich ins Hotel zu gehen und – man höre und staune – ich habe heute mal gar nichts vor! Was? Das gibt es ja gar nicht.

Ich laufe, als es dunkel wird, mit meiner Meditation im Ohr zurück. Einfach mal ausruhen und später im Restaurant essen gehen. Neele und ich treffen dort zufällig auf einen Kollegen. Es ist richtig nett so zu dritt und zur Feier des Tages werden wir auch eingeladen. Danke!

Es ist 20.30 Uhr und ich liege nach einer herrlichen warmen Dusche bereits im Bett. Ich kann es nicht fassen – so früh. Ich freue mich so sehr darüber. Meine Füße werden ganz schnell warm und ich fühle mich einfach super.

Was A. wohl macht? Ich weiß nicht, je mehr Tage vergehen, desto ferner ist er mir. Hält es das aus? Ich bin mir nicht mehr so sicher. A. hat zu mir gesagt: „Mach dir nicht so viele Gedanken, hörst du? In zwei Wochen sind sie wieder weg."
Ich vertraue darauf. Mein Herz ist dennoch traurig.
War ich vielleicht doch nur eine Affäre für ihn?

8 lange Tage noch. Hält das ein Mensch überhaupt aus? Keinen Kontakt, obwohl er nur 20 km von mir entfernt ist? Fühle ich ihn noch? Vergesse ich ihn? Soll ich ihn vergessen?
Warum zweifle ich daran, dass alles gut ist und alles richtig kommt?
Vertraue, Kathrin. Vertraue dir selbst, dass du den richtigen Weg gehst. Ziehe dich nicht selbst runter mit deinen Gedanken. Das Leben ist nicht so ernst, wie wir glauben.
Es ist von Grund auf leicht. Wir selbst machen es uns schwer. Leicht – schwer. Alles hat zwei Seiten. Nur wenn wir die Schwere bejahen und annehmen, können wir die Leichtigkeit fühlen.

In 8 Tagen weiß ich, wie die Geschichte ausgeht. Erst in 8 Tagen. Geduld ist das weibliche Prinzip. Ungeduld, das männliche. Ich möchte weiblich sein. Geduld ... ich dulde etwas. Die Zeit, die es braucht, damit es reifen kann. Das hört sich auch gut an.

Meine warmen Füße machen mich müde. Neele kommt ins Zimmer gestürmt. Morgen ist für sie der letzte Tag in ihrem Praktikum. Wie schnell zwei Wochen vergangen sind. Sie ist schon ganz traurig. Es hat ihr so gut gefallen und es ist genau ihr Ding. Leute kennenzulernen, zu netzwerken und sich treiben zu lassen. Ab nächster Woche beginnt für sie wieder der Schulalltag. Ja, da bläst wieder ein anderer Wind. Doch Wind ist etwas Wunderbares. Es bringt das Lebensschiff voran.

Wir unterhalten uns und nehmen uns an die Hand. Schön, so eine Verbundenheit. Was habe ich früher mit meinen Kindern gekuschelt. Jetzt wollen sie nicht mehr so. Sie werden groß, flügge. Machen immer mehr ihr eigenes Ding. Wir geben ihnen die Wurzeln und die Flügel, doch letztendlich, fliegen müssen sie allein.

Ich bin der grundsätzlichen Meinung, dass meine Kinder es gut haben sollen. Ich möchte sie in die große weite Welt entlassen, als eigenständige Persönlichkeiten, die sich selbst behaupten können und stolz ihre eigenen Erfahrungen machen. Ich liebe sie immer, egal was sie tun und egal wo es sie hintreibt. Es ist ihr Leben. Sie sind wunderbar und sie werden das schaffen. Genauso wie ich.

Ich mache mein eigenes Ding und darauf freue ich mich. Ich habe noch so viel vor in meinem Leben. Ich bin sehr gespannt, wie das alles so wird. Ich möchte gern reisen, Menschen und Länder kennenlernen. Ich möchte ein Buch nach dem anderen schreiben und Vorträge über das Leben halten. Ich möchte Menschen motivieren und für sich selbst begeistern. Ich habe diese wunderbare Dynamik von meinen Eltern mitbekommen und ich möchte sie nutzen. Ich bin ihnen sehr dankbar dafür.

Meine Augen fallen zu. Jetzt will ich schlafen. Wir machen das Licht aus und dann ist Ruhe. Für mein Inneres noch lange nicht. Eine lange Zeit werfe ich mich hin und her und kann einfach nicht einschlafen. Eine innere Unruhe macht sich in mir breit. Doch irgendwann habe auch ich es geschafft und falle in einen tiefen Schlaf.

Ich träume von einer modernen Eingangshalle. Bei einem öffentlichen Bereich soll ich mich fragen: *Was will ich bekannt geben?*

Tag 7

Seltsam, was will ich bekannt geben? Es ist ein gutes Zeichen, dass ich träume. Im Traum zeigt sich das Unterbewusstsein. Ich stelle mir das ungefähr so vor wie ein Eisberg. Die kleine Spitze des Eisbergs, die aus dem Wasser herausragt, ist das Bewusstsein und der größere Teil des Eisbergs, der verborgen unter der Wasseroberfläche liegt, ist unser Unterbewusstsein und damit unser eigentliches Selbst.

Ich deute gern Träume und ich bin mittlerweile schon richtig gut darauf trainiert, mir meine Träume im Traum zu merken. Hört sich lustig an, doch das ist möglich. Am nächsten Morgen deute ich mir diese dann selbst, indem ich im Internet nachschaue. Und es ist super spannend, was mir meine Träume alles sagen wollen bzw. mein Unterbewusstsein. Doch wenn ich Stress habe, sehr nervös bin oder viel zu tun habe, dann komme ich nicht an meine Träume ran. Das zeigt mir dann sehr deutlich, dass ich etwas in meinem Leben ändern muss und es vielleicht besser wäre, ein wenig Geschwindigkeit aus meinem Leben herauszunehmen.

Letzter Tag. Jippie! Heute Abend geht es nach Hause. Und dann ist es erstmal vorbei mit der Reiserei. Es sei denn, ich besuche A. am Chiemsee in seiner Reha. Das würde ich gern tun. Habe schon nach Flügen Ausschau gehalten.
Angedacht war, dass ich ihn besuchen komme in der letzten Woche seines Aufenthaltes dort. Ich würde dann ein paar Tage Urlaub nehmen und diese zusammen mit ihm dort verbringen. So möchte ich es gern machen. Doch wie alles weitergehen wird, werde ich erst in 7 Tagen erfahren. Ich bin jetzt schon nervös.
Wie sehr ich seine Berührungen vermisse. Seine liebevollen Küsse und sein so wunderbares Lachen. Seine Stimme. Was haben wir schon telefoniert – stundenlang – wir haben immer was zu reden und immer Themen zum Austauschen. Der Sex mit ihm – ich denke sooft daran, wie zärtlich und erregend er ist. Allein der Gedanke daran macht mich komplett verrückt.

Ich beschließe zu Hause die Tage auf dem Kalender rot wegzustreichen. Vielleicht geht es dann schneller.

So, nun mal hopphopp aus dem Bett und ab zum Frühstück. Heute ist „Casual Friday" und ich springe in meine lässige Jeans. Es ist immer noch so kalt da draußen. A. mag die Kälte nicht und irgendwie „klebt" die Kälte an ihm, da er zu sich selbst oft kalt ist, keine Selbstliebe hat oder dafür Sorge trägt, dass es ihm gut geht. Es gibt so viele Menschen in seinem Leben, die ihm etwas Böses wollen und kalt zu ihm sind. Doch irgendwie scheint er das anzuziehen. Da fällt ihm in seiner Wahrnehmung natürlich ein Mensch auf, der, so wie ich, warm und liebevoll zu ihm ist. Ich nehme ihn so, wie er ist. Doch scheinbar sollte er genau so jemanden kennenlernen, damit er sieht, dass es sowas im Leben auch gibt: Wärme, Liebe, Herzlichkeit.

Das letzte Frühstück ist lecker, dennoch freue ich mich morgen auf mein Frühstück zu Hause. Am Sonntag werde ich im Bett fühstücken. Hurra! Ich liebe das.

Da kommt Neele angetappt. Sie sieht heute sehr müde aus.
Nach dem Frühstück verabschieden wir uns von meinem Kollegen und Neele bewaffnet sich mit ihrem Abschiedspräsent für das Unternehmen – ein Glas voller Süßigkeiten. Sie wird die Heldin der Woche dort sein!

Ich arbeite vom Hotel aus und sitze wieder an meinem Fensterplatz im Restaurant. Für morgen plane ich abends, mit meiner Arbeitskollegin und mittlerweile guten Freundin Manja, ins Kino zu gehen. Das Leben geht auch für mich weiter. Meinen Freund, Partner oder Lebensabschnittsgefährte, ich weiß nicht wie ich ihn nennen soll, hätte ich so gern gesehen. Ich bin an diesem Wochenende ohne Kinder. Wie schön wäre das gewesen. Ein ganzes Wochenende nur für uns. Ich vermisse das so. Scheiße!

Es ist ein Gewusel hier im Hotel. „Wusel" nennt mich A. auch immer. Ich bin sein „Wusel", weil ich immer etwas zu tun habe.
Viele Menschen sind heute hier. Gestern war „Holiday On Ice" in der Arena nebenan. Scheinbar haben alle Besucher hier übernachtet.

Ich versuche mich zu konzentrieren. Es ist schwierig. Ich denke darüber nach, ob A. sich auch Gedanken macht. Was denkt er? Ob ich mich mit anderen Männern treffe oder ich denken könnte: „Der kann mich mal"? Vielleicht hat er auch Angst, dass er mich verlieren könnte, dass ich das nicht mehr mitmache und ich mich mittlerweile anderweitig orientiere. Wie soll der eine dann wissen, was der andere denkt und umgekehrt wenn nicht kommuniziert wird. Ich weiß, dass ihm das leid tut, was er gerade mit mir macht. Das sagt er zumindest immer. Er schämt sich für sein Verhalten, da ich eine wunderbare und tolle Frau für ihn bin. Doch ich bin auch diejenige, die es zulässt. Ich hätte von Anfang an sagen sollen, dass ich das nicht möchte. Doch ich habe mir die Situation selbst so erschaffen.

Irgendwie bekam ich in meinem dreiwöchigen Urlaub einen anderen Eindruck.

Es ist 5.00 Uhr morgens und mein Wecker wirft mich förmlich aus dem Bett. USA, ich komme! Voller Vorfreude dusche ich und ziehe für den langen Flug Stützstrümpfe an – halterlose mit Spitze selbstverständlich. Wenn schon Stützstrümpfe, dann wenigstens einigermaßen hübsche. Hat meine Schwägerin Biggi für mich organisiert.

Nun sitze ich in meiner süßen kleinen Küche und trinke in aller Ruhe meinen Tee. Die Mädels schlafen noch. Ich brauche noch etwas Zeit für mich – meine Zeit. In aller Ruhe schreibe ich eine E-Mail an A..

Einen wunderschönen Guten Morgen lieber A.,

nun bin ich wie geplant, brav um 5.15 Uhr aufgestanden und genieße jetzt meinen Tee und die Ruhe um mich herum.

A., es waren so wunderbare gemeinsame Stunden, ich möchte keine Sekunde missen und trage die wertvolle Zeit in meinem Herzen.

Bleibe so wie du bist – einfach wunderbar!! (ein so schönes Wort)

Achte auf dich und schätze dich, du bist es wert! Bleibe bei dir und den Dingen und Werten, die dir wichtig sind, dann kommt alles andere von selbst. Es strömt dir regelrecht zu.

Du bist so ein toller Mensch mit einem sehr großen Herz!

Ich bin sehr dankbar, dass du in mein Leben getreten bist.

Nun drücke ich dich ganz fest, bin in Gedanken bei dir und falls du einen Frosch siehst ... dann denk an mich!

Dicker Kuss,

Kathrin

Ich wecke die Kinder und wir machen uns für den Abflug fertig. Ein Freund bringt uns zum Flughafen und unsere Reise ins Unbekannte kann starten. Ich habe alles allein geplant, mit der Unterstützung von lieben Menschen, und ich bin ganz mutig und traue mich allein als Frau mit zwei Kindern in ein Land zu fliegen, welches ich selbst als Kind im Alter von 7 Jahren das letzte Mal betreten habe. Das ist eine lange Zeit. Doch ich bin ganz positiv und zuversichtlich gestimmt, dass es eine fantastische Zeit wird.

4 Stunden später, wir sitzen bereits in der Abflughalle, kommt völlig unerwartet eine Antwort von A..

Liebste Kathrin,

das ist so schön, ich platze gleich vor Glück!!!

Vielen, vielen Dank für deine Mail, und ich wünsche dir von ganzem Herzen, dass du den Urlaub deines Lebens mit deinen Töchtern verbringst und ihr zusammen ganz viel Spaß habt. Es war so wunderbar mit dir, dass ich es kaum in Worte fassen kann. Ich habe gerade in diesem Moment, indem ich an dich schreibe, ein solches Glücksgefühl, das ist so unglaublich. Allein schon die Tatsache, dass ich dir das schreibe. Du kannst so stolz auf dich sein, liebe Kathrin!

Du bist so eine tolle Frau und ein wunderbarer Mensch.

Ich wünsche dir und deinen Lieben einen guten Flug und kommt gesund wieder.

Alles Liebe

A.

Mein Herz hüpft vor lauter Glück. Wie toll er schreibt. Das wird es wohl gewesen sein für die nächsten 3 Wochen. Doch ich freue mich auf diesen Urlaub und will diesen auch einfach nur genießen. Ob mit Kontakt oder ohne. Von daher entspanne ich mich.

Kurz vor dem Abflug schickt er noch eine Mail hinterher. Wie dankbar er sei, dass er mich kennengelernt habe. Mein Herz wird ganz warm und es fließt. Dieser Mann scheint wirklich einen Narren an mir gefressen zu haben. Mit diesem guten Gefühl betrete ich den Flieger.

Da ich die großartige Chance auf kostenfreies WLAN im Flieger bekommen habe, schicke ich nach dem Start aus den Wolken eine E-Mail an diesen wunderbaren Mann zurück auf die Erde. Und dieser fällt aus allen Wolken und ist ganz begeistert darüber, dass ich mich, trotz meines ungewöhnlichen Aufenthaltsortes, in Gedanken intensiv mit ihm beschäftige. Das würde ihn so glücklich machen und er schreibt auch prompt zurück. Er könne mir gar nicht genug sagen, wie viel ihm die vergangenen Tage bedeutet hätten.

Mein Herz will sich gar nicht beruhigen und hüpft nur noch von einer Wolke auf die nächste. Hier oben scheint die Sonne und in meinem Herzen auch. Und genau die schicke ich ihm auf die Erde zurück.

Er ist da unten, völlig im Rausch und sendet eine neue Nachricht an das Wolkenmädchen. Er wäre gerade in einer Telefonkonferenz, aber eigentlich würde er viel lieber mit mir telefonieren. Ich hätte etwas in ihm geweckt ... er möchte einfach nur noch schreien vor Glück!

Und ich auch – da wäre die Stewardess sicherlich auch von den Socken, wenn ich jetzt losbrülle vor Glück. Da muss ich lachen, als ich mir das vorstelle. Während wir das Essen serviert bekommen, überlege ich mir, was ich ihm zurückschreibe. Ich mag es, so kreativ zu sein.

Wolke an Erde ... Wolke an Erde ...

... versuche das positiv zu sehen ... auch in Telefonkonferenzen entstehen Synergien! Du schaffst das.

Ja, ich mag es auch mit dir zu telefonieren, deine tiefe, männliche und vertrauensvolle Stimme im Ohr zu haben. Die schönen Dinge, die du mir sagst! Ich nehme es dankbar auf.

Ich empfinde Ehrlichkeit und Wohlwollen. Schrei mal ... mach es beim Joggen ... lauf und schrei einfach. Du darfst das – leben! Trau dich ... es ist so befreiend!

Werfe dabei imaginär Konfetti...

Übrigens ... hier oben ... ohne dich schmeckt das Wasser nicht ...

Es ist unfassbar, was sich die Leute hier an Alkohol reinpfeifen ...

In tiefer Verbundenheit, Kathrin

Stunden später – ich habe bereits einen Film geschaut, während die Kinder schlafen, der Flug verläuft völlig ruhig, kommt eine Nachricht von der Erde und es hat sich etwas verändert. Eine Kleinigkeit, die am Ende seiner Mails ganz groß ist. Die vier Buchstaben vor seinem Namen in der Abschiedszeile. Mein Herz geht auf.

Liebe Kathrin,

mir geht gerade durch den Kopf, wie irre das eigentlich ist, das du dich gerade im Moment mit ca. 900 km/h, also fast Schallgeschwindigkeit, in Richtung der USA bewegst und dich meine Mails trotzdem via Satellit erreichen.

Sehr spannend ...

Dein A.

Darauf antworte ich natürlich wolkenwendend mit einer Kleinigkeit, die am Anfang der Mail ganz groß ist.

Mein lieber A.,

ja, es ist so verrückt ... doch ich liebe diese Verrücktheiten und bin dankbar es nutzen zu können.

Ich kenne eine sehr nette Person bei der Fluggesellschaft, die uns das ermöglicht hat – ebenso den Zugang zur Business Lounge. Sie ist klasse! Ich habe sie letztes Jahr auf einer Award-Verleihung kennengelernt und wollte dort so sehr die Reise nach NY gewinnen. Die habe ich nicht gewonnen, dafür wieder eine tolle Persönlichkeit kennengelernt und ich fliege jetzt trotzdem nach NY. Du weißt ja, Fremde sind Freunde, die man noch nicht kennt.

Das Leben IST spannend.

Übrigens ... ich glaube, ich bestell mir noch ein Wasser ...

Kuss,

Kathrin

Darauf kommt ebenfalls direkt die Erdantwort und die große Kleinigkeit hat ab da Bestand.

Meine liebe Kathrin,

wir texten uns wie Kinder, und weißt du was? Ich genieße das so sehr ... und meine Telefonkonferenz ist auch endlich rum!!!

Ja, du und deine Kontakte, das ist sehr schön zu beobachten, wie dein Netzwerk arbeitet.

Heute geht es mal einfach nur um dich und deine Familie. Du bist die Königin der Welt, du bist die tollste Frau der Welt, du bist die beste Mami auf der Welt, denn du hast es dir und deiner Familie ermöglicht hier, heute und jetzt in die USA zu fliegen.

Wenn ich darüber nachdenke, bin ich richtig stolz auf dich.

So, jetzt mach mal die Augen zu, und träum von was Schönem, damit du richtig fit bist, wenn du deinen Mietwagen abholst.

Dein A.

Und dann will ich schlafen, damit ich ausgeruht bin für die Landung.

In Wahrheit schlafe ich den gesamten Flug nicht und bin einfach nur voller Adrenalin. Wir schicken uns während des gesamten Fluges gefühlte 150 Mails hin und her. Dieser Mann ist einfach toll und schreibt so schön, als ob er nie etwas anderes gemacht hätte. Und er sagt, er hätte noch niemanden solche Mails geschickt. Noch nicht mal seiner eigenen Frau.

Ich habe keine Ahnung, was ich in ihm auslöse und ob das stimmt, ich genieße es einfach nur.

Die nächste Nachricht kommt von amerikanischen Boden aus zu ihm, und er schläft sicherlich bereits. Ich schreibe ihm kurz, dass wir endlich angekommen sind und ich jetzt erstmal in den Pool hüpfe. Dazu schicke ich ihm noch ein Bild von mir aus dem Wasser, nachts um 1.30 pm. Als ich 6 Stunden später wach werde, checke ich erneut meine Mails und mein Tag ist jetzt schon voller Glück.

Guten Morgen liebe Kathrin,

was für ein Bild!!!

Du strahlst so viel Glück aus, dass es durch das Bild nur so herausprudelt. Das ist so unglaublich schön zu sehen.

Ja, diese langen Trips in die USA kenne ich und wie anstrengend das manchmal sein kann, mit umsteigen, Mietwagen ... Aber wenn dann mal alles läuft und man im Hotel eingecheckt hat, ist alles gut. Ich denke immer an unsere Zeit hier zurück und muss immer wieder über unsere lustigen Momente lachen. Das fühlte sich alles so toll und so unglaublich gut an. Ich bin gestern um ca. 1.00 Uhr ins Bett gegangen und mir war so kalt, ich hatte mir so gewünscht, du wärst neben mir und ich hätte deine Wärme gespürt.

Auf dem Bild siehst du sehr sehr sehr SSSSSÜÜÜÜÜßßßßßßßßßß aus !!!

Was habe ich für ein Glück, und ich kann es nur immer wieder betonen, ICH SITZE HIER UND NICHT IRGENDEIN ANDERER MANN. Hahahaha und ich freu mich.

Weil du eine so tolle Frau bist.

So, jetzt arbeite ich mal schnell noch etwas.

Ah ja, guten Morgen und welcome in America.

Ich wünsche dir und deinen Kinder einen ganz tollen Tag.

Dein A.

Wir frühstücken zum ersten Mal im amerikanischen Coffeeshop und machen uns dann auf den Weg.

Alle im Büro sind bereits gegangen und mein Chef ist auch schon zu Hause. Soeben kam noch eine E-Mail von ihm. Draußen ist es schon dunkel und ich mag jetzt auch nicht mehr.

Das Auto ist bereits gepackt und ausgecheckt habe ich auch schon. Jetzt geht es zurück nach Hause, aber vorher hole ich Neele noch bei ihrer Freundin ab.

Sie hatte so einen tollen letzten Praktikumstag. Ich freue mich mit ihr. Sie ist überhäuft worden mit Geschenken. Es wurden Fotos gemacht und alle haben sich riesig über das Glas mit Schokolade gefreut. Neele geht mit vielen Eindrücken zurück nach Hause. Auch mit Kontakten. Das hat sie von mir geerbt.

Die Abholung klappt diesmal, entgegen letzter Woche, super. Die Fahrt nach Hause verläuft ruhig und völlig problemlos. Ich muss einmal tanken und um 22.30 Uhr schlage ich bei meinem ehemaligen Mann auf. Neele schläft bereits im Auto. Ich wecke sie, lade ihre Sachen aus und der Papa ist froh, dass wir heil angekommen sind. Ich fahre direkt weiter zu mir nach Hause. Ich bin jetzt auch sehr erschöpft. Doch die kurze Strecke schaffe ich jetzt auch noch. Ich biege in meine Straße ein und ärgere mich erneut, dass der Weihnachtsbaum immer noch vor dem Haus liegt. Vielleicht sollte ich ihn wirklich zersägen und für den Kamin nehmen.

Mir fällt sofort bei einem Blick unter unsere Treppe auf, dass zwei Plastik-wannen voll Kaminholz anders liegen. War A. hier?

Ich steige aus und hebe die eine verstellte Wanne hoch und tatsächlich: A. war hier. Da ist der versprochene Korb. Ich kann es kaum glauben. Er denkt an mich. Er muss diese Woche hier gewesen sein. Ich bin so glück-lich. Ich nehme den Korb, der in eine blaue Tüte eingewickelt ist und höre beim Bewegen, daß Geschirr darin sein muss. „Der wird mir doch nicht nur das Geschirr zurückgebracht haben", denke ich so bei mir und meine das Geschirr, mit dem ich ihm immer den Kuchen mitgegeben habe?

Noch auf der Treppe stehend, hole ich den Korb hervor. Ich bin zu aufgeregt. Eine Karte liegt dabei. Vorne sind 6 Heinzelmännchen darauf zu sehen. Umseitig steht mit seinen Worten etwas geschrieben:

Meine liebe Kathrin,

hier sind 6 süße Heinzelmännchen, die dir jeden Tag aufs Neue gute Laune bringen werden.

Alles Liebe, dein A.

Ich muss mir das gleich mal ganz genau anschauen. Mir ist kalt und ich muss noch alles ausladen.

Als ich das geschafft habe, setze ich mich mit dem Korb ins Wohnzimmer und packe aus. Ich finde ein Glas mit Bonbons mit dem Namen „Katherina" und „Schatz" darauf, eine Tafel Schokolade, auf der ein Zettel klebt: „Wenn du mich vermisst, iss meine Schokolade." Eine Brotdose von mir mit den Worten „Danke für die leckeren Kuchen. Du bist einfach wunderbar!" liegt da auch noch. Ich öffne sie. Im Inneren liegen Schokoladenriegel, jeder mit einer anderen Nachricht versehen. „Du bist wunderbar", „Du bist genial", „Du bist perfekt", und seine Stützstrümpfe, die ich unbedingt haben wollte, als er im Krankenhaus lag. „Für lange Flüge und schöne Beine" steht auf dem Zettel, der mit Gummiband an den Stützstrümpfen befestigt ist.

Ich bin so glücklich und alle Gedanken des Zweifels, die ich je hatte, sind wie weggeflogen. Liebe ist doch ganz einfach und ich mache es mir in meinen Gedanken so kompliziert.

Er denkt tatsächlich an mich und scheinbar gehe ich doch gut mit mir um, denn das hier spiegelt ja auch was. Weil ich meinen Weg weitergehe? Weil ich an mir weiterarbeite? Mich entwickle? Ich freue mich einfach und bin glücklich. Das gibt mir Kraft. Diese Kraft, diese Stärke kommt gerade von außen in Form eines liebevoll gepackten Korbs. Stärke – Schwäche. Alles braucht Ausgleich.

Mir geht es super und ich bin happy. Ich mache mich bettfertig, bin sehr müde. An meine Freunde und an meine Mama schicke ich noch eine SMS, dass ich wieder zu Hause bin. Meinem Papa, der zur Zeit in Australien ist, schicke ich auch noch schnell eine Nachricht. Er antwortet, während ich schon träume.

Liebe Kathrin,

es ist gut wieder zuhause zu sein. Schlaf gut und schlaf dich vor allem aus.

Liebe Grüße, dein Papa

Tag 8

Der Korb mit den 6 Heinzelmännchen steht auf meinem Bett auf A.s Bettseite. Ich grinse, als ich meine Augen aufmache. Und freue mich immer noch. Ich habe einen Schatz von meinem Schatz bekommen. Das sind für mich so kostbare Kleinigkeiten, bei denen mein Herz aufgeht. Und so etwas von einem Mann zu erhalten, ist zusätzlich etwas ganz Besonderes. Er hat sich extra für mich auf den Weg gemacht und ist hier vorbeigefahren, um mir das Geschenk zu hinterlassen. Allein die Geste – ganz toll.

Ich erfreue mich heute Morgen auch an der Sonne, die draußen so wunderbar scheint. Ich habe an diesem Tag so einiges vor, plane jedoch getreu dem Motto: „Alles braucht Ausgleich". So springe ich unter die Dusche, laufe durch die herrlich kalte Winterlandschaft zum Bäcker und kaufe mir zur Feier des Tages ganz viele bunte Tulpen. Das entspricht gerade dem Gefühl meiner Seele.

Mit guter Musik aus dem Radio genieße ich mein Frühstück. Ich lasse mir Zeit und ergötze mich an dem Alleinsein mit mir. Meinen Essensplan für nächste Woche habe ich auch schon fertig. Ich spüre, wie ich mich zu Hause wesentlich besser fühle, als in Stuttgart. A.s Seele ist in diesen Wänden, sein T-Shirt hängt über dem Stuhl, sein Rasierer liegt in meinem Bad und sein Bild steht hübsch eingerahmt auf der Kommode. Das ist mein Zuhause, mein Refugium, in dem ich mich wohl und sicher fühle. Der Heinzelmännchen-Korb war in diesem Kontext ein wichtiges Zeichen für mich.

Gleich geht es zum Einkaufen. Ich muss auch dringend mein Auto waschen. An der Autowaschanlage ist heute die Hölle los. Nein, diesmal ohne Kathrin. Dann eben Planänderung. Erst einkaufen.

Es ist viel los, doch schiebe ich meinen Wagen fröhlich summend durch die Gänge. Wieso strahlen mich eigentlich alle so an?
Ich erinnere mich, wie ich mit A. immer einkaufen war. Das war im letzten Jahr so gewesen. Mit ihm hat selbst das Einkaufen totalen Spaß gemacht. Ich möchte das wieder haben. Na, mal sehen. Alles ist möglich.

Der Mann vom Supermarkt grüßt mich freundlich und fragt nach meinem Jahreswechsel. Ach, stimmt ja, das ist ja noch gar nicht so lange her. Der Monat ist schon wieder rum. Die Zeit vergeht wie im Flug. Sei bewusst im Hier und Jetzt und genieße die Zeit, sage ich innerlich zu mir.

Ich fahre zurück und mache direkt einen Massagetermin bei der Thai aus. Das hatte ich mir schon vor einiger Zeit vorgenommen. Einmal im Monat möchte ich mir das einfach gönnen. Das ist etwas, dass nur für mich ist und ich liebe es, massiert zu werden. A. kann das richtig gut, doch der ist ja nun nicht da. Muss Frau sich eben anders behelfen.

Jetzt ab nach Hause und ausladen. Nebenbei Holz hoch holen und das Treppenhaus putzen. Ich weiß, es hört sich nicht so an, doch ich schaffe alles in aller Ruhe. Eigentlich würde ich gern spazieren gehen, doch die Sonne ist auf einmal weg und außerdem bin ich heute schon genug rumgerannt, finde ich. Ich beschließe, mich eine Runde hinzulegen und etwas zu ruhen. Herrlich. Alles braucht Ausgleich. Also, ich gebe zu, dieses Spielchen gefällt mir sehr gut. Doch das kann man immer nur im Hier und Jetzt spielen. Nicht in der Vergangenheit und auch nicht in der Zukunft.

Ich denke, während ich auf dem Sofa liege, über Ursache und Wirkung nach. Ich glaube, wir Menschen verwechseln das oftmals. Wir glauben, die Wirkung kommt zuerst und dann trifft uns die Erkenntnis wie ein Pfeil. Weil A. sich nicht entscheiden kann, geht es mir schlecht. Ja, nix da. Das hat nur was mit mir selbst zu tun. A. ist ja gar nicht da.

Genauso war das mit Neele letzte Woche, als sie zu spät zum verabredeten Treffpunkt kam. Ich habe mich innerlich schon so über sie aufgeregt, doch Neele war gar nicht physisch anwesend. Dieses Gefühl der Aufregung gehörte mir, nicht ihr. Sprich, sie ist nur der Auslöser und hat auf mich gewirkt, sie war nicht die Ursache. Sie hat es durch ihr Verhalten oder den Umstand des Zuspätkommens lediglich in mir ausgelöst bzw. erwirkt. Doch die Ursache sind meine ureigensten und von mir produzierten Emotionen, die ich mir selbst innerlich gemacht habe. Sehr spannend! Das muss ich genauer untersuchen. Ich schließe meine Augen.

Als mein Papa damals unsere Familie verlassen hat, fühlte ich mich allein, verlassen und schuldig. Verlassensein, Alleinsein, Schuldigsein. Das sind alles meine eigenen Emotionen, die immer noch in mir stecken und die ich selbst erschaffen habe, damals als Kind, um mich zu schützen.

Es ist aus heutiger Sicht fantastisch, wie sich die „kleine Kathrin" damals unbewusst verhalten hat, um mit den Streitereien der Eltern und der letztendlich daraus resultierenden Trennung umzugehen. Die „kleine Kathrin" wurde getadelt und für ihre Wildheit und das, aus Sicht der Eltern oftmals unangemessene, Verhalten bestraft. Ich brachte mir unbewusst ein Muster bei, durch das ich mit dem Tadel und der Schelte umgehen konnte, und das mich gleichzeitig schützte und mich dennoch die Liebe meiner Eltern spüren ließ.

Denn das ist alles, was ein Kind will. Einfach nur geliebt werden. Egal was es macht, egal was passiert. Sie verstehen nicht, warum die Eltern mit ihnen plötzlich schimpfen, Dinge verbieten, die für ein Kind vielleicht völlig normal sind und von ihm wertfrei angegangen werden. Doch die Eltern tun dies aus der Summe ihrer eigenen Erfahrungen. Die Emotionen, die da bei einem Kind hochkommen, die Angst, die Schuld, das Sich-Verlassen-Fühlen, stecken fest ... es darf nicht ausgelebt werden. Es wird unterbunden, oft nicht erklärt, nicht ausgehalten und da stecken sie nun fest, die beim Kind entstandenen Emotionen ... und sie bleiben oft ein Leben lang.

Heute sage ich mir, meine Eltern haben es einfach so gemacht, wie sie es am besten konnten nach ihrem damaligen Bewusstsein. Wenn ich an mich denke, ich habe es genauso mit meinen eigenen Kindern gemacht, nämlich so wie ich bewusst dachte, dass es das Beste für meine Kinder sei. Und es war genauso richtig – für mich. Und ich habe es klasse gemacht. So wie auch meine Eltern. Jeder nach seinem Bewusstsein und der Summe seiner Erfahrungen.
Das ist ein gutes Gefühl. Da stecken keine Vorwürfe gegen sich selbst drin.

Eltern waren auch mal Kinder, hatten ihre Emotionen, wie Wut, Einsamkeit oder Scham, welche sie in sich vergraben haben und nicht ausleben durften. Es wurde ihnen untersagt. Sittsam, brav und leise hatte man zu sein. Die vergrabenen Gefühle stecken in ihnen. Durch das Verhalten ihrer Kinder wurden ihnen später diese Emotionen gespiegelt. Da Eltern diese eigenen Emotionen, die sie in sich tragen, nicht spüren wollen und es mit Schmerzen verbunden ist, sie in sich zu fühlen und anzuschauen sowie anzunehmen, verwechseln sie die Wirkung mit der Ursache, drücken das Geschenk der Heilung ihrer eigenen Emotionen weg und verbitten ihrem eigenen Kind zusätzlich deren Emotionen auszuleben.

Kinder sind ein wunderbarer Spiegel für ihre eigenen Eltern.

Da fällt mir spontan ein Erlebnis ein, welches dazu passt.

Nachdem ich nach Jahren des Nichtkontaktes zu meinem Papa wieder in den Austausch mit ihm gegangen bin, besuchte er uns eines Tages mal zu Hause. Zusammen mit seiner neuen Frau. Wir, mein damaliger Ehemann, meine Kinder und ich, wohnten damals noch in einem kleinen Ort mitten im Taunus. Neele war gerade erst 1 Jahr alt und Annika 4. Wir gingen spazieren und Annika fütterte die Pferde. Sie lief die ganze Zeit fröhlich voraus. Wir Erwachsenen waren so ins Gespräch vertieft, dass wir nicht registrierten, dass Annika plötzlich nicht mehr da war.

Als wir es dann bemerkten, war ich mir nicht sicher, ob sie den Weg nach Hause allein zurückfinden würde. Wir waren weiter weggegangen, als sie es bisher kannte. Wir riefen nach ihr, doch wir bekamen keine Antwort. Langsam spürte ich Panik in mir aufsteigen und ich begann in Richtung unseres Zuhauses zu rennen. Mein damaliger Mann lief mir, den Kinderwagen vor sich herschiebend, mit meinem Papa und seiner Frau im Schlepptau hinterher.

Ich fing auf dem Weg nach Hause plötzlich an zu weinen, vor lauter Sorge um mein Kind und machte mir die größten Gedanken, was passiert sein könnte. Mir liefen die Tränen die Wange runter. Ich bog um die Straßenecke in unsere Gasse ein – die anderen hatte ich schon längst abgehängt und sah von weitem schon die Kleine auf unserer Treppe sitzen. Annika freute sich in diesem Moment einfach nur mich zu sehen. Ich glaube, ich habe meine Tochter noch nie zuvor so fest an mich gedrückt und ich weinte bitterlich vor lauter Anspannung. Annika verstand überhaupt nicht, warum ich so aufgelöst war und ich versuchte ihr zu erklären, warum ich so weinen musste. Kurz darauf kamen auch die anderen an.

Wir setzten uns alle auf die Treppe vor unserem Haus und mein Papa sagte zu seiner Enkelin: „Das darfst du nicht noch mal machen, weglaufen."

Ich war immer noch so aufgelöst, dass ich weiter weinte. Heute weiß ich, Annika war nur die Wirkung. Sie löste durch ihr Verhalten meine eigenen Emotionen aus. Die Emotion des Verlustes. Denn diese war die Ursache. Ich fühlte mich damals als Kind wie ein Verlierer, fühlte mich schuldig und verlassen durch den Weggang meines Papas. Ich dachte, ich hätte ihn verloren.

Mein Papa war nach 10 Minuten von meinem Geheule etwas genervt, dass er zu mir in einem etwas angespannten Ton sagte: „Kathrin, sie ist ja jetzt wieder da und nun ist mal genug mit dem Weinen." Mit anderen Worten gesagt, wirkte ich mit meinem Weinen und meiner Traurigkeit auf die unterdrückten Emotionen meines Papas ein, und diese wollte er in sich nicht wahrnehmen und drückte es mit dem geäußerten Satz weg. Wir spiegelten uns in dem Moment gegenseitig.

Faszinierend und dennoch auch sehr kompliziert. Eltern sind somit auch nur „verletzte Kinder". Sie bekommen uns als Kinder und da die Eltern ihre eigenen Emotionen nicht spüren wollen, werden wir Kinder insofern verletzt, als dass unsere Eltern so reagieren, wie sie es gelernt haben – in ihrer eigenen Kindheit. Das machen sie natürlich nicht bewusst, sondern komplett unbewusst und geben dem Außen, der Außenwirkung, in dem Fall dem Kind, die Schuld dafür.

Wenn ich das alles früher gewusst hätte, hätte ich mich meinen Kindern gegenüber auch oft anders verhalten. Doch es war mir damals nicht bewusst, somit nicht in meinem Bewusstsein. Ich habe alles so gut gemacht und gehandelt und gedacht, wie ich es mit meinem Wissen und meiner Erfahrung eben konnte. Und meine Eltern ebenso.

Kinder sind ein wunderbarer Spiegel für uns, und ein Segen! Wir können so viel von ihnen lernen. Wir sollten uns dazu entscheiden, genauer hinzuschauen.
Ich wünsche A., dass er sich ganz bewusst dafür entscheidet, auf seine Kinder zu achten. Was sie tun und was sie sagen. Wie sie sich verhalten und wie sie sind. Schreien sie viel? Verweigern sie das Essen? Sind sie unordentlich? – Um ein paar Beispiele zu nennen. Wenn man genau hinschaut, kann man ganz viel daran ablesen und über sich selbst erfahren.

Der Weg geht immer nach innen. Ich will gut für mich sorgen. Ich bin die einzige Autorität in meinem Leben und ich bestimme, was ich denke und wie ich handle. Ich möchte, dass es mir gut geht. Wenn es mir gut geht, geht es auch allen anderen um mich herum gut.

Durch das Piepen der Waschmaschine werde ich geweckt. Donnerschlag, jetzt bin ich tatsächlich eingeschlafen. Wie erschöpft ich doch bin. Ich schäle mich aus meiner Decke, mache mir einen Kaffee und esse meinen heiß geliebten Kuchen.

Wie schön es wäre, wenn A. jetzt da wäre. Dann gäbe es jetzt Käsekuchen. Er liebt es, den zu essen und ich backe ihn gern für ihn. Wie schön es doch ist, den anderen zu verwöhnen. Ich mache das gern. Ich gebe gerne. Und die Freude des anderen erfüllt mich selbst und ist das Größte für mich. Das Annehmen wiederum ist bei mir so eine Sache. Damit habe ich noch das eine oder andere Problem.

Viele glauben, sobald sie was bekommen, müssten sie sofort wieder was zurückgeben, am besten noch in derselben Form. Doch da stößt man an so manche Grenze.

A. sagte letztens zu mir: „Mach das bitte nicht! Ich kann das niemals in der gleichen Form an dich zurückgeben." Aber das ist nicht der Punkt. Dinge auch annehmen zu können, sich zu freuen und dafür einfach „Danke" zu sagen. Nicht mehr und nicht weniger. Es gibt sonst nichts zu tun.

Und jeder Mensch kann auch geben – doch immer zum richtigen Zeitpunkt desjenigen, der geben möchte und immer nur das, was in seiner Macht und seiner für ihn richtigen Form steht. Somit ist alles richtig. Die einen machen es in Form von Geld (was übrigens auch eine Form von Liebe ist), die anderen in Form von Selbstgebasteltem. Wieder andere schreiben einen liebevollen Brief, erfinden eine Heinzelmännchen-Kiste oder sagen etwas Liebes mit Worten zum richtigen Zeitpunkt. Wichtig ist dabei, dass es von Herzen kommt. Dann ist es authentisch.

Doch auch hier zeigt sich wieder: Alles braucht Ausgleich. Geben und nehmen.

Nun mache ich mich für das Kino fertig. Ich schreibe meiner Freundin, dass ich jetzt losfahre. Mir geht es gut. Ich habe meinen Ausgleichstag gut genutzt und freue mich auf einen schönen Abend mit einem lieben Menschen.

Wir holen die Tickets beim Automaten im Kino ab und gehen noch was trinken. Wir unterhalten uns über die verschiedensten Dinge und mir kommt erneut A. in den Sinn, als ich plötzlich am Nebentisch denselben Handyklingelton höre, den er auch benutzt.

Ich war noch nie mit A. im Kino. Er mag das nicht so gern. Er schaut lieber zu Hause, sagt er. Und dennoch hat er mir angeboten, eines Tages mit mir zusammen ins Kino zu gehen. Naja, in 6 Tagen weiß ich, ob das noch mal zustande kommen wird.

Wenn er in seinem jetzigen Familien-Sein einen Sommerurlaub zusammen mit seiner Frau plant, und sie für mehrere Wochen in die USA reisen sollten, dann ist meine Zeit abgelaufen. Das mache ich nicht mehr mit. Ich habe auch meine Grenzen und meine Kraft ist dann auch irgendwann zu Ende. Wie komme ich denn plötzlich darauf? Dieser Gedanke entstand ganz plötzlich in mir.

Wir trinken aus und gehen in unser Kino. Kurz nachdem der Film losgeht, merke ich, dass ich Halsschmerzen bekomme. Ich nehme es ganz bewusst wahr. Was bedeutet dieser Schmerz, der kein Gefühl ist, sondern mir etwas mitteilen möchte? Eine Emotion, die hinter dem Schmerz steckt. Doch was nur? Von was habe ich den Hals voll? Von der Halteposition, in der ich mich befinde? Nein, es hat nur was mit mir zu tun. Was ist es nur?

Der Halsschmerz steht spirituell für die Unfähigkeit für sich selbst zu sprechen. Er steht für Zorn, den ich hinuntergeschluckt habe. Ungesagte Tatsachen, die sich entzünden und die man lieber herunterschluckt, als sie raus- und loszulassen, sie auszuspucken. Ich traue mich nicht, meine Wahrheit kundzutun. Erst kommt der Kloß im Hals und dann folgt die Entzündung. Somit werde ich unfähig, um das zu bitten, was ich wirklich brauche.

Während des Films merke ich, dass es immer schlimmer wird. Am Ende will ich nur noch nach Hause und in mein Bett. Mich zurückziehen und allein sein.
Kathrin, sei lieb mit dir und kümmere dich um dich und deine Emotionen. Sie stecken fest in dir und wollen einfach angenommen werden.

In dieser Nacht falle ich in einen tiefen und reichen Traum. Ein sehr großes Hotel oder ein Krankenhaus, was auch immer es sein sollte – auf jeden Fall ein großer Gebäudekomplex, der auf einem Fels gebaut ist, hoch über dem Wasser thront. *Gebäude stehen in der Regel für einen geschützten Raum, in dem der Träumende an seiner Entwicklung arbeiten kann. Felsen stehen für Stabilität in der realen Welt. Er steht für Idealismus, innere Festigkeit, für Ausdauer, Standhaftigkeit und unerschütterliches Selbstvertrauen.*

Mehrere Male stehe ich nachts auf und trinke was. Ich habe extreme Schluckbeschwerden. Ich muss an A. denken, was er bei seiner eitrigen Mandelentzündung für Schmerzen gehabt haben muss. Ich schicke ihm gute Gedanken, schaue noch mal nach dem Mond. Finde ihn nicht und schlafe unruhig weiter.

Tag 9

Jetzt ist es schon 9 Tage her, dass wir keinen Kontakt mehr haben. Das ist so lange. Und heute ist Sonntag, ausgerechnet auch noch der 29.! An einem 29. haben wir uns vor genau 6 Monaten kennengelernt. Und der Stand heute: Keinen Kontakt mit A., da seine Ehefrau mit den Kindern zurückgekommen ist. Das letzte halbe Jahr hatte ich wohl den 6er im Lotto gezogen, scheint mir. Dadurch, dass seine Frau mit den Kindern im Ausland war, konnten wir uns jederzeit sehen, Pläne schmieden und alles machen, wozu wir Lust hatten. Wenn sie hier vor Ort gewesen wäre, wäre das alles nicht gegangen.

Da sind sie wieder, meine Billardkugeln, von denen ich sprach. Ihre Kugel wurde vom Leben aus der Schusslinie hinausgestoßen. Meine dagegen kam seitlich angerollt und blieb genau vor A.s Kugel liegen. Wir können gewisse Dinge nicht kontrollieren. Sie passieren einfach, weil sie passieren sollen. Alles hat seinen Sinn.

Das Leben versucht immer alles in die natürliche Ordnung zu bringen.

Das finde ich so spannend am Leben. Alles passiert aus einem Grund heraus. Ich denke darüber nach, wie mein Leben bisher verlaufen ist. Meine Jobs, meine Wohnungen, die Männer, die ich kennengelernt habe. Alle Menschen und Situationen hatten ihren Sinn in meiner Geschichte und haben mich genau da hingebracht, wo ich heute bin. Mit all den Erkenntnissen in meinem Kopf. Die Situationen haben mich wachgerüttelt, Menschen haben mich vorwärts gebracht, allen voran auch mein ehemaliger Mann, an dessen Seite ich mich bisher das längste Stück weiterentwickeln konnte. Und scheinbar brauchte ich wieder neue Begebenheiten in meinem Leben, um weiter voranzuschreiten, um genau auf diesen Weg zu kommen, auf dem ich jetzt bin. Und A. ist auch ein Teil des großen Ganzen. Er wurde mir geschickt, um mich an seiner Seite auf der Plattform weiterzuentwickeln, die er mir durch die besagten Umstände im Außen bietet.

Ich glaube fest daran, dass jede Kinderseele sich seine eigenen Eltern aussucht und jeder Mensch mit einer eigenen Aufgabe, die er hier auf Erden zu lösen hat, geboren wird. Diese Aufgabe ist in unserer Seele verborgen, wird jedoch mit der Geburt wieder vergessen. Und nun sind wir hier, um uns auf die Suche nach unserer ureigensten Aufgabe zu machen. Ich denke, dass mein großes Lebensthema das „Verlassenwerden" ist.

Dieses Thema zieht sich seit meiner Kindheit durch mein Leben. Mein Papa verließ unsere Familie aus seinen eigenen Gründen und dieses Verlassen hat Emotionen in mir ausgelöst, die nun irgendwo feststecken. Ich glaubte, alle Männer verlassen ihre Frau, Freundin, Partnerin, Kinder irgendwann und damit mir das nicht wieder passiert, habe ich zum Schutz meines eigenen Ichs, mich selbst verlassen.

Ich wollte mich erstmals als 14-Jährige auflösen und habe mir das Essen versagt und gehungert. Ich begab mich in die Magersucht – wog bei 1,75 m nur noch 40 Kilo. Ich habe keine Ahnung, wie ich die Kurve bekommen habe. Wahrscheinlich war mir das Leben doch zu wertvoll. Von meinem eigenen Weg, von meiner eigenen Überzeugungen bin ich völlig abgekommen. Dachte immer, dass das, was mir das Außen erzählt, wichtiger ist, als das was ich persönlich denke und fühle.

Doch das Leben meint es immer gut mit mir und man kann eigentlich ganz gelassen sein, denn das was ich für meine Entwicklung benötigte, wurde mir immer zum richtigen Zeitpunkt offenbart. Das Leben schickte mir A., der dieses Thema extrem gut bedient. Sprich, A. wurde mir sozusagen auf dem Silbertablett des Lebens serviert, um meine Emotion des Verlassenwerdens endlich bejahend annehmen zu können.

Ein Geschenk sozusagen. Das zu erkennen ist jedoch ein großer Schritt. Immer wieder verfalle ich in die alten Muster. Sehe schwarz und blase Trübsal. Mache es mir manchmal selbst schwer, mag das Tablett nicht putzen, serviere mir selbst schlechte Gedanken darauf und lasse mich nicht darauf ein, was mir vom Leben serviert wird. Es ist anstrengend und kostet Mut und Ehrlichkeit mir selbst gegenüber.

Doch dem hartnäckigen Silbertablett sei Dank – plötzlich sehe ich die Früchte meiner Putzerei. Ich erkenne mich und meine Seele darin, nicht das saubere Tablett, je öfter ich mich dem Wischen und Putzen widme und mir über mein altes Muster bewusst werde, desto mehr bin ich positiv überrascht zu sehen, wie viel Wertvolles und Kostbares ich in mir trage. Das zu spüren und zu erkennen ist einfach großartig!

Auch was das Sehen der eigenen Emotionen betrifft, denn nicht nur die schönen Emotionen sind wichtig, sondern auch die gegenteiligen. Beide Teile sind von Bedeutung – oben und unten und beide braucht es zum Wachsen und Erkennen. Will man nur die schönen Seiten und beachtet die anderen, wie die Einsamkeit, die Wut oder die Traurigkeit, nicht, so sind wir nicht im Gleichgewicht und das Tablett droht zu kippen. Alles gehört zu uns und das darf es auch.

Und ich schaffe es auch, über den blank geputzten Rand des Silbertabletts hinwegzuschauen. Sehe auf das, was außerhalb geschieht und da passiert eine ganze Menge, stelle ich fest. Und plötzlich geschehen und sehe ich Dinge, für die ich bisher blind war. Meine wunderbare Arbeit und die Möglichkeiten, die mir dort geboten werden, um mein Potential zu entfalten, Menschen, die mir begegnen und mir helfen, mich voranzubringen, der eine lauter, der andere leiser. Meine herrliche Wohnung mit dem wunderbaren Ausblick, die netten Nachbarn. Das Leben ist wunderbar und so reich.

Eigentlich brauchen wir uns nur mit geöffneten Armen hinzustellen und das Leben anzunehmen, Leichtigkeit anstreben und „Ja" zu sagen zu dem, was ist.

A., du bist wunderbar! Ich danke dir sehr, dass du in mein Leben getreten bist und ich an dir wachsen kann. Egal, wie diese Geschichte in 5 Tagen ausgeht, es hat etwas mit mir gemacht und mich weitergetragen auf meinem Weg der Selbstfindung. Und mit dieser Erkenntnis und Erfahrung kann ich leichter weiter gehen und darauf vertrauen, dass immer wieder etwas tolles Neues kommt, was mich wachsen lässt. Das Leben meint es immer gut mit uns.

Kathrin, du bist eine tolle Frau. Sehr wertvoll, so wie jeder Mensch. Du hast das Beste überhaupt verdient, so wie alle. Ich gestatte mir jeden Tag Selbsterfüllung, ich habe immer wieder aufs Neue die Wahl dazu und ich liebe mich so wie ich bin!

Ich bin selbst ganz begeistert über diese Erkenntnisse und das mit 45! Ich finde das Älterwerden fantastisch. Man wird mit jedem Tag reifer und weiser. Man sieht klarer und lebt authentischer. Man blickt wohlwollend zurück und erkennt, warum gewisse Umstände so gelaufen sind. Es hatte alles seinen Sinn. Wie sinnvoll. Der Sinn ist voll und voller Sinn.

Ich beschließe, nachdem ich im Bett gefrühstückt habe und meine Halsschmerzen immer noch da sind, ein wenig auszuruhen und schlafe erneut ein. Ich gestatte mir das von ganzem Herzen.

Vom Piepen des Handys werde ich aus dem Schlaf gerissen. „Was? Schon 14.00 Uhr?" Ich klettere aus meinem Bett und gehe duschen.

Mach langsam, Kathrin.

Ich habe Lust einen Kuchen zu backen – einen Zitronenkuchen. Da freut sich Annika. Und wenn ich schon dabei bin, koche ich auch noch das Abendessen, dann können wir später, wenn die Mädels wieder da sind, in aller Ruhe nach dem Yoga zusammen essen. Es ist völlig ruhig in der Küche und ich werkle mit voller Aufmerksamkeit vor mich hin. Ich genieße die Ruhe. Nicht sprechen zu müssen ist herrlich. Einfach mit mir sein. Einfach – Ein Fach bediene ich hier: Kochen mit mir.

Danach gehe ich in die Natur, spazieren, und es ist ganz wunderbar!

Es ist jetzt Ende Januar und das Jahr ist schon einen Monat alt. Die Bäume sind ganz kahl und der Schnee liegt schwerfällig auf den Ästen. Sie stehen alle da, wie erstarrt.

Ich muss an uns Menschen denken, und dass wir uns von der Natur viel abschauen können.

Das Ende eines Jahres. Wir haben kraftvoll gelebt und geblüht und dann kam die dunkle Zeit, in der wir uns mehr in unser Zuhause zurückgezogen haben und mit uns selbst beschäftigt waren.
Für uns Menschen ist es oft schwierig mit uns selbst zu sein, loszulassen, wie der Baum seine Blätter einfach abwirft und sich zurückzieht, sich ausruht, um abermals Kraft für ein neues Jahr zu sammeln.

Die Natur lässt los und zieht sich ganz tief in sich zurück, sie ruht sich aus, sammelt Energie, und macht sich bereit, um im Frühjahr kraftvoll wieder zu erscheinen und aufzublühen. Und das tut sie in völlig natürlicher Ordnung, naturgesetzlich – ein ganz normaler Prozess.

Warum ist für uns Menschen das Loslassen nur so schwierig – warum?

Mit wie vielen Dingen belasten wir uns tagtäglich, über Monate, Jahre sogar Jahrzehnte? Kein menschliches Wesen schafft es, so lange all seine schmerzlichen Gefühle zu halten, und seine innerlichen und äußerlichen Kämpfe, die man stets gegen sich selbst austrägt, beizubehalten. Wir werden krank oder die Lebensumstände um uns herum ändern sich derart heftig, damit alles wieder für uns selbst ins Gleichgewicht kommt. Doch das erkennen wir zunächst nicht. Blind für uns selbst halten wir krampfhaft an Altem, Verbrauchten und Abgelebten fest.

Stellt euch den Baum vor, würde er nie seine Blätter abwerfen, dann würde er irgendwann unter der Last seiner eigenen Blätter zusammenbrechen.

Dennoch ist das Loslassen so schwierig. Wie schön wäre es doch, einfach alles abzuschütteln – es fällt zu unseren Füßen, zersetzt sich und vergeht wie das Laub.

Wie befreiend es ist, loszulassen. Es gibt so viel neue Luft, Ideen, Begegnungen.
Stellt euch vor, ihr könntet alles abwerfen, was euch belastet? Was wäre das für ein tolles Gefühl? Welche Leichtigkeit würde man plötzlich an sich wahrnehmen können? Doch das ist Veränderung! Man sollte sich dazu entscheiden, sich der Veränderung zu öffnen, um Neues erfahren zu können.
Viele Menschen denken, wenn alles so bleibt wie es ist, kann ich es kontrollieren und es wird mir nichts passieren, denn das kenne ich und es ist mir vertraut. Das ist ein Trugschluss – denn wer kennt nicht den Sturm, der das Leben durcheinander wirbelt? Wer kennt nicht den Hagel und die Eisglätte, die einem den festen Boden unter den Füßen nimmt.
Oder auch die Sonne, die dich verbrennt, wenn du dich nicht in den Schatten bewegst.

So ist die Natur – ein wunderbarer Vergleich.

Doch auch mir fällt es schwer, mich zu verändern. Ich habe Angst, ich will nicht aus meiner Komfortzone heraus. Ich will die angebliche Kontrolle behalten. Ich habe manchmal keine Kraft für Veränderung. Ich bin müde und will, dass alles so bleibt, wie es ist. Lenke mich ab, damit ich nicht hinschauen muss. Treffe mich mit meiner Freundin, mache Sport wie verrückt und versinke im Internet oder beim Fernsehschauen. Und schon ist alles vergessen ...

Veränderung macht dem Menschen Angst. Er muss aus seinem Gewohnten ausbrechen, neue Türen aufmachen, mutig und neugierig sein. Dennoch versuche ich es jeden Tag aufs Neue, mich selbst zu verändern im Inneren und die Veränderungen im Außen anzunehmen. Manchmal gelingt es mir besser, manchmal schlechter. Und jeder Teil gehört zu mir. Das Leben ist Energie und diese ist immer in Bewegung.

Ich laufe zurück und genieße meinen selbstgebackenen Kuchen und trinke einen großen Milchkaffee. Wie schön das Leben doch ist. Selbstgestaltung. Ich verbringe den restlichen Sonntag mit mir allein und gehe dann in meine Yoga-Stunde.

Es ist immer wieder ein Genuss auf dieser dünnen Matte zu sein – nur mit mir allein und mich auf meinen Atem zu konzentrieren. Es gibt erstmal nichts zu tun, außer zu atmen. Ein und aus. Das männliche und das weibliche Prinzip. 90 Minuten, die nur mir gehören und die mir wirklich wichtig sind. Ich tue es absolut von Herzen. Selbstliebe, nenne ich das.

Während der Übungen denke ich hin und wieder an A.. Er weiß genau, dass ich jetzt im Yoga bin. Sooft hat er mich schon hingefahren und auch wieder abgeholt. Was war das nur für eine tolle Zeit! Doch er denkt an mich und ich an ihn, und ich schicke ihm in Gedanken ganz viel Liebe und sehe mich immer wieder mit ihm auf meiner imaginären Blumenwiese.

Während der Entspannung wünsche ich mir, dass in 5 Tagen sein Gesicht auf meinem Handydisplay erscheint und ich voller Freude abnehme. Er sagt:

„Kathrin! Wie geht es dir?" Ich antworte freudestrahlend: „Hallo Schatz! Ja, geht es mir gut. Und dir?"

„Möchtest du mich sehen?"

„Nichts lieber als das!"

Es wird so sein, als ob er nie weg gewesen wäre. Wir werden uns sehen und uns die ersten Minuten einfach nur gegenseitig im Arm halten, unsere Wärme spüren und glücklich darüber sein, dass wir uns wieder haben. Uns küssen und fühlen, wie sehr wir uns vermisst haben.

Dann erzählen wir stundenlang, während wir uns immer wieder an den Händen halten, anfassen und uns streicheln. Berichten von unseren Erlebnissen, unseren Gedanken und unseren Gefühlen. Während ich gerade dabei bin, mir auszumalen, dass er sich für seine eigene Wahrheit entschieden hat und ihm jetzt klar ist, was er will, ertönt der Gong, das Licht geht an und die nette Yogalehrerin holt uns zurück in das Hier und Jetzt. Diese Gedanken sollten wohl nicht zu Ende gedacht werden und wenn ich ehrlich bin, weiß ich auch gar nicht, was ich da denken soll. Ich bin etwas blockiert. Doch jeder Gedanke ist ein Wunsch, den man aussendet.

„Ich freue mich auf A.. Es wird alles ganz klasse! Wir werden einen tollen Frühling und gemeinsamen Sommer miteinander erleben und es uns richtig gut gehen lassen", wünsche ich mir und komme zum Sitzen. Namasté!

Beschwingt laufe ich zum Auto und fahre nach Hause. Das Essen ist so wunderbar lecker und ich bin herrlich entspannt. Das wird ein super Start in eine neue fantastische Woche, das Ende der Geschichte kommt immer näher und ich bin sehr aufgeregt. Morgen werde ich mir eines von A.s Schokoriegel mitnehmen, auf dem „Du bist wunderbar!" steht. Jawohl!

Tag 10

Die letzte Woche beginnt. Ich bin schon sehr aufgeregt und das Aufstehen ist heute Morgen irgendwie ein leichtes. Voller Elan springe ich aus dem Bett. Naja, heute ist ja auch erst Montag. Meine Große ist krank. Sie quält sich mit Halsschmerzen. „Bleib zu Hause, mein Schatz!", rufe ich ihr zu. Wie gut, dass ich mich gestern so geschont habe. Das Yoga hat mir gut getan. Den Mond habe ich heute Nacht schon wieder nicht gesehen. Ist das ein Zeichen? „Immer positiv bleiben, Kathrin, und schicke gute Energie ins Universum." Heute Abend sollte ich mal wieder eine Engelskarte ziehen.

Annika hat entschieden, dass sie daheim bleibt. Das ist mir auch lieber so. Sie sollte wohl auch erst in die Waagerechte gebracht werden, um zu fühlen, was ist. Ist schon echt viel, was die Kinder an Lernstoff heute haben. Bald gibt es Halbjahreszeugnisse.

Ich frühstücke mit Neele allein. Sie will auch so gar nicht um 7.00 Uhr aus dem Bett. Wie gut, dass wir gegenüber von der Schule wohnen. Letzte Woche waren wir zusammen in Stuttgart. Ich bin so froh wieder zu Hause zu sein. Irgendwie fühle ich mich hier besser. Obwohl, das letzte Mal, als ich mit A. telefoniert habe, war ich in Stuttgart. Seine Stimme habe ich noch immer in meinem Ohr.
Ein komisches Gefühl überkommt mich. Quatsch, ab unter die kalte Dusche mit dir, Kathrin.

Meine Kollegin schreibt mir, dass es spiegelglatt draußen ist und sie schlägt vor, erst mittags ins Büro zu fahren, wenn es getaut ist. Ich schaue aus dem Fenster. Hier ist alles normal und die Autos fahren. Ich auch. Als ich aus dem Haus gehe, merke ich dann doch die Glätte, jedoch nur auf dem Bürgersteig. Die Straßen sind frei. Wunderbar!

Freudestrahlend betrete ich das Bürogebäude und unterhalte ich mich mit dem netten Herrn am Empfang. Alles ist so vertraut. Wie schön war das immer, als A. mich auf die Arbeit gefahren hat. Ich habe das geliebt. Wir haben uns die ganze Fahrt an den Händen gehalten und erzählt, bis er mich abgesetzt hat. Immer ist er ausgestiegen – egal wo wir waren – und hat mir die Tür aufgehalten. Wie charmant. Ich mag das. Es ist so wertschätzend. Ich bin ja auch wertvoll – so wie er und wie jeder von uns.

Die Empfangsdame hat sich immer gefreut, wenn sie uns gesehen hat und beobachten konnte, wie liebevoll und zärtlich wir uns jedes Mal aufs Neue voneinander verabschiedet haben. Schön, wie andere sich für einen freuen könne. Einfach so. Ja, ich finde auch, dass wir ein tolles Paar sind.

So, nun Schluss mit der Gefühlsduselei. Nächste Woche schwelge ich im Glück. Das wird klasse!

Ich reiße das Fenster auf und lasse frische Luft rein. Zwei lange Wochen war ich nicht da. Ich werfe meinen PC an und freue mich über die großen Buchstaben auf dem Bildschirm.
Voller Energie lege ich los und es läuft wie am Schnürchen. Nur von meiner Kollegin werde ich einige Zeit später in meiner rasanten Arbeitsweise gestoppt. Ein kurzer Schwatz muss schon drin sein. Sie ist so froh, dass ich wieder da bin. Wir verabreden uns zum Kaffee in 2 Stunden und jede macht ihr Ding bis dahin.

Ich finde eine E-Mail mit Location-Empfehlungen in den Schweizer Bergen. Wie gern würde ich dort mit A. hinfahren, um dort einfach mal die Seele baumeln zu lassen. Wir wollen noch so viel zusammen verreisen. Ich fahre so gern mit ihm im Auto. Fahren, einander an den Händen fassen und reden – ich liebe es! Muss ja nicht immer mit 200 km/h sein.

Ich schaue aus dem Fenster und wünsche mir, dass er sich einfach so bei mir meldet. Ist er denn wirklich 24 Stunden mit allen zusammen? Vielleicht sind sie auch allesamt weggeflogen? Das hier ist Kaffeesatzlesen, Kathrin. Lass es besser! Wäre, könnte, eventuell ...

Alles ist gut. Bleibe positiv, erfreue dich an deinem Heinzelmänchen-Korb und gut ist. Wir sind nicht getrennt. Wir sind miteinander verbunden und es wird nichts dergleichen passieren. Er wird die Zeit durchziehen und seine Familie am Wochenende wieder in den Flieger setzen. Und danach wird er bei dir anrufen. Es wird so sein, als ob nie etwas gewesen wäre.

Wie verrückt ist das? Warum ziehe ich solche Umstände überhaupt erst in mein Leben? Was wird mir hier gespiegelt? Ich brauche einen Kaffee, um nachzudenken.

„Kaffeepause!", rufe ich und werfe gleich noch ein Faschingslied an. Meine Kollegin lacht herzhaft. Ich glaube, sie hat mich wirklich vermisst. Wir genießen unsere Pause, um danach wieder unsere Arbeit bis zur Mittagspause durchzuziehen. Wie schön, dass wir einander haben. Die Gespräche sind immer sehr offen und herzlich.

Ich schaue aus unserem bodentiefen Bürofenster. Draußen schüttet es wie aus Eimern.

Ein Jahr ist es bereits her, dass wir meine Kollegin eingestellt haben. 3 Jahre zuvor war ich mutterseelenallein in diesem Büro und habe alles im Alleingang gemanagt. War für alle und alles zuständig und habe den Laden „gerockt", wie man so schön sagt. Doch irgendwann wurde mir die Arbeit zu viel und ich fühlte mich sehr einsam. So bat ich meinen Chef um eine Unterstützung, selbst auf die Gefahr hin, dass ich nicht mehr die „Nummer 1" wäre. Sie kam, sah und siegte. Es ging ganz schnell. Nach 4 Wochen war es soweit. Sie war die Erste, die sich beworben hatte und sie war auch diejenige, auf die wir uns ganz schnell geeinigt hatten. Noch am selben Tag bekam sie ihren Vertrag.

Als sie anfing, muss ich gestehen, hatte ich ein wenig Angst. Ich will ganz ehrlich sein. Kalte Füße habe ich schon ein bisschen bekommen. Habe mich gefragt: Vielleicht nimmt sie dir die Butter vom Brot! Oder die anderen stellen fest: Die ist ja viel besser als Kathrin! Oder ich werde gar nicht mehr von den anderen gesehen.

Ich kratzte durch meine negativen Gedanken sehr an meinem Selbstwertgefühl. Alternativ hätte ich auch die Nummer „Zicke" fahren können und hätte alles an mich reißen, mich bei meinem Chef beschweren, rumnörgeln, einen auf Diva machen können usw.. Der Phantasie sind da wirklich keine Grenzen gesetzt, was sich manche Leute da so alles einfallen lassen.

Aber auch das hat immer nur mit uns selbst zu tun. Wenn ich wertschätzend und gut mit mir selbst umgehe, dann kann ich auch mit anderen Menschen so umgehen und das ist mir ebenso wichtig. Echte Wertschätzung wurde mir in diesem Unternehmen, in dem ich heute arbeite, von Anfang an entgegengebracht. Es hat wohl 3 Jahre gebraucht bis das Leben der Meinung war, dass ich nun so weit bin. Jetzt soll jemand Neues kommen und dieser Mensch darf nun von meiner Wertschätzung profitieren und umgekehrt. Wie gut ist das Leben zu mir.

Ich bin wirklich sehr in mich gegangen und habe mir überlegt, wie ich mit der neuen Arbeitssituation umgehe. Ich habe den Beschluss gefasst, ihr ganz offen gegenüber zu treten und sie als Bereicherung anzusehen. Jeder Mensch ist anders und bringt seine Persönlichkeit, mit seinem dazugehörigen

Potenzial an Erfahrungen und Wissen, mit ein. Jeder geht seinen eigenen persönlichen Weg und kann auf diesem nicht überholt werden.

Mit der Zeit fing ich an, sie als Geschenk zu betrachten, welches mir vom Leben geschickt wurde. Und je mehr ich sie und die durch ihre Anwesenheit resultierende Veränderung bejahend annahm, desto mehr Energie floss und kam wieder zu mir zurück. Man kann sagen, dass wir uns regelrecht gegenseitig befruchtet haben.

Wir sind beide sehr unterschiedliche Persönlichkeiten und jede von uns hat andere Fähigkeiten, die wir durch unsere gegenseitige Offenheit nutzen konnten. Und dies haben wir auch gemacht. Von diesen Synergien profitieren heute alle – selbst die, die nicht im Büro sind. Ich bin sehr stolz auf meine und unsere Entwicklung.

Mal sehen, wie weit meine Entwicklung, was A. betrifft, vorangeschritten ist. Doch das werde ich bald erfahren. Ist das spannend! Ich könnte natürlich jetzt schon über ungelegte Eier nachdenken. Wie wird es werden? Was wird passieren? Kannst du dich vorher schon schützen, damit du nicht verletzt wirst? Doch dadurch ziehe ich mich selbst nur runter und heize in mir die Hölle an. Da ist es mir definitiv zu heiß. Ich nehme lieber das Paradies – da ist es so schön hell und weich und bunt und warm ... Hoffentlich erinnere ich mich am Tag X dann noch an meine gerade gedachten Gedanken. Paradies!

„Das Leben meint es immer gut mit uns." Das ist jedenfalls mein Mantra. Das Situationen passieren und Dinge eintreten, die man sich vielleicht nicht wünscht und auch nie gewollt hat, wird mit Sicherheit immer wieder passieren. Aber diese Ereignisse wollen uns etwas mitteilen und es ist immer eine Lehre damit verbunden – wir sollen dabei etwas lernen, uns weiterentwickeln und dabei immer bei uns selbst bleiben. Die Kunst ist: Wie gehe ich damit um? Wie nehme ich das an, was gerade so Unangenehmes in meinem Leben passiert? Was mache ich damit? Als ein Riesenproblem ansehen?

Ich darf dieses Wort mal kurz auseinandernehmen – Problem – „pro" kommt aus dem Lateinischen und heißt „für". Das ist FÜR etwas da. Wie nehme ich diese Herausforderung, dieses Geschenk an? Was mache ich daraus? Das Beste natürlich!

Klar, ich kann mich auch hinsetzen und den Kopf in den Sand stecken und darüber jammern, dass er sich immer noch nicht gemeldet hat, und dass das eine Unverschämtheit ist, wie A. mit mir umgeht. Der spinnt ja wohl. Keine Eier in der Hose, um mal eine Entscheidung zu treffen. Ich könnte mich aufregen und dabei ist A. gar nicht da. Ich mache mir selbst dadurch eine schlechte Stimmung. Ich frage mich manchmal, was soll das für einen Sinn haben, dass das jetzt alles so gekommen ist und ich hier auf dem Abstellgleis sitze und warte. Aber dann lautet die Devise: Vertraue, Kathrin.

Das Leben testet mich – immer wieder aufs Neue und ich erahne die Lehre, die mir das Leben auferlegen möchte. Dieses spezielle Geschenk „A." wird mir sozusagen auf meinem persönlichen Silbertablett serviert. Sehr charmant. Ich habe mich mutig dazu entschieden, es anzunehmen und es nicht zu verfluchen.

Wenn ich die Lehre, die hinter der Herausforderung von A. und mir steht, erkannt habe, dann kommt die nächste Herausforderung, die mir das Leben stellt und schon an der nächsten Ecke auf mich wartet.

Hier möchte ich das Wort Herausforderung auseinandernehmen: Forderung an mich selbst, ich werde gefordert aus der Komfortzone herauszukommen, mich weiterzuentwickeln – was für ein großes Geschenk.

Das Leben ist ein einziges Geschenk. Voller Dynamik. Ich mag Dynamik.

Ich entscheide mich sowohl für das Selbstgestalten, als auch zu leben in voller Freude und Fülle, bis er wieder auf der Bildfläche erscheint, mein lieber A.. Und dann möchte ich genau hinsehen und fühlen. Ich möchte offen sein – wie bei meiner Kollegin – wertschätzend und respektvoll. Keiner hat das Recht auf einen anderen Menschen, oder gar über ihn zu bestimmen und zu urteilen. Niemand! Wir stehen lediglich in Beziehungen zueinander und beziehen uns in diesem Kontext aufeinander. Und diese Beziehungen haben unterschiedliche Dynamiken oder Energien. Die Energie ist bei uns derzeit schwach. Letztes Jahr war sie sehr stark. Wenn wir uns wieder hören und uns auch sehen, werden wir beide fühlen, was da zwischen uns ist und ob das, was ist, noch ausreicht. Und das werden wir dann so annehmen, wie es nun mal ist.

Hey, das klingt echt vernünftig.

Es klingelt im Büro. Die Post kommt mit einigem an bestelltem Material. Es ist schon so spät, doch habe ich an meinem ersten Tag im Büro einiges geschafft. Meine große Tochter hört sich am Telefon auch schon wieder etwas besser an und ich fahre schon bald nach Hause. Noch ein paar Planungen für morgen fertig machen und für den Fasching am Freitag brauche ich auch noch ein Kostüm. Doch alles ist machbar. Ich habe beschlossen eine Zeitreise in die 30er Jahre zu machen und werde mich als Daisy, der Geliebten vom großen Gatsby, mit Charlestonkleid und Federboa verkleiden. Muss ich nur noch besorgen, dann geht die Sause los.

Fand A. nicht so prickelnd bei unserem letzten geführten Telefonat, dass ich auf den Fasching gehe. „Du lernst immer Leute kennen und kommst mit allen so schnell ins Gespräch. Da ist mir nicht so wohl bei." „Ach ja, mein Lieber, Vertrauen nennt man das, was dir wohl gerade fehlt. So wie ich dir vertraue. Außerdem bin ich mit Freunden da, die du alle kennst."

Dennoch finde ich die Äußerung sehr interessant. Schau mal einer an, da macht sich jemand Gedanken. Ich sitze jedoch nicht zu Hause und blase Trübsal oder schaue ununterbrochen auf mein Smartphone. Naja, das mache ich dann ab Samstag ... bin ja ehrlich, wobei, da bin ich beim Sport und tue wieder was für mich, denn – ich bin wichtig!

Jetzt aber flott nach Hause. Ich bin so voller Energie. Ich freue mich darüber und höre laut Musik. „I love my life", kommt mir aus dem Radio entgegen geschmettert. Ja, das ist so.

Zu Hause angekommen, erwartet mich wie immer derselbe Wahnsinn. Chaos in den Kinderzimmern und vor der Haustür. Ich rege mich dennoch nicht auf. Schau auf dich und denk an deine Steuererklärung, die fällig ist und deinen Keller, in den du selbst nicht mehr rein kommst, da er so voll ist.

Der Keller steht übrigens für das Unterbewusstsein. Na super! Am Wochenende fällt hoffentlich Regen, dann werde ich ihn aufräumen, mal Großreinemachen und die Steuersachen zusammensuchen. Hoffentlich ruft A. an, kommt spontan vorbei und wir haben gigantischen Sex – das wäre eine wunderbare Ablenkung.

Das Abendessen ist irgendwie träge. Alle mampfen ihr Essen und träumen vor sich hin. Normalerweise plappern meine Kinder munter vor sich hin. Heute irgendwie nicht. Auch gut. Ich werde mich gleich der Bügelwäsche widmen und dann ins Bett gehen. Immer schön an dich denken, Kathrin!

Als ich später im Bett liege, denke ich erneut an A.. Ich vermisse ihn sehr und frage das Universum: Wo muss ich hingehen, dass ich beruhigt bin? Bitte schicke mir ein Zeichen.

Unfassbar – ich träume genau in dieser Nacht davon, dass A. mir eine Nachricht schickt, in der steht, dass seine Familie am Freitag abreist und er sich sehr auf mich freut!

Von einer Nachricht zu träumen fordert auf, eine unklare Situation endlich aufzuklären, um danach zu entscheiden und handeln zu können.

Und genau das werde ich auch tun. Ein Zustand, den ich klären möchte. Ich mag die Wahrheit, denn diese schafft Klarheit.

Doch ich warte geduldig auf den richtigen Zeitpunkt. 4 Tage noch ...

Tag 11

Was für eine Nacht. Annika stand um 4.00 Uhr morgens an meinem Bett. Sie hat mich aus dem Tiefschlaf geholt. Schlimme Schluckbeschwerden haben sie erneut gequält. „Du hast gesagt, wenn es mir schlecht geht, darf ich immer kommen, auch nachts." „Na, klar!", beruhige ich sie und bringe sie fürsorglich wieder ins Bett. Kühles Wasser aus dem Strohhalm und Streicheleinheiten beruhigen sie wieder etwas.

Tabletten gebe ich meinen Kindern äußerst ungern. Das unterdrückt nur alles, was nach außen möchte. Ihre Seele will ihr etwas sagen, was sie wohl schon länger überhört hat. Nun agiert diese über den Körper und soll sie aus ihrem Kopf – und der Verstandesebene (ihrer Senkrechten) in die Waagerechte (der Gefühlsebene) bringen, damit sie nirgendwo hinrennen und sich ablenken kann, sondern sich so in Ruhe dem Fühlen hingeben kann.

Unser Körper ist so ein Wunderwerk. Was er jeden Tag aufs Neue alles schafft!
Unser Herz schlägt unermüdlich, unser Atem geht tagaus und tagein, unsere Füße tragen uns überall hin. Und wir, wir gehen teilweise so schändlich mit diesem Reichtum um. Wir glauben, dass das alles selbstverständlich ist. Der Körper, mit all seinen Funktionen, wird manchmal gar nicht als solches Wunder realisiert und hat einfach nur zu funktionieren.

Wir haben bei der Geburt diesen großartigen Reichtum mitbekommen. Doch irgendwie ist dieser in Vergessenheit geraten, dass wir uns dazu entscheiden sollten, mit dieser kostbaren Gabe des Atmens, Laufens, Sehens, Fühlens, Hörens usw. sorgsam umzugehen, sodass wir lange Freude an diesem, unserem eigenen Wunder, welches wir sind, haben.

Denn das, was wir an bewusstem Umsorgen und Kümmern um uns selbst in unser Wohlergehen reingeben, spiegelt sich uns mit Wohlbefinden und Gesundheit auf jeder Ebene.

Wenn wir uns selbst betrachten, ist das, was wir sehen, unser eigenes Produkt. Ernähre ich mich gesund, mache ich Sport, lache ich viel, pflege ich mich, bin ich oft an der frischen Luft, denke ich positiv?

Doch auch hier sind wir Meister im Ausreden finden. „Habe ich vererbt bekommen", „Ich kann kein Sport machen, hab es mit dem Rücken.", „Ich hab nichts zu lachen, mein Chef macht mich wahnsinnig", „Das Leben ist so anstrengend!", „Meine Kinder und Partner treiben mich in den Wahnsinn!", „Da wo ich lebe, will ich eigentlich nicht leben!" usw., usw..

Und schon nährt man zusätzlich den Mangel durch Jammern und schlechte Gedanken. Denn das machen nur wir selbst mit uns. Nicht besonders wertschätzend, dass wir so mit diesem, unserem eigenen Schatz umgehen.

Und das gilt nicht nur für den physischen Körper sondern auch für den Emotionalkörper. Je mehr schlechte Gedanken, je mehr Angst wir reinstecken und Emotionen in all den Jahren unterdrücken, desto weniger kann die Energie fließen. Es verstopft immer mehr in uns, wie ein Abflussrohr, welches im Laufe der Jahre immer mehr zugeht. Irgendwann kann nichts mehr abfließen. Wie soll da etwas rosig und gesund sein? Eher rostig und ungesund.

Doch wenn wir es so weit getrieben haben, dass wir darniederliegen, verwechseln wir erneut die Wirkung mit der Ursache. Wir glauben, es ist mal wieder die Grippewelle, die umgeht oder ein Unfall passiert eben oder die Migräne ist ja schon seit Jahren in meinem Leben. Da hilft nur dieses oder jenes Medikament. Und es werden Tabletten und Psychopharmaka genommen was das Zeug hält, damit das ganz schnell wieder weg geht, und wir uns bloß nicht schlecht fühlen oder gar nach der Ursache für diese Krankheit suchen müssen. Denn die gibt es immer! Wir haben sie regelrecht selbst genährt.

Ich weiß aus eigener Erfahrung das zuzugeben, ist schwierig. Doch der Weg zur Gesundung führt über die bejahende Annahme dessen was ist. Das Leben will uns immer was mitteilen. Auch im Krankheitsfall.

Ich frage meine Kinder z. B. bei einer Bindehautentzündung: „Was willst du nicht mehr sehen?" Oder bei Ohrenschmerzen: „Was wollt ihr nicht mehr hören?" oder „Hört mehr auf euer Inneres."
Und nehmen wir nur mal meine Große mit ihren Halsschmerzen, die für unterdrückte Emotionen und Angst stehen. „Was beschäftigt dich gerade?

Was traust du dich nicht zu sagen aus Angst?" Meist verdrehen sie dann die Augen. „Du mit deinem esoterischen Gelaber." Nun gut, ich sage es dennoch, da es meine Überzeugung ist. Es wird etwas mit ihnen machen. Ganz sicher. Eines Tages werden sie sich an meine Worte erinnern und dann wird es ihnen bewusst werden. Das ist ein guter Gedanke. So hinterlasse ich etwas von mir und meiner Überzeugung und meine Kinder werden Zeuge dessen.

Wir sollten uns dazu entscheiden, uns um uns selbst zu kümmern, da wir kostbare Geschöpfe sind, und nicht die Ursache mit Medikamenten zuschütten, um schnell wieder funktionieren zu können. Ganz nach dem Motto „Sei still und funktioniere, wie ich das will!"

Das ist nicht nur Raubbau am Körper, sondern auch an der eigenen Seele. Der Körper ist die Projektionsfläche der Seele. Wir sind kostbar und wertvoll, jeder einzelne von uns. Es lohnt sich so sehr, behutsam und liebevoll mit uns selbst umzugehen und das Tag für Tag.

Das, was wir liebevoll an uns weitergeben, kommt auch liebevoll an uns zurück. Rosig, frisch und gesund.

Jeder hat schon einmal den scheinbar lapidaren Satz „Bleib gesund!" oder „Ich wünsche dir viel Gesundheit" gesagt. Alle sagen: „Die Gesundheit ist das wertvollste Gut", doch viele leben das selbst nicht an und in ihrem eigenen Körper.

Diese Gedanken kreisen in meinem Kopf, als ich wieder in meinem Bett liege und versuche einzuschlafen. Morgen gehe ich früher ins Bett. Ausreichend Schlaf ist auch wichtig für meinen Körper.

Knallhart schellt der Wecker um 6.40 Uhr – ich tapse schlaftrunken zu Neele, um sie zu wecken und schleppe mich wieder in mein Bett, nachdem ich Teewasser aufgesetzt habe. Ich sortiere müde meinen Traum. Sehr bezeichnend alles. Ich finde es immer wieder spannend, wie mein Unterbewusstsein arbeitet. Hatte ich dem Universum nicht eine Frage und Bitte gestellt?

Meine Gedanken wandern zu A. Wo er wohl ist? Ich stelle mir vor, er liegt neben mir, dreht sich langsam zur mir um und kuschelt sich dann ganz nah an mich. Er küsst mich zärtlich und berührt liebevoll meine weiche, warme Haut. Ich bin sofort heiß auf diesen Mann. Das geht von Null auf Hundert. Er erreicht mich sogar in Gedanken. Mein Puls geht schlagartig hoch, als ich nur daran denke, wie er mehr will.

Jetzt hilft nur noch die Dusche, die mich abkühlt. „Neelchen, aufstehen! Es ist schon 7 Uhr!"

Heute hat mein ehemaliger Mann Geburtstag. Neele und ich singen und gratulieren ihm am Telefon. Ich hatte mich gestern Abend noch hingesetzt und sein Geschenk fertig gemacht. Ich habe mir ganz bewusst überlegt, was ich ihm schenke und habe mich für „Worte" entschieden. Ich schenke ihm bewusste und sorgsam ausgewählte Worte des Dankes. Ich habe mir gutes Papier besorgt und ihm mit Füller einen 3-seitigen Brief geschrieben und ihm dafür gedankt, dass er ein so fantastischer Vater für unsere beiden Mädels ist. Und dass er immer für sie da ist, ihm kein Weg zu weit ist und er ihnen immer hilfsbereit zur Seite steht, sie mit viel Humor begleitet, und dass er sein Herz auf dem rechten Fleck hat.

Ich habe ihm für seine Wertschätzung und den Respekt gedankt, an dem wir beide in den letzten Jahren gearbeitet haben – jeder auf seine Weise, und damit für unsere beiden Mädels eine gute Basis geschaffen haben.

Und nicht zuletzt für die Zeit, die wir gemeinsam hatten, auch für die schweren Tage, denn das sind die sogenannten „unverstandenen Geschenke des Lebens", an denen wir uns persönlich weiterentwickeln können, auch wenn man das erst nicht wahrnehmen kann. Doch alles ist sinnvoll, führt es uns doch auf unseren eigenen, persönlichen Herzensweg, den wir unterwegs oftmals verloren haben.

Ich habe ihm gedankt für die gemeinsamen wunderbaren Erfahrungen, die vielen Erlebnisse und Geschichten, die wir als Herkunftsfamilie gemeinsam gemacht und erlebt haben und diese in unseren Herzen als kostbare Erinnerung tragen.

Ein Dank galt auch der wertvollen Zeit, die er sich immer wieder nimmt, um sich im Sinne der Kinder mit mir auszutauschen. Ich bin einfach dankbar, dass genau er der Papa für unsere beiden Mädchen ist. Was habe ich für ein Glück, auch wenn wir als Paar gemeinsam nicht mehr funktioniert haben!

Es ist schön an einem Strang zu ziehen, auch wenn man getrennt oder geschieden ist. Doch auch dieser Umgang liegt immer bei einem selbst und kommt aus dem, was man daraus macht.

Ich denke, er wird sich über die Zeilen freuen. Worte sind oft ein kostbarer Schatz, wenn sie bewusst ausgewählt und wie Perlen sorgfältig und auf eine Kette aufgezogen werden.

Jetzt ab ins Auto und ins Büro. Ich komme super durch und bin flott an meinem Schreibtisch. Anrufe und Mails warten schon.

Immer wieder ist A. in meinem Gedanken. Ich fühle mich warm, wenn ich an ihn denke. Bei dem Gefühl belasse ich es.
Ich freue mich, als meine Kollegin ins Büro kommt. Wir quatschen eine Runde und danach hauen wir beide in die Tasten. Zwischendurch lasse ich mal Faschingsmusik laufen, damit wir wieder wach werden.

Ich trinke viel Wasser und Tee und merke, wie mein Körper das braucht. Meine Gelenkschmerzen sind immer noch nicht weg. Am Abend schaue ich nach, was das bedeutet. Dringend!
Heute geht es ins TRX-Training. Ich freue mich schon. Ich war schon länger nicht mehr da. Und danach hüpfe ich noch in die Sauna. Guter Plan!

Wir haben viel zu tun im Büro, gönnen uns jedoch eine Pause und gehen zum Bäcker, um Kuchen zu holen. Ansonsten falle ich noch ins 16-Uhr-Loch. Leider haben sie nur noch ein trauriges Quarkbällchen, was jedoch so allein zwischen dem ganzen Brot liegt, dass ich es für 80 Cent mitnehme. Mein Bäuchlein wird sich später freuen.

Morgen kommt unser Chef ins Büro, da geht es rund. Meeting reiht sich an Meeting, doch werde ich die Runde schon mit ein bisschen Faschingsmusik aufmuntern. Das wird ein Spaß!

Um 17.30 Uhr habe ich keine Lust mehr und setze mich auf die Couch zu meiner Kollegin und quatsche sie zu. „Meinst du das wird nochmal mit A.?" „Die Hoffnung stirbt zuletzt, Kathrin. Mach dir nicht so viele Gedanken auf deinem Karussell. Du kannst dir noch so viele Szenarien ausdenken. Es kommt sowieso anders. Und wenn es so ist, dann wird es dich treffen, egal, was du vorher alles versucht hast."

„Dieser Mann ist so toll und er ist mit seiner Frau nur noch der Kinder wegen zusammen. Wenn die nicht wären, hätte er sich schon längst getrennt. Ich will nur wissen, woran ich bin. Er hat vorletzte Woche noch zu mir gesagt, dass er mich liebt", schiebe ich noch hinterher.

„Das ist sowieso nur eine Floskel. Das hilft dir auch nicht weiter, wenn er sich nächste Woche von dir verabschieden sollte."

Wie gemein! Worauf darf man eigentlich noch bauen? Was darf man als ehrlich erachten und worauf kann man sich verlassen, frage ich mich und gebe mir im Stillen eigentlich selbst schon die Antwort.

Nur auf dich selbst. Du bist die wichtigste Person in deinem Leben. Sei verlässlich mit dir selbst. Lasse dich auf dich selbst ein und vertraue dir. Alles andere kommt dann wie von selbst. Das Leben ist unendlich reich. „Brauche nichts, wünsche alles und wähle, was sich dir zeigt", ist ein Mantra, das ich mir oft sage. Ich will flexibel bleiben und offen für alles, was passiert. Das wird ja eine ganze Geschenkeflut werden. Juhu!

So, genug geredet. Ab in den Sport. Ich gehe in mein Büro und checke ein letztes Mal meine E-Mails. Und glaube in diesem Moment selbst nicht, was ich da sehe.

Der Geschäftsführer von A.s Firma hat mir eine E-Mail geschrieben. Das gibt es doch nicht! Universum, gestern habe ich dich um ein Zeichen gebeten. Und da ist die Antwort. Juhu! Ich öffne sie mit einem Klick.

Er weiß bereits seit einiger Zeit über uns Bescheid und ich habe ihn zum ersten Mal persönlich im Krankenhaus Anfang des Jahres kennengelernt. Er ist extra aus Baden-Württemberg gekommen, um A. in der Klinik zu besuchen und ist dafür fast 400 km hin- und hergefahren. Er ist sehr sympathisch und ich fand diesen Besuch von ihm sehr wertschätzend. Ich hatte mich zu einem späteren Zeitpunkt bei ihm per E-Mail nochmals herzlich dafür bedankt.

Er hat A. davon erzählt, dass ich ihm damals geschrieben habe, und dass er diese E-Mail sofort wegsortiert hat. Seine Frau sei extrem eifersüchtig, was der Grund für dieses Handeln war.

Hm, Eifersucht. Ich nehme auch das Wort mal auseinander. Ich suche mit Eifer nach etwas. Süchtig sein. Es ist eine Sucht. Sucht ist Abhängigkeit. Nach was? Wie anstrengend das sein muss, ständig zu misstrauen, zu kontrollieren. Es hat immer mit einem selbst zu tun.

Da sind wir wieder bei der Aussage: Keiner hat das Recht auf einen anderen Menschen. Warum vertrauen die Menschen einander nicht? Weil sie sich selbst nicht trauen?

Wenn man belogen wird, spiegelt einem das doch nur, dass man wohl selbst nicht ehrlich zu sich ist und sich selbst belügt.

Doch die Menschen geben oft den anderen die Schuld für ihr Unglück. Da sind wir wieder bei der Wirkung und Ursache. Es wird im Außen nach dem Schuldigen gesucht.

Wenn eine Frau ihrem Mann vorwirft: „Du betrügst mich doch sowieso ständig", ja, dann wird er das irgendwann auch tun, obwohl es eigentlich nicht sein Ansinnen war. Und die Frau betrügt sich wohl selbst ununterbrochen in ihren eigenen Gedanken, denn eigentlich sucht sie nach etwas ganz anderem und gesteht sich selbst diese Ehrlichkeit nicht ein. Somit gesteht sie sich ihren eigenen Herzensweg nicht zu, der sie persönlich glücklich macht, doch dieser weicht vielleicht von der Norm ab und fällt somit hinten runter. Obwohl es genau das Richtige für die Person wäre. Sie gestattet es sich einfach nicht. Das hieße Offensein und dem Leben vertrauen. Doch wie soll man dem Leben vertrauen, wenn man sich selbst nicht traut oder etwas zutraut?

Wenn ich Angst vor etwas habe, dann ist dieser Zustand, vor dem ich Angst habe, schon längst eingetreten.

Nun hat Klaus, wie der Geschäftsführer heißt, mir geantwortet. Ich wette innerlich darauf, dass er die Tage mit A. telefoniert hat. Das tun sie jeden Tag mehrmals. Und sicher haben sie über mich gesprochen. In der E-Mail erwähnt er A. nicht, doch er schreibt sehr nett und wertschätzend. Ich freue mich einfach darüber. Es ist die Geste und er hat sich extra und trotz der vielen Arbeit, die er jetzt hat, da A. erst krank war und jetzt die Familie da hat, die Zeit genommen und mir geschrieben. Das zählt für mich.

Ich werde ihm antworten, doch erst übermorgen. Geduld, das weibliche Prinzip, lebe ich jetzt voll aus. Haha, das habe ich sowas von gelernt.

A. kann stolz auf mich sein, dass ich ihn nicht einfach anrufe und mein Name auf dem Display erscheint. Dann ist der Ofen nämlich aus.

Mein Ofen ist jetzt sowas von an und ich rocke im Fitnessstudio die Trainingsfläche. Kathrin, alles ist gut. Das Leben will mich schützen und tut das auch durch gewisse Dinge, die passieren oder auch nicht passieren. Alles was ich wissen muss, wird mir zum richtigen Zeitpunkt offenbart und damit komme ich mittlerweile ganz gut klar.

Ich werde am Freitag beim Fasching nicht auf den Tischen tanzen können. Ich werde richtigen Muskelkater haben und die Toilette zu besuchen, wird sicherlich zum Staatsakt. Doch ich habe es nicht anders gewollt. Ich fühle mich dennoch fantastisch in meinem Körper.

Als ich nach Hause komme, ziehe ich eine riesige Werbekarte aus meinem Briefkasten auf der in großen bunten Buchstaben steht: „2017 wird mein Jahr!" Na, sag ich doch die ganze Zeit – endlich habe ich es auch schriftlich. Es wird so fantastisch!

Ich schütte mir zu Hause einen Eiweißshake rein und koche zum ersten Mal eine Hühnersuppe für mich und meine Kinder. Annika hat irgendeinen Grippevirus, der Papa war heute mit ihr beim Arzt und sie braucht jetzt Kraft. Meine Tochter ist total begeistert, dass ich das mache und sie freut sich, dass ich so schön das Gemüse schnipple.

Sie hat mir zu meinem Geburtstag eine Liste geschenkt mit 45 Punkten, die ich als Mama einmal im Leben gemacht haben soll. Da steht unter Punkt 23: „Hühnersuppe für uns kochen, wenn wir krank sind." Voilà! Haken dran. Erledigt.

Ich habe es einfach versucht und es war ganz simpel. Hab mich sogar liebevoll um das Huhn gekümmert. Sprich, ich habe mit viel Liebe und Zeit gekocht. Ich bin klasse und hüpfe voller Freude in mein Bett, nachdem ich noch die Rücken meiner beiden Mädels kraulen durfte. „Mami, das ist so schön!"

Ja, finde ich auch. A. ist für Rückenkraulen bei mir bedauerlicherweise unpässlich zurzeit.

Was für ein toller Tag. Es gab so viele Geschenke vom Leben für mich, obwohl ich heute gar nicht Geburtstag hatte. Doch nur, weil ich mich dazu entschieden habe, bewusst hinzuschauen und mir selbst heute die beste Freundin war. Ich schaue, dass es mir gut geht. Ich entscheide mich für die Fülle im Leben.

Nun ist es zum Glück erst 23.00 Uhr und ich liege zwei Stunden früher in meinem Kuschelbett als sonst. Morgen sind es nur noch 2 Tage – das ist ja ein Kinderspiel. 11 Tage habe ich schon hinter mich gebracht. Ich bin eine Heldin!

Ich gebe dennoch ehrlich zu – ich bin sehr nervös und aufgeregt. Was wird passieren?

Ich bin gespannt auf meine Träume heute Nacht und frage mal meine Engel, welche Meinung die so dazu haben. Es ist so spannend.

Tag 12

Nicht wissentlich geträumt, jedoch herrlich erholsam geschlafen, wache ich am nächsten Morgen auf. Heute muss ich zum Zahnarzt. Also nichts mehr mit umdrehen, sondern sofort raus aus dem Federn und ab unter die Dusche. Neele wecke ich vorsichtshalber auch schon mal.

Annika ist immer noch krank und bleibt heute erneut zu Hause. 20 Minuten später sitzen Neele und ich tipptopp gestylt am Frühstückstisch. „Wie geht es eigentlich A.?", fragt Neele mich aus heiterem Himmel. „Das weiß ich nicht", antworte ich wahrheitsgetreu und schmiere mir ein wenig zu konzentriert die Marmelade auf mein Butterbrot.

Seit Tagen, oder besser gesagt seit Nächten, habe ich den Mond nicht mehr gesehen. Ist das ein Zeichen? Manchmal fühle ich mich innerlich so nebelig. Fühle ich A. überhaupt noch? Es kommt mir fast so vor, als ob er jeden Tag ein bisschen mehr aus mir verschwindet ... wie ein Gefühl, welches sich langsam aber stetig durch die Hintertür aus meiner Seele schleicht. Kathrin, nimm es an, wie es ist. Das Leben schützt dich und meint es immer gut mit dir.
Ich glaube langsam, dass die Familie und er zusammen weggeflogen sind, in die Wärme. Immer auf der Flucht, der liebe A..
Bewerte und urteile nicht, Kathrin. Das Recht hast du nicht. Schaue auf dich.

Wie sehr sehne ich mich nach ihm, einem Kuss, einer Umarmung, einem Blick in seine blauen Augen, seinem Lachen.

„Mama, ich muss los!", reißt Neele mich aus meinem Gedankenstrudel, der mich manchmal droht in die Tiefe zu ziehen. Suche nach meinem Rettungsring.

Ich nehme sie in den Arm und gebe ihr einen Kuss: „Viel Spaß in der Schule, mein Schatz!" Dann fällt die Tür ins Schloss. Stille.

Ich habe den imaginären Rettungsring bereits gefunden: Ich gehe arbeiten. Das rettet mich gerade, da ich dadurch keine Zeit habe, in mich hineinzufühlen. Wobei, Zeit habe ich natürlich schon, doch ich nutze sie für viele andere Dinge im Außen. So wie viele von uns. Wie oft sagen die Menschen: „Ich habe keine Zeit.", „Nie habe ich Zeit." oder „Woher soll ich die Zeit nehmen?"

Wir haben alle Zeit. Sie wird uns jeden Tag großzügig zur Verfügung gestellt. An jedem Tag schenkt uns das Leben wertvolle 86.400 Sekunden zur freien Verfügung und wir entscheiden, wie wir sie einsetzen. Für was, wie lange und mit wem. Wir setzen die Prioritäten.

Setzen wir sie für uns selbst ein? Wie viel kostbare Zeit nehmen wir in Anspruch für uns selbst? Wie viel für unsere Partner, unsere Kinder oder unsere Familie? Oder für ein entspanntes Frühstück, für das wir etwas früher aufstehen? Für unsere Arbeit, die wir von Herzen machen wollen, weil wir Freude daran haben. Zeit, um bewusst ein gutes und wertschätzendes Gespräch auf Augenhöhe mit unserem Chef oder unseren Kollegen zu führen. Zeit, um unser eigenes wertvolles Potenzial zu entfalten. Zeit für eine relaxte Mittagspause an der frischen Luft, damit uns mal das Gehirn durchgepustet wird. Auf der Bank mit der Kollegin in der Sonne oder unter dem Schirm im Sommerregen.

Zeit, rechtzeitig nach Hause zu gehen. Zeit, die wir uns für den Sport oder für eine wohltuende Massage nehmen, die nur für uns ist. Zeit, um mal wieder einen Brief an einen lieben Menschen mit Füller zu schreiben oder in sein Tagebuch einen neuen Eintrag zu machen. Wir entscheiden das selbst. Niemand sonst.

Mir kommt da erneut die Geschichte „Momo" von Michael Ende in den Sinn und dazu die grauen Herren, welche den Menschen die Zeit klauen. Die grauen Herren sind heute das Internet, die Social-Media-Kanäle, das Fernsehen, das Handy, die Playstation usw.. Wieviel wertvolle Zeit verlieren wir, weil wir sie unbewusst verschleudern und somit immer im zeitlichen Mangelzustand sind? Wir suggerieren uns diesen Mangel immer wieder von Neuem, indem wir uns Sätze sagen wie: „Ich habe keine Zeit, das oder jenes zu tun." oder „Ich bin im Stress." Doch jeder von uns kann die Entscheidung selbst treffen, für was und wen er seine Zeit einsetzt. Wir haben immer die Wahl. Ich finde dies ist eine extrem große Freiheit, die uns das Leben hier schenkt.

Daher werde ich mir heute Abend die Zeit nehmen und mich bewusst damit auseinandersetzen, welche Emotionen das Vermissen von A. in mir auslöst.

Bevor ich ins Büro fahre, muss ich noch schnell zum Zahnarzt. Ich sage zu meinem Zahnarzt immer: „Sie sind mein Alptraum!" Er lacht jedes Mal. Na, dann ist ja gut. Ich habe ein Kindheitstrauma was Spritzen betrifft von meinen frühen Zahnarztbesuchen und immer schon Probleme mit meinen Zähnen gehabt. Ich habe nur das Wort „Schokolade" laut sagen müssen und schon hatte ich Karies ...

Zähne stehen für Entscheidungen. Tja, da müsste A. ja einiges bereits ausgefallen sein, doch der hat Zähne – ein Traum. Hallo, Kathrin – immer auf dich schauen, ermahne ich mich. Und mit Entscheidungen tue ich mich schwer. Ich habe weder Probleme mit der Entscheidungsvorbereitung, die Zeit, in der man beginnt sich mit einer Entscheidung auseinanderzu-setzen, noch mit der Entscheidung selbst und mit dem Durchziehen meiner Entscheidung erst recht nicht. Mein Problem ist die Entscheidung zu finden – ich frage 1000 Leute und jeder hat eine andere Meinung. Hinterher bin ich so durcheinander, dass ich gar nichts mehr so richtig weiß und noch verwirrter bin als zuvor. Eigentlich kenne ich meine Antwort längst, sie liegt bereits in mir – in meiner Mitte. Doch ich habe mich durch die Ratschläge der anderen so ins Außen katapultiert, dass ich Angst davor habe, mir und meiner Intuition zu trauen. Meinem Bauchgefühl. Kopf ausschalten, Bauch anmachen.

Es geht hier auch immer um einen inneren Wertekonflikt. Werte, die wir von unseren Eltern mitbekommen haben, die jedoch in unserem erwachsenen Lebensverlauf nicht mehr zu unserem eigenen Leben passen.

Werte können sich für jeden von uns verändern und anstatt genau zu über-legen, was wichtig nur für mich selbst ist oder zu fragen, ist ein gewisser Wert aus meiner Kindheit für mich noch von Belang, ist der Wert noch wertvoll für mich und mein Leben, hadern wir mit uns, sind im Konflikt und treffen Entscheidungen, die nicht zu uns passen aufgrund dieses Konfliktes. Wir sind uns dessen nicht bewusst.

Ich bin tapfer. Bei der Zahnreinigung denke ich an A., das lenkt wunderbar ab. Es verläuft alles gut. In zwei Wochen soll ich wiederkommen. Da muss ein Zahn versorgt werden. Ich habe für mich beschlossen, mich meinen Zähne anzunehmen und zu schauen, dass es ihnen gut geht. Sie tun so viel für mich: Zerkleinern, kauen, beißen, strahlen, wenn ich lache und geben meinem Gesicht einen einzigartigen Ausdruck. Und ich will „Biss" haben! Jawohl.

Im Büro ist gute Stimmung und mein Chef ist schon in einer Telefonkonferenz. Ich berichte meiner Kollegin von meinem Arztbesuch und mache mich dann an die Arbeit.

Der Vormittag verläuft reibungslos und es gibt viel zu tun. Alles geht mir leicht von der Hand. Auch der Termin mit meinem Chef. Ich plane, schreibe Mails und schalte zwischendurch zur Erfrischung Faschingsmusik in voller Lautstärke an – da fängt selbst mein Chef an zu Helene Fischers „Atemlos" mitzusummen. Wunderbar – nächste Woche bin ich auch wieder atemlos, wenn ich A. küsse und mit ihm wilden Sex habe. Hurra!

Die Antwort an den Geschäftsführer Klaus verfasse ich schnell und nebenbei als Entwurf und setze mir eine Erinnerung, es morgen zu verschicken. Organisation ist alles. Flott zu Hause zurückrufen und fragen, wie es der kranken Tochter geht, die schon weinend, während meines Meetings mit meinem Chef, bei meiner Kollegin angerufen hat.

Sie hat das Glas mit „Poly Zink" umgeworfen und nun sind die kostbaren Vitamine auf dem Wohnzimmerboden verteilt. „Ja, Schätzchen, ich verstehe, daß Du ganz aufgelöst bist. Jetzt versuche Dich zu entspannen und fühle einfach. Und wenn du traurig darüber bist, dass dein Körper derzeit so schwach und krank ist, dann weine. Du darfst das. Gestatte es dir. Weinen ist gesund, lass es raus. Endlich kommt etwas ins Fließen. Das gehört auch zu dir und ich liebe dich auch in diesem Zustand." „Ja, mache ich", schluchzt sie in den Hörer. Hier ist Selbstliebe angesagt – auf ganzer Linie. „Heute Abend reden wir nochmals in Ruhe darüber. Alles hat zwei Seiten. Du darfst auch schwach sein. Alles braucht Ausgleich. Das Leben regelt das. Und dass du jetzt so krank bist, hat eine Ursache und die kannst du erfühlen. Nutze diese Zeit, mein Schatz." „Ja, Mami." Sie ist ganz dankbar und legt auf.

Kathrin, du bist einfach klasse! Ich liebe es, mein Gegenüber zu bestärken und der andere fühlt sich danach gut. Es erfüllt mich selbst.

Ich sehe das so. Jeder Mensch trägt in sich ein Licht, eine Flamme. Bei manchen ist diese Flamme größer, bei manchen kleiner. Wieder bei anderen ist nur noch die Glut zu sehen und manchmal ist sie schon fast erloschen.

Nur, wie entfacht man die Flamme wieder für sich selbst?

Ich selbst liebe es zu brennen! Für so vieles. Nicht nur für A.. Ich liebe es auch, das Feuer in anderen zu entfachen, mittels einer Brandstiftung, die ich in den Köpfen der Menschen, mit Bildern beispielsweise, projiziere.

Jeder ist sich selbst die eigene Plattform und der Ort, auf der das Feuer gut und sicher brennen kann. Es braucht Platz, Raum, Zeit und Luft damit es kraftvoll brennen und sich entfalten kann.
Ich gebe ihnen das imaginäre Brennmaterial, um ihr Feuer wieder zum Lodern zu bringen und die Hitze und Energie für sich selbst zu erzeugen, ihr eigenes Licht wieder zum Leuchten zu bringen, egal, ob es erst zögerlich brennt oder dadurch ein riesiges Feuer entstehen kann. Ab und zu gibt es auch Brandbeschleuniger, die man von außen dazugibt. Doch jeder muss sich selbst dazu entscheiden, bewusst etwas dafür tun – für die eigene Wärme, das eigene Licht, die eigene Energie. Wir alle tragen das Licht von Anfang in uns.

In meinem Büro ist leider kein Licht mehr, denn draußen ist es jetzt bereits dunkel geworden. Nur noch das Leuchten meines Bildschirms ist zu sehen. Ich gehe gleich nach Hause. Die Kinder haben schon 5 Mal angerufen, wann ich endlich komme. Neele, weil sie ihr Handy wieder haben will, was ich jeden Tag mit ins Büro nehme, damit sie nicht so viel daran rumdaddelt, und Annika, weil sie ihre Mama vermisst und die körperliche Nähe und Liebe der Mutter braucht. Na, das ist ein Wort – Liebe. Da komme ich ja gleich ganz schnell nach Hause. Schwester Kathrin, Schwester Kathrin ... ach, apropos „Schwester", ich brauche noch mein Faschingskostüm.

30 Minuten später bestürmen mich die beiden, als ich wieder daheim bin. Was für ein Glück, heute muss ich nicht kochen. Die Hühnersuppe schmeckt heute noch besser als gestern. Sie ist schön durchgezogen. Langsam spüre ich den Muskelkater. Morgen früh wird es sicherlich noch schlimmer sein und Yoga wird die brennende Hölle werden. Doch ich zieh das durch und suche dennoch meine Mitte, damit ich den Fasching überstehe. Kölle, ich komme!

Meine Steuererklärung muss ich auch unbedingt noch am Wochenende machen. Das Auto muss ich dringend waschen und einen Strafzettel habe ich auch noch bekommen. 100 Euro und 1 Punkt, zum Glück bleibt mir das Fahrverbot erspart. Kathrin ist wieder mit heißen Reifen gefahren. Ich muss mir noch überlegen, wo ich daran das Positive finden kann, denn das gibt es ja bekanntlich bei allem, man sollte sich nur entscheiden hinzuschauen. Schnell – langsam. Alles hat zwei Seiten.

Heute gehe ich wieder früh ins Bett. Der viele Schlaf hat mir gestern richtig gut getan.

Ich freue mich auf gute Träume und endlich auf eine Begegnung mit dem Mond.
Gerade bin ich noch mal auf meinen Balkon gegangen, um nach ihm zu schauen. Seltsam – das Äußere spiegelt mein Inneres. Es ist nebelig – wie in mir – und kein Mond zu sehen.

Auch innerlich sehe ich zurzeit nicht viel. Irgendwie kann ich A. heute nur noch ganz schwach fühlen. Verliere ich ihn innerlich?

Außerdem bin ich ja „nur" die Geliebte. Doch die wird ja geliebt ... seine Ehefrau nicht ... laut seiner Aussage. Na, mal sehen. In 2 Tagen weiß ich, ob seine Aussage stimmt.

Die Liebe erträgt alles, glaubt alles, hofft alles, hält allem stand. Die Liebe hört niemals auf.

Darauf vertraue ich und schlafe ein.

Tag 13

Kein Mond, kein warmer Körper neben mir, verrückte Träume von einem
großen Haus mit Garage ...
*Die Garage ist der Ort des Wagens und der Werkzeuge. Hier bringt man etwas
in Ordnung und hier ruht die Bewegung.*

Na, das passt ja wieder mal. 1 Tage nur noch – heute zähle ich nicht mehr
mit. Ich bin ja so tapfer! Ich will heute Morgen noch Mittagessen kochen, daher sollte ich langsam
raus aus den Federn. Erstmal Neelchen wecken und dann Frikadellen
machen. Morgens um 7.00 Uhr. Dann mal los.

Neele kommt wieder nicht aus den Federn, doch irgendwann lockt das
Handy. Wir frühstücken zusammen und lachen über die Leute im Radio.
Meinen Kindern habe ich die schlechte Laune am Morgen gleich abgewöhnt.
Bei uns ist morgens immer gute Stimmung angesagt und natürlich immer
mit Frühstück. Ohne was im Magen, gehen mir die beiden nicht aus dem
Haus und dafür stehe ich gern früher auf.

Als Neele auf dem Weg zur Schule ist, fange ich an zu kochen. Frikadellen-
machen im Schlafanzug. Wenn A. mich sehen könnte. Er würde sich kaputt
lachen. Wie lange habe ich morgens keine Eier mehr gebacken? Für ihn. Er
nennt das „Overeasy" ... da wird ein Spiegelei gebraten, welches von beiden
Seite gebacken wird. Dazu einen leckeren Milchkaffee aus der Tasse, die ich
ihm im letzten Jahr in seinem Adventskalender versteckt hatte. „Mein Lieb-
lingsmensch" steht darauf. Ja, das ist er. Und diesem Lieblingsmenschen gebe
ich Raum und Zeit, die er jetzt mit seinen Kindern verbringt. Ich wünsche
ihm, dass er sie nutzen kann.

Als ich mit dem leckeren Mittagessen fertig bin, hübsche ich mich selbst
noch ein wenig auf.

30 Minuten später mache ich mich auf den Weg ins Büro. Meine Kollegin
ist heute noch beim Arzt und kommt deshalb etwas später. Als ich aus der
Garage hoch ins Treppenhaus laufe, sehe ich einen Mann vor dem Aufzug
stehen. Ich laufe immer die Treppen. Gut, ich muss nur von der Tiefgarage

in das Erdgeschoss, doch selbst wenn mein Büro im 5. Stock wäre, würde ich laufen. Das regt den Kreislauf an und schafft Bewegung.

Da schweifen meine Gedanken schon wieder ab. Gestern, als ich beim Zahnarzt war, habe ich eine Broschüre im Wartezimmer liegen sehen. „SKY-Run im Messeturm" stand da in großen Buchstaben. Ich sah auf dem Flyer eine Treppe, die nach oben führte – oder nach unten, je nachdem, aus welcher Perspektive man es betrachtete.

Meine Gedanken sausen durch den Kopf ... wie anstrengend es doch sein muss, dort hinaufzulaufen? Wie viele Stockwerke und wie viele Stufen hat der Messeturm eigentlich? Ich suche das sofort aus meinem Handy heraus. Es sind 61 Stockwerke und 1202 Stufen, 222 Höhenmeter. Das ist einiges. Allein diese Zahlen treiben mir schon die Schweißperlen auf die Stirn und ich habe mich noch nicht einen Zentimeter bewegt.

Doch wer hoch hinaus will, muss sich bewegen, und es ist ja bekanntlich gesund, sich zu bewegen. Es kostet zwar ein wenig Anstrengung sich aus der Komfortzone zu begeben, doch es lohnt sich.
Für so manchen Sportler, der diesen Run auf sich nimmt, läuft es sicher gut, doch anderen läuft die Zeit und manchmal auch die Mitläufer davon. Sie müssen Niederlagen einstecken, werden überholt, es gibt schnellere und bessere Läufer und manchem geht auch einfach die Puste aus auf dem Weg nach oben. Man muss sich immer wieder selbst motivieren und daran glauben, dass man es schaffen kann. Und egal was auch passiert auf dem Weg nach oben – das Ziel sollte man nie aus den Augen verlieren, egal welche Hindernisse sich einem in den Weg stellen. Denn es gibt immer mehrere Möglichkeiten diese Hürden zu bestreiten.
Ich bin auch auf dem Weg nach oben, will wertschätzend, authentisch und auf Augenhöhe wahrgenommen werden. Mich mit jeder Stufe weiterentwickeln und Höhenmeter machen und Stockwerke in Form von Erfahrungen zurücklegen.

In den letzten Jahren habe ich mich viel auf den Treppenstufen des Lebens bewegt, habe mich angestrengt, habe Durststrecken hingenommen und mich manchmal am Geländer weiter hochgezogen, wenn ich keine Puste mehr hatte. Ich habe mich ab und zu am Treppenabsatz hingesetzt, Kraft gesammelt, mich reflektiert und verbessert und bin dann dynamisch in das nächste Stockwerk gegangen.

Ich habe keine Höhenangst. Motivation finde ich in mir immer wieder aufs Neue. Das Ziel verliere ich nicht aus den Augen und ich bin auf einem sehr guten Weg – die Menschen schätzen mich und mir wird Vertrauen entgegengebracht und das Tollste an allem ist – da ist noch ganz viel Luft nach oben. Und Frischluft tut auch beim Treppensteigen gut.

Meine liebevolle Art, wie ich dabei mit mir selbst umgehe, ist sehr wichtig und wird mir im Außen zurückgespiegelt. Ein verdienter Meilenstein bei der Stockwerkerklimmung ist die Selbstliebe, wie ich finde!

Durch dieses Gefühl nehme ich sinngemäß für ein paar Stockwerke den Aufzug auf dem Weg weiter nach oben, und bin fest davon überzeugt, dass es dort die Belohnung in Form eines fantastischen Blicks auf das Ganze geben wird. Ich bin sehr aufgeregt!

Mein Schlüssel fällt mir aus der Hand und ich erschrecke von dem Lärm. „Guten Morgen", sage ich der Empfangsmitarbeiterin freundlich, spaziere fröhlich in mein Büro und steige gleich in die Vollen.

Es läuft gut und mir fliegen die Bälle nur so zu. Ich sag's ja immer wieder. Netzwerk ist alles. Konzentriert arbeite ich meine Mails ab (Wieso sind das eigentlich schon wieder 48 Stück?) und beschließe, dem Geschäftsführer von A. später noch meine Antwort, die ich bereits vorbereitet hatte, zukommen zu lassen.

In der Mittagspause gehen meine Kollegin und ich in den Baumarkt, doch nicht um dort in der angegliederten Bäckerei meinen heißgeliebten Kuchen zu kaufen – das auch – doch wir brauchen Powerstrips. Baumärkte sind der blanke Horror für mich. Eine Welt, die sich mir nicht erschließen will. Unfassbar, was es da alles für die großen „Bob der Baumeister" dieser Erde gibt.

Ich laufe meiner Kollegin langsam hinterher und betrachte diese riesige Auswahl in der großen Halle. Null Energie spüre ich hier. Wer, in aller Welt, soll das alles kaufen? Wer braucht das, diese Tausende von Schrauben, Muttern und anderen Gerätschaften? Doch jeder hat andere Vorlieben und das sollte man auch so respektieren. Während ich in Gedanken meinen einzigen Hammer und einsamen Schraubenzieher vor meinem inneren Auge sehe, die ich zu Hause habe, laufe ich zur Kasse und im Anschluss noch zur Kuchentheke.

Zurück im Büro ist erstmal wieder Faschingsmusik angesagt. Meine Kollegin freut sich. Und ich mich mit ihr. Ich liebe es verrückt zu sein. Wie ein Kind, das bei Regen in die Pfützen springt. Ich mache mir mein Leben so, wie es mir gefällt. In mir steckt eine kleine Pippi Langstrumpf. In jedem von uns steckt ein Kind, das auch immer wieder entdeckt werden will und Dinge ausleben möchte.

Was haben wir letztens einem Arbeitskollegen zum Geburtstag geschenkt? Einen Tag baggern – der hat sich gefreut wie Bolle! Oder besser gesagt das Kind in ihm.

Heute will ich zeitig gehen, da abends noch Yoga ansteht. Mitten in der Woche war ich noch nicht. Meine Kollegin lacht sich kaputt, weil ich immer noch tierischen Muskelkater habe und als ich im Büro in meinem kurzen Röckchen den herabschauenden Hund vorführe, schmeißt sie sich auch gleich auf den Boden. Wir lachen aus vollem Halse. Wir haben wirklich viel Spaß.

Was A. wohl macht? Ich vermisse ihn – sehr. Seine Anrufe. Mindestens einmal am Tag hat er mich angerufen. Dann haben wir uns ausgetauscht und wenn ich weiterarbeiten wollte war ich kurz angebunden. Da meinte er immer zu mir: „Willst du mich etwa abwürgen?" und dabei hat er immer so süß gelacht. „Ja, Schätzchen. Mir gehört nämlich die Firma nicht, so wie dir deine.", habe ich mich süffisant erklärt. Doch ich liebe es sehr, wenn er mich angerufen hat. Ich mag das Interesse, welches er mir und meiner Arbeit entgegenbringt. Seinen Anruf erwarte ich liebend gern!

Der Countdown dafür läuft. Morgen ist schon Freitag und ich habe Urlaub! Ich glaube, ich schlafe morgen etwas länger. Gute Idee! Und ich muss mich noch um mein Faschingskostüm kümmern. Das wird schon ganz passabel aussehen.

„Ich fahre jetzt", rufe ich meiner Lieblingskollegin zu, „Bis später." Wir werden uns wohl im Sportpark wiedersehen. Ich komme super durch und drehe die Musik noch etwas lauter auf. Irgendwie fühle ich mich voller Energie. Das ist so herrlich. „Kathrin, du machst das super!" Ich hätte die letzten zwei Wochen auch Rotz und Wasser heulen und rumjammern können. Doch ich habe „Ja" gesagt, auch wenn es manchmal Tage gab, wo ich mich wirklich gefragt habe: „Brauche ich das alles überhaupt?" Ich kann immer wieder neu wählen. Ich bin ein wunderbarer Mensch, der Gutes verdient, weil ich wertvoll bin. Daher lasse ich A. los, damit er seinen Raum für etwas nutzt, was ihm momentan sehr wichtig ist. Bin ich wichtig? Ja, klar bin ich das! Doch zurzeit ist etwas anderes auch wichtig und er konzentriert sich einfach darauf – auf ein Fach! Das hatte ich ja schon mal.

Die Sprache des Lebens ist manchmal wirklich selbsterklärend. Doch das erkenne ich nur im bewussten Hier und Jetzt.

Da fällt mir gerade noch ein: Mein ehemaliger Mann hat sich gestern auch für das „Geschenk der sorgsamen Worte" bedankt. „So etwas Besonderes bekommt man selten", hat er gesagt. Ja, es ist etwas ganz Außergewöhnliches und daher fand ich es so schön. Es war mir ein Anliegen, ihm das so zu schreiben. Es war genau der richtige Zeitpunkt dafür. Ich habe ihn damit wertgeschätzt.

Ich kaufe noch schnell ein Baguette und da ruft Neele schon an, wo ich wäre. „Schatz, in 2 Minuten bin ich zu Hause!"
Und kaum bin ich da, will sie ihr Handy haben, auf das sie den ganzen Tag verzichten musste. Sie ist dann erstmal weg damit. Annika freut sich und kommt zum Reden direkt zu mir. Sie mag das, wenn ich da bin und wir uns austauschen können. Ein feine Sache und dafür nehme ich mir gern die Zeit. Ich mache mir mein Essen warm. Heute will keiner mitessen. Dann eben

nicht. Meine Schlafanzug-Frikadellen schmecken super, doch ich bremse mich, sonst „schmeckt" mir das Yoga später nicht mehr.

2 Stunden später weiß ich, dass ich unter der Woche nicht mehr ins Yoga gehe. Die Uhrzeit ist einfach viel zu spät. Ich habe nur gegähnt. In der Zeit hätte ich viele tolle andere Dinge machen können. Nun ja, ich nehme es jetzt so an. Der gute Wille war da, meinem Körper nochmals etwas Gutes tun zu wollen und die Entspannung war das Beste von allem. Na also. Doch nicht ganz umsonst gewesen.

Heute passiert hier nicht mehr viel. A. ruft ja eh nicht an und ich überlege, ob ich am Samstag einen Käsekuchen backen soll, selbst auf die Gefahr hin, dass er nicht kommt. Dann esse ich ihn eben allein. Ich werde das spontan entscheiden – das mit dem Backen.

Zu Weihnachten hat er von mir einen Segelflug geschenkt bekommen. Ob wir den noch gemeinsam einlösen? Und ich möchte mit meinem A. unbedingt auf meine Blumenwiese, auf der meine lange, weiße Tafel steht. Ich stelle es mir immer wieder vor, visualisiere es ganz bewusst. Es sind viele liebe Menschen dabei, meine Kinder, seine Kinder, Freunde, Familie. Es ist warm und die Blumen blühen so bunt und wild durcheinander. In meiner Vorstellung ist es im Monat August. Der Baum steht auf der Wiese, ruhig und kraftvoll. Kleine bunte Windlichter hängen fröhlich baumelnd in den Ästen. Es liegt Musik und ganz viel Liebe in der Luft.

Darauf freue ich mich sehr und ich weiß, eines Tages werde ich dort sein. Ich werde sehen mit welchem wunderbaren Mann das sein wird. Eines Tages. Denke groß und unrealistisch. Alles ist möglich, man muss nur daran glauben.

Glücklich über diesen reichen Tag mit vielen schönen Momenten und der Vorfreude auf den Mann, den ich liebe, hüpfe ich jetzt in mein Bett.

Ich starre an die Decke. Was ist, wenn sich A. doch gegen mich entscheidet? Wenn er sich einfach nicht lösen kann von seiner Frau, dem Familienkonstrukt, dem ganzen Drum und Dran, welches damit verbunden ist?

Kathrin, dann soll es so sein, denn man bekommt im Leben nicht immer das, was man sich wünscht, doch immer das, was man braucht. Du schaffst das. Sei offen. Wenn es A. nicht sein soll, dann kommt es noch besser! Auch wenn sich das für mich in diesem Moment nicht gut anfühlt, so ist es doch auch eine Emotion von mir.

Ich möchte mich mit meinen Emotionen bewusst anfreunden, auch mit der Wut, die ich manchmal in mir spüre, mit der Traurigkeit, die in mir steckt, oder mit der Einsamkeit, die ich in den letzten Jahren oft durchlebt habe. Das Leben meint es dennoch immer gut mit mir. Es hat mir immer wieder Menschen, Situationen und Umstände geschickt, um mich darin zu spiegeln, etwas über mich selbst zu lernen, Erfahrungen zu sammeln. Aus der Summe dessen – das ICH heute bin.

Und dafür bin ich dankbar. Ich danke meinen Gedanken, die ich habe. Und ich merke immer wieder, wie ich mir Stück für Stück die Macht über meine Gedanken zurückhole und ich darüber bestimme, was ich denke. Ich werde, was ich denke. Ich bestimme meine Gedanken, nicht mein Verstand, der permanent bewertet und beurteilt.

Mir fallen meine Augen zu. Ich bin müde und ich gebe dem nach. Kathrin, du bist einfach wunderbar und du kannst so viel Wunderbares erschaffen mit deiner Einzigartigkeit. Schaue auf dich und sei einfach glücklich. – und mit diesem Gedanken schlafe ich zufrieden ein.

Tag 14

Obwohl ich Urlaub habe, stehe ich auf, und mache meinen Kindern Frühstück. Bin ja heute bereits ab 12.30 Uhr weg auf dem Weg nach Köln. Ihr Papa holt sie heute Abend hier zuhause ab. Da werde ich schon beim Kölschtrinken und Mettbrötchenessen sein. Mmh, lecker!

Eigentlich möchte ich mich, nachdem die Kinder aus dem Haus sind, wieder hinlegen, doch da kommen schon die ersten Büromails rein, mein Chef ruft an und ich mache noch im Negligé Terminvereinbarungen. Was ist denn hier los? Ich habe Urlaub und außerdem ruft morgen der Mann meiner Träume an, um sich mit mir zu verabreden. Ich muss mich seelisch darauf vorbereiten, Leute.

Als ich dann aber doch alles erledigt habe, kuschle ich mich nochmals in mein warmes, weiches Bett. Letzte Nacht habe ich von meiner Veranstaltung geträumt, die ich zurzeit in der Arbeit vorbereite. Ich bin noch ganz durch den Wind. Auch diese Nacht gab es keinen Mond. Gibt es den eigentlich noch?

A. war nicht begeistert, als ich ihm vor 2 Wochen vom Fasching in Köln erzählt habe. Doch die Karten hatte ich schon lange Zeit vor unserem Kennenlernen organisiert. Ich hatte vor Monaten versucht, ihm auch eine Karte zu besorgen, doch es war restlos ausverkauft und es sollte keine Karte mehr für ihn geben. Alles hat einen Sinn und die Antwort kenne ich ja jetzt. Das Leben wusste schon, warum es für ihn keine Karte mehr gab. Das finde ich immer besonders spannend, wenn man irgendwann erkennt, warum gewisse Dinge nicht klappen sollten, obwohl man es so gern gehabt hätte. Sie sollen einfach nicht sein.

Doch wir Menschen stehen oft da, wie ein kleines Kind, das wütend und stampfend auf den Boden tritt und schreit: „Ich will aber!", „Ich will diesen Mann", „Ich will diesen Job", „Ich will diese Wohnung" und „Ich will aber diese Karte haben". Tja, und dann klappt es trotzdem nicht und wir sind sauer und schimpfen und ärgern uns. Machen in uns ein riesiges Fass auf und kritisieren uns und unsere Umwelt, sind beleidigt und verurteilen alles und jeden da draußen, der in unseren Augen die Schuld für dieses angebliche

Scheitern trägt. Es soll einfach nicht sein, da das Leben uns schützen möchte und es gut mit uns meint.

Es fühlt sich richtig vertrauensvoll an. Das Leben ist so gut zu mir. Es werden mir nur Dinge zugemutet, die ich auch in der Lage bin, durch mein Potenzial, meine Stärke und meine Persönlichkeit zu meistern. Zugemutet – da liegt ganz viel Mut in diesem Wort. Ich mute es mir zu – man mutet es mir zu. Auch das Leben. Mir wird nur das zugemutet, was ich auch tragen kann. Das Leben weiß, dass ich genau die innerliche Stärke besitze, gewisse Situationen, eine Krankheit, der Verlust eines Menschen, die Leere zu meistern und gestärkt daraus hervorzugehen. Das ist die großartige Chance, die das Leben uns gibt, den Sinn dahinter zu erkennen, der hinter diesen Herausforderungen steht! Alles im Leben passiert für uns, nicht gegen uns. Auch wenn es in ganz schwierigen Situationen für uns unvorstellbar ist, dass alles FÜR etwas passiert. Es führt uns jedoch irgendwohin, in unserer eigenen Entwicklung. Auf einen Weg, den wir noch nicht kennen, der für uns noch die Unbekannte X in der Rechenaufgabe des Lebens ist, die uns gestellt wird. Aber eines Tages können wir erkennen, wofür wir durch dieses Tal mussten und dass es einzig und allein unserer persönlichen Entwicklung gedient hat. Denn anders hätten wir diesen neuen Weg sehr wahrscheinlich niemals eingeschlagen. Kinder gehen mit unbekannten Dingen viel offener um als Erwachsene. Sie sind neugierig was passiert, wenn sie gewisse Türen öffnen und sehen was sich dahinter verbirgt. Sie finden es spannend. Sie sind furchtloser. Wir können so viel von ihnen lernen.

Unsere einzige Aufgabe hier in diesem Leben, auf dieser Erde, ist es glücklich zu sein. Danach sollten wir streben und auch leben.

Bei dem Wort Mut, muss ich an meine ehrenamtliche Zeit im Krankenhaus denken.

Heute fahre ich ins Kinderkrankenhaus. Ich lese dort alle 14 Tage auf der Kinderstation kranken Kindern Geschichten vor. Ich verkleide mich immer passend zu der Geschichte. Also entweder gehe ich als Engel, Indianerin, Dornröschen, Ungeheuer, Kasperle, Feuerwehrfrau oder anderes zu der jeweiligen Geschichte passende. Der Bücherschrank meiner Kinder gibt einiges her und meiner Phantasie im Verkleiden sind sowieso keine Grenzen gesetzt. Das Leuchten in den Kinderaugen ist so toll. Sie können es nicht fassen, dass ein Engel in einem langen weißen Kleid neben ihnen sitzt, fassen immer wieder den weichen Stoff an und streichen über das Glitzerpuder, welches auf meinen Händen verteilt ist. Sie lauschen mit Kanülen in den Armen oder durch eine Operation abgeklebten Augen, meiner Stimme, der Geschichte, die ich ihnen voller Begeisterung vorlese.

Heute bin ich als „Schnuffel, der Superhund" verkleidet. Ich sehe klasse aus. Ich gehe in jedes Zimmer und sammle die Kinder ein, die mitlesen wollen. Wie der Rattenfänger von Hameln komme ich mir vor. Sie laufen hinter mir her – ein Kind darf immer das Buch tragen. Es ist so süß. Es wollen auch ältere Kinder dabei sein. Allein die Verkleidung lockt schon alle an. Die Eltern lachen und sind meist froh um diese kleine Verschnaufpause, in der sie mal in aller Ruhe einen Kaffee trinken und Luft schnappen können oder einfach mal kurz die Augen schließen, um die Stille zu genießen. Selbst die Putzfrau ist Feuer und Flamme und putzt genau dann das Zimmer, in dem ich den Kindern vorlese. Sie lacht so freundlich.

Es ist so viel Glück in diesem Raum, obwohl normalerweise Krankheit und Traurigkeit auf der Station vorherrscht. Ich sauge das Gefühl tief in mich ein und beginne die Geschichte zu lesen – zu erzählen.
In dem Buch heute geht es um Mut – Mutigsein, sich Dinge zutrauen.
„Ja, ihr schafft das!"

Als ich gerade begonnen habe, betritt eine Mutter das Vorlesezimmer und sagt, dass ihr Sohn heute nicht kommen kann, da er an verschiedenen Maschinen angeschlossen worden ist. Ich sage ihr, dass ich später gern zu ihm komme und dann nur für ihn vorlese. Sie ist dankbar. Mein Herz hüpft.

Mit meiner aufgemalten blauen Maske im Gesicht und meinem Superhund-Outfit lese ich die Geschichte den Kindern vor und verteile im

Anschluss noch blaue Farbe von meinem Gesicht auf die Hände der Kinder, damit sie sich, wenn sie mal wieder Angst haben sollten, an den Superhund erinnern, der anfangs auch schüchtern ist und Angst hat, doch am Ende mutig ist und sich einfach traut. Das finden sie toll und zeigen es ganz stolz der Mama oder dem Papa. Auch der Arzt darf einen Blick auf die blaue Farbe werfen.

Dann gehe ich in das Zimmer des kleinen Jungen. Er liegt in seinem Bett – ich schätze ihn auf circa 8 Jahre. Überall befinden sich Maschinen in seinem Zimmer. Er schaut mich an und freut sich einfach, dass ich da bin. Ich setze mich zu ihm und fange an zu erzählen. Er hängt an meinen Lippen und sieht immer wieder in mein lustiges, blaues Maskengesicht.

Ich erzähle ihm die Geschichte vom Mutigsein. Während ich sie ihm vorlese, merke ich plötzlich, dass ich die Geschichte auch für mich selbst lese. In diesem Moment erfasst mich so ein Glücksgefühl und ich erzähle einfach weiter und der Junge lacht mir ins Gesicht.

Es wird plötzlich heller in meinem Inneren, ich spüre es, sehe es, schaue hin und bekomme eine Gänsehaut. Mein Herz klopft schnell.
Ja, Kathrin, sei mutig, sei positiv. Du bist so wunderbar und kannst so vieles.
Du brauchst in keine dunklen Löcher deines Lebensweges zu stürzen. Gehe außen herum, gehe zum Licht. Dort ist es warm und hell. Du bestimmst selbst den Weg des Lebens. Sei mutig. Gehe deinen Weg. Du wirst geliebt und geschützt.

Die Geschichte ist zu Ende, doch für mich fängt sie erst an. Ich habe die Lehre verstanden, die das Leben mir hier und heute auf dem Silbertablett serviert hat. Der Junge freut sich, als ich ihm erzähle, dass ich bald wieder-komme mit einer neuen Geschichte und einer neuen Verkleidung. Ich gebe ihm noch etwas von meiner blauen Mutmachfarbe ab und der Junge ist glücklich und braucht heute Nachmittag vor der nächsten Spritze keine Angst zu haben. Schnuffel, der Superhund schafft das, und du auch!
Ich habe mir einen kleinen Rest blauer Farbe in meinem Gesicht gelassen, damit auch ich daran denke, mutig zu sein.

Auf dem Weg nach Hause höre ich im Radio einen Spruch, der wieder mal gut passt und wie für mich zum heutigen Tag gemacht scheint.

„Der Mut wächst mit dem Herzen. Und das Herz mit jeder guten Tat."

Ich muss mich sputen. Die Kinder bekommen heute Zeugnisse und sind bereits nach der 3. Schulstunde wieder zu Hause. Ich habe für jede einen Teebecher aus Bambus besorgt. Die sind zurzeit der totale Renner und sehen mit ihren unterschiedlichen Motiven klasse aus, sind umweltfreundlich sowie biologisch abbaubar. Die Mädels freuen sich sicher. Jede hat sich auf ihre Art angestrengt und dafür gibt es auch einen kleinen Motivationsschub für das nächste Halbjahr. Dafür brauche ich noch Geschenkpapier und einen Haustürschlüssel wollte ich auch noch nachmachen lassen.

Dann mal raus aus den Federn und ab unter die Dusche, sonst läuft mir die Zeit davon und ich ihr hinterher.

Beim Bäcker bekomme ich gleich gute Laune und ich lasse beim Schlüsseldienst meinen Haustürschlüssel nachmachen. Auch das klappt ohne Probleme. Eigentlich plane ich, A. den Schlüssel zu geben, doch ich möchte zuerst schauen, was die nächsten Tage bringen werden. Meldet er sich oder nicht? Ich bin nervös, entscheide mich dennoch für das weibliche Prinzip und versuche geduldig zu bleiben.

Während ich meinen Koffer packe, geht die Haustür auf und Annika steht im Wohnzimmer. Sie hat gleich noch ihre Freundin Jasmin mitgebracht. Ich mache mir einen Kaffee und lasse mir ihr Zeugnis zeigen – und bin begeistert. Sie ist es nicht und macht sich Vorwürfe, weil sie so schlecht in Englisch ist.
„Annika, wir haben bereits darüber gesprochen. Da sind deine hohen Ansprüche an dich selbst. In einem Jahr kräht da kein Hahn mehr danach. Dein Zeugnis ist fantastisch", ich stehe auf und hole mein Geschenk. Sie ist ganz überrascht, da sie nicht damit gerechnet hat und freut sich sehr.

Gleich geht es nach Köln. Neele ist noch nicht zuhause, da sie mit ihren Freundinnen in die Stadt wollte. Gut, dann schaue ich mir das Zeugnis eben erst dann an, wenn ich sie das nächste Mal sehe.

Christel, meine Schwägerin, ruft mich an und schlägt vor, eine Kürbissuppe zu kochen, damit wir etwas Warmes im Bauch für die Fahrt haben. Gute Idee! Ich verabschiede mich von Annika und lade meine Sachen ins Auto ein. Mein Blick fällt auf das Holz unter der Treppe und ich muss unweigerlich an den Korb von A. denken. Diese liebevolle Geste hat er doch nicht einfach nur so gemacht? Ich schaue mir seine Karte jeden Abend an und bin einfach nur glücklich. „Meine liebe Kathrin …" steht da und „Dein A." Ich ziehe mich an jedem einzelnen Wort hoch und wünsche mir einfach nur ein klares Statement von ihm.

Nun bin ich auf dem Weg zu meiner Schwägerin – genauer gesagt, der Schwester meines ehemaligen Mannes. Also, eigentlich ehemalige Schwägerin, doch wir verwenden dieses Wort nicht. Ich mag das Wort „Ex" nicht, daher verwende ich es auch nicht. Wir verstehen uns blendend und sie und ihr Mann sind wunderbare Menschen, mit denen ich immer wieder gern Zeit verbringe. Mit „Kölle Alaaf" begrüße ich sie an der Tür und wir freuen uns auf die Suppe, während wir unsere Kostümierung besprechen. Sie geht auch im Look der 30er Jahre. Dann sind wir schon zu dritt, da meine Freundin Kristina, die auch mit ihrem Mann dabei ist, ein ähnliches Outfit tragen wird. Das wird ein Spaß!

Die Autobahn ist leer und wir kommen gut durch. Wir unterhalten uns über Emotionen und verschiedene andere Lebensthemen, über Menschen, die immer nur am Jammern sind und sich als Opfer des Lebens sehen. Immer auf der Suche nach neuen „sogenannten" Tätern, die an ihrem Unglück schuld sein sollen. Ja, damit machen es sich die Menschen einfach. Bloß nicht bei sich selbst hinschauen. Ist ja auch viel einfacher, die Schuld woanders oder bei jemand anderen zu suchen, als einen kritischen Blick in den eigenen Spiegel zu werfen.
Sich in Selbstmitleid zu suhlen – „Ich bin so arm dran!", „Warum meint es das Leben nicht gut mit mir?", „Immer muss ich leiden!", „Warum tut man mir das an?".
Und was hört da das Universum? „Arm", „Nicht gut", „Leiden" – da spricht jemand mit den Wörtern des Mangels. Dann bekommt er ihn auch – den Mangel.

Wörter sind etwas sehr Kraftvolles und sind sie erstmal ausgesprochen, können sie nicht mehr zurückgenommen werden. Gesagt ist gesagt und lässt sich nicht mehr revidieren. Wie unbewusst wird heutzutage doch oftmals gesprochen. Wie respektlos mit Wörtern umgegangen.

Wörter sind sehr kostbar, wie ich finde. Wörter sind etwas Wunderbares. Man kann mit ihnen spielen, sie auseinandernehmen und immer wieder neu zusammensetzen und so unterschiedliches damit ausdrücken. Und werden sie sorgsam und von Herzen ausgesucht und mit Sinn bewusst ausgesprochen, so kann es etwas Herrliches für uns und unser Gegenüber sein. Doch auch hier gilt: „Weniger ist oft mehr."

Die wenigsten Menschen machen sich über ihre Worte Gedanken. Sie plappern einfach drauf los, ohne Unterlass und verschwenden oft nicht einen einzigen Gedanken daran, was das Sprechen für einen selbst und den anderen bedeuten kann. Da werden oft Wörter und Sätze rausgehauen ohne dabei nachzudenken. Die Münder werden aufgerissen und ungefiltert kommt da teilweise ein Mist raus – ohne Sinn und Verstand.

Ich nenne den Umstand immer gern „Mangelsprechen". Durch Wörter wie z. B. „aber", „vergiss nicht", „eigentlich", „sollte" oder „vielleicht" wird immer wieder aufs Neue ein Mangel ausgedrückt.

Auch in den Medien, in Zeitungen oder Fernsehen, anderen Berichterstattungen zum Beispiel wird mit diesen Wörtern viel Negatives ausgedrückt. Das sind Botschaften, die im Unterbewusstsein hängen bleiben und somit nicht zu unterschätzen sind.

Da fällt mir ein Film ein, den ich mal mit meinen Kindern zusammen angeschaut habe. Er heißt: „Noch tausend Worte". Da geht es um einen Mann, der die Leute bequatscht Bücher zu kaufen und er benutzt dabei so viele „leere" Worte, die keinerlei Bedeutung haben. Irgendwann bekommt er von einem spirituellen Lehrer einen Baum geschenkt, der diesen Baum mit einem Fluch (oder ist es gar ein Segen?) versehen hat. An diesem Baum hängen 1000 Blätter. Mit jedem Wort, das dieser Mann sagt, fällt ein Blatt unwiederbringlich zu Boden. Wenn der Baum sein letztes Blatt verloren hat, wird der Mann sterben – so der Fluch.

Ich finde diese Geschichte genial. Allein die Vorstellung, die Menschen müssten ab sofort darauf achten, wie viele Wörter sie sagen, würde sich ein jeder vorher ganz genau überlegen, was er sagen möchte. Viele Menschen wären plötzlich viel achtsamer mit dem, was aus ihrem Mund an Worten herauskommt und das Gesagte hätte wesentlich mehr Gehalt und Qualität.

Achtsam – das Wort ist toll. Wenn ich es auseinandernehme, kommt dabei „Achte auf den Samen" raus – Worte und somit auch ganze Botschaften sind wie Samen, die man immer wieder aufs Neue säet – da wächst teilweise, wenn man nicht darauf achtet, ganz viel Unkraut.

Auch ich nehme mich davon nicht aus. Musste das auch erst lernen und mich darauf trainieren, positive Wörter zu wählen. Ich habe mich ganz bewusst dazu entschieden, darauf zu achten, was ich sage.

Ich begann damit, statt „ich muss" oder „ich soll" etc. zu sagen, „ich entscheide mich dafür" oder „ich wähle". Das hörte sich für mich fantastisch an. Es ist ein Gefühl der Leichtigkeit und Freiheit. Und auch sonst versuche ich möglichst immer in der Gegenwart zu sprechen. Statt „ich würde mich freuen" benutze ich die Wörter „ich freue mich!" Es hat eine ganz andere Intention. Hier höre und lese ich Positives und spreche in der Gegenwart.

Es dauert eine Weile bis sich das Gehirn umstellt. Es hat ja auch jahrzehntelang ein anderes Muster gelebt und muss sich erstmal umgewöhnen. Doch ich bin stets dabei, weiter zu üben und meine Worte noch bewusster zu wählen. Es braucht Übung, es gelingt mir auch nicht immer. Dazu gehört auch eine innere Ruhe, denn erstmal hält man inne und überlegt sich sehr genau seine Worte. Was genau will ich sagen? Was will ich ausdrücken?

„Achtung, ein Blitzer, Kathrin!", schreit Christel. Ich trete auf die Bremse. Glück gehabt. Das Gerät hat zum Glück kein Foto für mich. Ich möchte ordentlich fahren. Meine Tochter macht jetzt ihren Führerschein und ich will begleitendes Fahren machen. Das geht nur ohne Punkte.

Wir sind fast da. Der Austausch mit Christel macht so viel Spaß. Wir befruchten uns gegenseitig mit unserem Austausch an Gedanken. Ich bekomme viel vom Geben – ich fülle mich selbst innerlich auf, indem ich anderen Menschen weiterhelfen kann, mit meinen Gedankenanstößen und ich nehme mir aus dem Gespräch mit meinem Gegenüber das raus, was für mich persönlich von Bedeutung ist. Geben - Nehmen.

Köln ist eine tolle Stadt, doch ich kenne mich überhaupt nicht aus und wir müssen mittendurch. Irgendwann haben wir es geschafft und fahren auf den Parkplatz des Hotels. Erstmal einchecken und dann brauche ich einen Kaffee, damit ich den Abend durchstehe. Heute Morgen war die Nacht auch wieder um 6.40 Uhr zu Ende.

Die anderen sind mittlerweile auch eingetroffen. Ich denke an A.. Wie sehr habe ich mir gewünscht, dass er dabei wäre. Schunkelt und lacht und verbringt diese schöne Zeit gemeinsam mit mir. Doch die Realität sieht eben anders aus. Er verbringt nun die letzten Tage mit seinen Kindern, die sicher nicht zurück wollen, da sie bei ihrem Papa bleiben wollen. Verstehe ich voll und ganz. Der Papa ist der Beste und A. ist ein toller Papa. Er macht es so, wie er es am besten kann.

Ich mache mich fertig und klebe mir noch falsche Wimpern an – das heißt, ich versuche es zumindest. Erst pappe ich sie immer schief drauf und der Kleber klebt wie hulle, doch irgendwann habe ich es auch geschafft und es sieht super aus. Ich schicke ein Bild von mir an meine Arbeitskollegin, die ganz begeistert ist. „A. würde dich so nicht weglassen!", schreibt sie mir in der SMS. A. fände es klasse und wäre stolz auf mich, denke ich bei mir, denn ich bin ‚seine Kathrin'.

Die anderen Mädels sehen ebenfalls genial aus und darauf stoßen wir erstmal mit einer Flasche Prosecco im Zimmer an. Die Männer sind dann auch fertig und somit können wir schon um 18.00 Uhr gut eingenordet los und steigen bestens gelaunt ins Taxi. Die Fahrt zu dem Hotel, in dem die Sitzung stattfinden soll, geht recht flott und wir finden eine sehr beeindruckende Eingangshalle dort vor. Wir steigen in unseren sehr kurzen Kostümchen aus und machen erstmal ein paar Fotos. Wir sind super gelaunt und freuen uns auf unser erstes Kölsch. Kaum sind wir drin, schnappe ich mir auch schon den ersten Jecken und mache ein Selfie mit ihm. Danach ist gleich noch einer vom Elferrat dran. Ich versprühe schon auf dem roten Teppich gute Laune und stecke die anderen gleich mit an.

Nachdem wir festgestellt haben, dass es leider keine Mett- und Käsebrötchen heute Abend gibt und selbst in der Halle, in der die Sitzung stattfinden wird, kein Kölsch ausgeschenkt wird, kippen wir uns erstmal als Vorrat schnell zwei Kölsch im Foyer rein, bevor wir dann unsere Plätze einnehmen. Ein guter Tisch mit netten Leuten. Ich habe Glück und sitze neben einem netten

Herrn, der als Nero verkleidet ist. Er kennt sich bestens im Kölner Karneval aus und kann mir jedes Lied erklären. Wunderbar. Wir schunkeln und singen aus voller Kehle mit, zumindest die Lieder, die wir kennen, ansonsten sind die Vierzeiler, die uns neu sind, leicht zu erfassen. Die Stimmung ist recht gut, doch nicht so gut, dass die Leute auf den Tischen oder Stühlen stehen. Die einzige, die hier über die Stühle krabbelt, ist die Kellnerin, die wirklich einen sehr guten Job macht bei dieser Enge und dem Geschunkel.

Ich spüre in mich hinein, während ich hin und her schaukele. Irgendwie fühle ich mich leer und mag eigentlich gar nicht mehr hier sein. Ich betrachte die feiernden Menschen, die klatschen und lachen, einen Wein nach dem anderen trinken und den Menschen dort oben auf der Bühne Applaus spenden. Es kommt mir auf einmal alles so surreal vor. Einmal auf den echten Kölner Karneval, das hatte ich vor Jahren auf meine Lebensliste gesetzt und nun bin ich endlich hier. A. ist nicht bei mir und irgendwie mag ich auf einmal gar nicht mehr feiern. Es ist 22.35 Uhr und der Sänger da oben auf der Bühne wird und wird nicht fertig mit seinem Lied, was mir gar nicht gefällt. Es kommt mir auf einmal alles so langatmig vor. Als ob es kein Ende nimmt. Und das Ende dauert noch. Wie gut, dass ich nicht weiß, dass es noch zweieinhalb Stunden dauern wird, bis ich endlich im Bett liege.

Wie gerne würde ich jetzt mit A. küssend im Foyer stehen, mit seiner Hand auf meinem Hintern ... Ach, was für ein Scheiß! Ich werde sentimental und habe Durst – auf Wasser!

Um 1.00 Uhr steigen wir in ein Taxi und fahren Richtung Hotel. Wir verabreden uns für 9.00 Uhr zum Frühstück. Ich falle total müde ins Bett. Morgen habe ich es geschafft. Ich fühle mich innerlich, als ob ich seit Wochen einen steilen Berg hochgelaufen bin. Ich kann den Gipfel schon sehen. Doch der Blick auf die Fahne ist mir noch verwehrt.
Was ich in dieser Nacht träume, weiß ich am nächsten Tag nicht mehr. Ich war einfach zu erschöpft.

Tag 15

Mit etwas Kopfschmerzen wache ich auf. Mein erster Gedanke gilt A.. Heute fliegt seine Familie wieder zurück nach Tunesien. Ich kann es kaum abwarten. Ich merke, dass ich nicht hier in Köln sein will. Ich will einfach nur nach Hause, da fühle ich mich A. am nächsten.

Wo ist er nur und was macht er? Ich habe solche Sehnsucht nach ihm. Ich möchte ihn wiedersehen, mit ihm reden, lachen oder einfach nur zusammen sein. Wie ein Embryo zusammengezogen, liege ich unter meiner Bettdecke. Ich bin so traurig und habe Heimweh.

Komm, Kathrin, das wird ein toller Tag. Du triffst dich später noch mit deiner Freundin zum Spaziergang und das wird ein guter Austausch. Da bist du an der frischen Luft.

Ich gehe unter die Dusche und mache mich in aller Ruhe fertig. Wie hübsch ich aussehe mit meinen welligen Haaren. Die habe ich von meinem Papa geerbt. Ich packe meine Sachen, checke aus und bringe meinen Koffer schon ins Auto. Dann lese ich meine E-Mails, während ich auf die anderen warte. Mein Papa hat geschrieben. Ich freue mich sehr darüber. Seine E-Mails lese ich immer gern und der gegenseitige Austausch ist wirklich toll. Während ich beim dritten Absatz bin, kommen die anderen aus dem Aufzug. Wir wollen draußen in einem Café frühstücken, da das günstiger und schöner als im Hotel ist. Wir spazieren los.

Innerlich spüre ich eine Unruhe. Am liebsten wäre ich schon längst losgefahren, doch ich rufe mich zur Geduld auf, um das Hier und Jetzt zu genießen. Ich höre aufmerksam meinem Schwager zu und trinke meinen Tee. Das beruhigt mich ein wenig. Eigentlich habe ich um 16.30 Uhr noch einen Massagetermin, doch ich merke, dass das heute nichts mehr werden wird. Dafür ist es jetzt zu spät und ich muss noch nach Wiesbaden. Das ist alles Freizeitstress, den ich mir selbst mache. Ich erschaffe ihn mir selbst. Doch ich gestalte und habe jederzeit die Möglichkeit zu verändern.

Als wir fertig sind, laufen wir zurück zum Hotel und ich entwerte meine Parkkarte, verabschiede mich von allen und fahre los. Auf dem Weg raus aus

Köln rufe ich bei der Massage an und verschiebe den Termin auf nächsten Samstag. Gut, nun kann ich alles entspannter angehen. Jetzt freue ich mich auf meine Freundin und habe so nicht den Zeitdruck im Nacken. Ich entscheide selbst über meine Zeit. Mit einer tollen Meditation – da merke ich immer, dass ich was für mein Seelenleben tue – fahre ich nach Wiesbaden.

Dort angekommen gibt es ein großes „Hallo" und ich werde freudig umarmt und begrüßt. Wie schön! Meine Freundin Nicole freut sich wie Bolle und ist ganz aufgeregt. „Ich muss dir etwas zeigen. Komm mit.", sagt sie und nimmt mich an der Hand. Wir laufen direkt in ihr Wohnzimmer, und sie zeigt mir voller Freude ihren neuen Wandkamin. Er sieht super aus und wir schreien beide aus vollem Herzen. Ach, was für eine herrliche Energie hier ist. Der ganze Raum ist voll davon. Das tut mir gut.

Wenn ich bei meiner Freundin Nicole bin, fühle ich mich immer wohl. Ich schmeiße mich direkt auf den weichen Teppich und Pebbles, ihre junge Labrador-Hündin kommt gleich zum Spielen mit einem apportierten Schuh zu mir. Ich unterhalte mich mit Kim, ihrer Tochter und deren Freund über die Schule, das Abitur und Studium.

Ich habe einen totalen Draht zu Jugendlichen und hole sie immer gern da ab, wo sie stehen. Ich mag es, ihnen Tipps zu geben und auch gleichzeitig von ihnen zu lernen. Sie haben interessante Ansichten und oft andere Ansätze. Es ist immer wieder spannend mit ihnen zu sprechen. Diese Leichtigkeit, die die jungen Menschen noch haben. So unverdorben und neugierig, wie sie in die Zukunft schauen. Da können wir Erwachsenen uns immer wieder eine Scheibe von abschneiden.

Nicole füllt fröhlich und immer noch ganz begeistert Ethanol in ihren neuen Kamin und dann wird Feuer gemacht. Nicole lacht. Das Feuer sieht super aus. „So, jetzt essen wir noch etwas und dann geht es raus!"

Als wir gut eingepackt und die Hunde im Auto sind, fahren wir in ein spezielles Waldstück, wo sich Nicole zuhause fühlt. Sie kennt den Weg und wir unterhalten uns zwei Stunden, während wir über Eisplatten, Schnee und den gefrorenen Waldboden laufen. Es regnet, doch die frische Luft tut so gut. Es bläst mein Gehirn frei. A. ist natürlich auch ein Thema.

Geht die Geschichte weiter oder ist sie heute oder Sonntag, also morgen, bereits zu Ende? Meldet er sich oder wird gar nichts passieren? Wie gehe ich damit um? Ich bin stark, will jedoch auch schwach sein. Warum tue ich mir das an? Ich habe mir das alles selbst erschaffen. Ich habe es in mein Leben gezogen, damit ich etwas dabei lerne. Lass verheiratete Männer in Ruhe! Naja, das ist ja wohl auch eine veraltete Warnung. Jeder ist frei und jeder hat das Recht das zu tun, was ihm wichtig ist. Keiner gehört dem anderen und jeder entscheidet und hat stets die freie Wahl Dinge zuzulassen oder nicht. A. hatte meine Visitenkarte. Er hat 72 Stunden überlegt, ob er sich bei mir meldet oder nicht. Er hat sich dafür entschieden. Nach unserem 1. Treffen wusste ich die Wahrheit über seinen aktuellen Beziehungsstatus. Und da hatte auch ich eine Wahl. Ich hätte sagen können: „Nein, lass mal. Du hast zu viele Baustellen. Kümmere dich erstmal darum."

Doch ich habe mich damals anders entschieden. Es war wohl das Gefühl und der Eindruck, dass er sehr unglücklich ist in seiner Ehe und das schon seit Jahren. Naja, sie sitzt nun in Tunesien mit den Kindern und er hier allein. Und meine Gefühle ihm gegenüber waren so stark, und meine Sehnsucht nach einem Mann, einem Partner an meiner Seite so groß. Er sah umwerfend aus und war so charmant. Die Schmetterlinge waren zu wild und doch habe ich mich zurückgehalten, habe ihn kommen lassen und er kam auch. Immer wieder. Jeden Tag hat er mich angerufen. Für ihn war das alles so neu. Er hat sich gemeldet und selbst als ich mit meinen Kinder in den USA war, hatten wir täglich Kontakt. E-Mails wurden hin- und hergeschickt. Teilweise 100 Stück pro Tag! Er war wie ausgewechselt, er hat mir wirklich sein Herz geöffnet und sich dadurch extrem verletzbar gemacht. Zumindest hat er mir das immer wieder geschrieben. Ich habe scheinbar etwas in ihm ausgelöst. Und ich fand es toll. So wie er.

Doch nun, 7 Monate später, heute, ist alles etwas anders. Ich bin die Geliebte – ich werde geliebt – und stehe trotzdem in der 2. Reihe. Da, wo ich eigentlich nie hin wollte. Ich komme in seinem Leben nur „heimlich" vor und von meiner Existenz weiß niemand etwas, außer ein, zwei Freunden, die mich jedoch nie persönlich kennengelernt haben. Das ist nicht wertschätzend. Ich bin nicht wertschätzend mit mir selbst, dass ich das zulasse. Und warum lasse ich es zu? Weil ich Angst davor habe, verlassen zu werden. Von ihm. Das ist die Wahrheit. Lieber 2. Reihe, als verlassen zu werden, als wieder allein zu sein. Ich mag nicht allein sein. Ich sehne mich nach einem Partner. Doch wenn ich nicht wertschätzend mit mir selbst umgehe, dann kann das auch mein Gegenüber nicht.

Bei mir ist A. völlig integriert. Er kennt alle meine Familienmitglieder, Freunde und meine Arbeitskollegen, inklusive meines Chefs. Alle mögen und schätzen ihn, weil er so ist, wie er ist und ich liebe ihn so, wie er ist. Er sagt, er bringe allen Frauen Unglück und er möchte nicht, dass ich wegen ihm traurig oder unglücklich bin. Doch das hatten wir ja schon mal. Der Satz schreit nach Überarbeitung. Da wird wirklich noch an schlechtes Karma geglaubt und das ist nun wirklich ein Märchen. Es ist ein selbst auferlegter Glaubenssatz, der durch die gebetsmühlenartige Wiederholung Realität wird. Doch ich möchte das nicht verurteilen. Das muss jeder für sich selbst erkennen.

Ich wiederhole meinen eigenen Glaubenssatz immer wieder innerlich vor mir, wie ein Mantra: Das Leben meint es nur gut mit mir. Vertraue darauf, Kathrin. Alles kommt richtig. Sei offen und lass das Leben für dich arbeiten. Gehe deinen eigenen Weg weiter und mache die Dinge, für die dein Herz schlägt und da habe ich so einiges auf meiner Liste.

Mein Buch schreiben und Vorträge über das Leben halten. Menschen für sich selbst wieder zu begeistern, nach Hamburg ziehen und einen Mann kennen-lernen, für den ich die Nummer 1 bin, der offen und ehrlich ist und gern Zeit mit mir verbringt auch in der Öffentlichkeit, weil ich ihm wichtig bin und der sich gern bei mir meldet und sich mit mir zeigt, weil ich Kathrin bin. Ich habe nämlich das Beste verdient, so wie jeder von uns. Und ich bin ein wunderbarer und einzigartiger Mensch und eine Frau, die einfach nur lieben, leben und lachen möchte. So einfach ist das. Ein-Fach. Und für diese tollen Gedanken danke ich mir im Stillen.

Als wir am Auto sind, schälen wir uns erstmal aus unseren nassen Jacken. Alles ist sehr klamm, doch die Sitzheizung ist herrlich und tut uns auf. Was für ein wunderbarer Spaziergang! Als wir bei Nicole zuhause sind, schnappe ich mir meine Sachen, verabschiede mich und fahre heim. Bis jetzt hat sich A. noch nicht gemeldet. Er sagte ja vor 14 Tagen, dass er nicht genau wüsste, wann sie zurückfliegen. Entweder Samstag oder Sonntag. Ich gehe jetzt von Sonntag aus. Besser ist es. Dennoch trage ich mein Handy permanent bei mir, um ja seinen Anruf nicht zu verpassen. Daheim angekommen, schreibe ich schnell einen Essensplan für die kommende Woche und eine Einkaufsliste, hüpfe ins Auto und besorge alles.

Wieder zu Hause angekommen, koche ich mir erstmal mein Leibgericht – Schnippelbohnen. Wenn ich das esse, geht es mir direkt wieder gut. Mit diesem Essen hat mich meine Mama immer wieder gesund bekommen. Damit sind positive Emotionen verbunden und das tut gut.

Ich muss mich loben. Immer wieder versuche ich ganz bewusst Ausgleich zu schaffen. Arbeiten, entspannen, arbeiten, entspannen – Das Arbeiten und Tun ist das männliche Prinzip und das Entspannen und Sein das Weibliche. Ich möchte, dass das im Ausgleich ist. Es fühlt sich gut an und ich bestimme selbst darüber.

Ich werde es mir vornehmen, das Stück für Stück zu verinnerlichen – das männliche und das weibliche Prinzip. Beide Seiten haben ihre Berechtigung und ich entscheide mich bewusst dazu, dies zu leben.

Und dann fange ich doch gleich mal damit an und versuche in mich hineinzufühlen, wie es mir geht. Immer wieder schaue ich auf mein Handy. Nein, immer noch nichts. Da ich heute meine Steuererklärung nicht gemacht habe und auch mein Keller bis unter die Decke noch vollgestopft ist, werde ich diese beiden Punkte morgen angehen.

Mein Ladekabel von meinem Laptop ist nicht aufzufinden und somit kann ich ihn nicht mehr benutzen. Ich suche in den Zimmern meiner Kinder, doch ich finde nichts in diesem Chaos. Doch bevor ich in mir wieder ein Fass öffne, schimpfe wie ein Rohrspatz und es mir danach schlecht geht, obwohl meine Kinder gar nicht da sind, entscheide ich mich dafür, dass es heute so sein soll und ich eben nichts mehr am Laptop machen soll.

Somit beschließe ich ins Bett zu gehen. Ist eh besser. Das Bild von A. und seine liebe Heinzelmännchenkarte stehen auf meiner Kommode. Er sieht so gut aus und die Karte ist so herzlich geschrieben. „Meine liebe Kathrin" und „Dein A.". Das kann doch nicht sein, dass diese Worte Tage später keinen Bestand mehr haben?! Schau an, da ist er wieder, der Verstand – knallhart am Kritisieren, Infragestellen und Verurteilen: Kathrin, da hast du mal wieder so richtig Pech gehabt! War doch klar, dass das nichts wird – mit so einem Mann. Das hätte ich dir gleich sagen können. Aber nein, du fällst immer wieder auf solche Männer rein!

Ich lasse die Gedanken da, wo sie sind. Die Aussagen bewerte ich nicht und antworte auch nicht darauf. Ich versuche einfach zu spüren und fühle Traurigkeit und Einsamkeit. Ich fühle mich allein gelassen. Doch während ich fühle, lasse ich auch das einfach so geschehen und nehme es so an, wie es ist.

Ich streiche nochmals vorsichtig über das Gesicht von A. auf dem Bild und schenke dem Display meines Handys einen letzten Blick. Doch der Bildschirm bleibt schwarz. Ich lösche das Licht. Meine Augen schließe ich noch nicht. Ich schaue aus dem Fenster. Den Mond habe ich in den ganzen 15 Tagen zweimal gesehen und dann nie mehr. Wir haben immer gesagt, wir schauen einfach in den Mond und denken an den anderen, egal, wo wir gerade sind. Tja, es sollte wohl so sein.

Ich träume in dieser Nacht davon, dass ich in eine Wohnung bzw. in eine Küche komme und mich dort an einen Tisch setze. Die Tochter von A. setzt sich neben mich und spricht ganz lieb mit mir. A. sitzt auch am Tisch. Er hat kein Gesicht. A. redet nicht mit uns und wendet sich irgendwann ab. Auch sein Sohn sitzt da und will auch nicht mitreden.
Seine Frau ist anscheinend auch anwesend. Das spüre ich. Dann nehme ich auf einmal eine Frau wahr, die wie eine Oma aussieht und die ganze Zeit in der Küche vor sich hin werkelt. Ich hatte sie zuvor, während des Gesprächs mit A.s Tochter, gar nicht bemerkt. Ich denke und fühle jedoch sofort, dass sie also seine Frau sein muss. Ich merke, wie ich beginne, mich mit ihr zu

vergleichen. Sie ist alt und ich brauche mir keine Gedanken zu machen –
denke ich bei mir. Ich bin wunderbar, so wie ich bin.
Der Tisch symbolisiert die Entscheidungsfähigkeit. Die Küche im Traum stellt
eine Veränderung dar, die der Träumende, also ich, mir wünsche.
Von Kindern zu träumen ist ein Hinweis auf neue Möglichkeiten und Chancen
zur eigenen Weiterentwicklung.
Ich stelle immer wieder fest, dass ich in meinen Träumen lesen kann, wie in
einem Buch.

Nachts werde ich immer wieder wach und hoffe so sehr, dass A. sich gleich in
der Frühe bei mir meldet. Es ist bereits Sonntag und ich hoffe so sehr, dass an
diesem Tag etwas Schönes passiert und es gute Neuigkeiten gibt.

Erwartungen zu haben ist immer schwierig. Das Warten auf etwas. Wenn
man etwas erwartet, kann man auch enttäuscht werden. Doch das ist dann
das Ende der Täuschung und somit auch eine gute Erfahrung, die einen
erneut weiterbringen. Es gibt immer zwei Seiten. Zwei Sichtweisen.

Ich kann nicht wieder einschlafen und ich denke darüber nach, was eigentlich meine Werte sind? Viele Menschen wissen was Werte sind, doch die
wenigsten kennen ihre eigenen.

Wertschätzung, Respekt, Ehrlichkeit, Vertrauen, Offenheit und eine gute
Kommunikation sind mir absolut wichtig.
Was A. betrifft – da gibt es Werte in mir, die bei ihm ins Schwanken geraten.
Ehrlichkeit – ich bin absolut ehrlich zu ihm. Doch er ist das nicht zu sich.
Kommunikation findet derzeit leider gar nicht statt. Es ist für mich jedoch
ein wichtiger Wert.

Doch ich kann nicht von meinen Werten auf die seinen schließen. Er hat
andere Werte, wie z. B. seine Familie. Ihm ist die Familie sehr wichtig und
die möchte er bewahren und daran festhalten. Egal wie unglücklich er darin
ist. Inwiefern er etwas dafür tut, liegt nicht in meiner Macht zu beurteilen.
Nun ist er momentan in einem Wertekonflikt und das macht ihm Schwierig-
keiten bei der Entscheidung. Familienvater oder die Liebe zu einer anderen
Frau. Weiter durchhalten oder Veränderung herbeiführen, indem er einen
neuen Weg einschlägt.

Ich glaube, wie bereits schon gesagt, Werte können sich im Laufe des Lebens verändern. Wir bekommen von unseren Eltern gewisse Werte mit, die wir in unser Erwachsenenleben integrieren. Doch wir sind eigene Persönlichkeiten mit einem eigenen Kern, der einzigartig ist. Wir gewinnen andere und neue Sichtweisen in unserem Leben und dennoch schleppen wir die alten Werte unserer Eltern mit uns rum, die eventuell gar nicht mehr zu uns passen und die förmlich danach schreien, überdacht zu werden.

Und eines Tages entscheiden wir uns bewusst dafür, mit den alten Werten Schlussmachen zu wollen. Wir haben jeden Tag aufs Neue die Möglichkeit dazu.

Auch wenn die Eltern beispielsweise sagen: „Kind, Sicherheit ist wichtig. Du hast Verantwortung, du kannst deinen Job nicht einfach kündigen und für ein halbes Jahr ins Ausland gehen."
Manchem ist der Wert der Sicherheit jedoch nicht so wichtig. Sie haben das Gefühl, sie schränken sich für die Sicherheit zu sehr ein und können gewisse Dinge, die ihnen wichtig sind, dadurch nicht machen und verabschieden sich davon und wählen einen anderen Wert.

Ein anderes Beispiel für veraltete Werte ist: „Lass dich ja nicht scheiden. Du musst bei der Familie bleiben. Die armen Kinder brauchen doch Vater und Mutter. Und was denken dann die Leute über uns!"
Auch hier, ehrlich zu sich selbst zu sein und authentisch leben zu wollen ist für die handelnde Person dann wichtiger und wertvoller. Der Wert ist voll.

Ich glaube, wer Sicherheit der Freiheit vorzieht, verliert schlussendlich alles. Mir ist es wichtig authentisch zu sein, stimmig mit mir.

Meine Großeltern oder Eltern waren in ganz anderen Zwängen und sind anders groß geworden. Sicher hätten sie damals schon wählen können. Werte gab es schon immer, doch ich gebe zu, es war eine andere Zeit und eine andere Generation und das Bewusstsein, das Erkennen und die Priorität für sich selbst war nicht in der Form gegeben, wie es heute ist.
Es ging im und nach dem Krieg um das nackte Überleben, da war keine Zeit für so einen – wie drücken sich ältere Leute da gern aus – „Firlefanz". Doch

es gab auch damals Menschen, die für ihre Überzeugung und ihre eigenen Werte gelebt und gekämpft haben, weil sie sich wertvoll fühlten und von sich als Mensch überzeugt waren.

3.30 Uhr – jetzt bin ich müde. Worüber ich nachts so alles nachdenke!

A., rufe morgen an, bitte!

Tag 16

Tag X ist gekommen. Ich mache morgens im Kopf erneut eine Bestandsaufnahme.

Lange 15 Tage sind verstrichen. A. hat sich knallhart an die Abmachung gehalten und sich nicht gemeldet. Unfassbar, wie ein Mensch 24 Stunden so beschäftigt sein kann, dass er sich nicht melden kann. Doch so hatten wir es abgemacht und ich halte mich an Abmachungen. Auf mich kann man(n) sich verlassen. Ich bin verlässlich.

Ich habe mich in den letzten zwei Wochen bestärkt und mir gut zugeredet. Ich war tapfer, obwohl mein Verstand mit mir manchmal regelrecht Achterbahn gefahren ist und mir dabei des Öfteren ganz schlecht wurde. Doch ich habe es überstanden, ich lebe noch, atme, wache jeden Morgen auf und beginne einen neuen wundervollen Tag – auch ohne A..

Heute wird er sich melden. Es ist mittlerweile 8.00 Uhr. Ich habe schon recherchiert – um 12.20 Uhr geht der erste Flieger nach Tunis. Das wird ihr Flieger sein, denn seine Kinder müssen ja morgen wieder in die Schule. Anders kann es nicht sein. Fröhlich hüpfe ich aus dem Bett und gehe duschen. Ich muss vorbereitet sein. Bestimmt kommt er direkt vom Flughafen zu mir.

Ich dusche mich mit Vanille, die riecht er so gern und reibe mich sorgfältig mit Bodylotion ein. In einem hübsch lässigen Outfit frühstücke ich und beschließe anschließend noch einen Käsekuchen zu backen. Dann freut er sich sicher, wenn er kommt. Den liebt er so sehr, diesen Kuchen. Gestern Abend hatte ich die Butter schon rausgelegt, dann geht es schneller und einfacher.

In aller Ruhe genieße ich das Frühstück, das ich liebevoll für mich allein angerichtet habe, und freue mich auf den Tag. Es wird fantastisch. Immer wieder schaue ich auf das Handy und den Flug-Tracker, den ich mir auf meinem Handy eingestellt habe.

Nach dem Frühstück – der Kuchen backt sich nebenher – mache ich meine Buchhaltung und meine Steuererklärung. Es ist allerhöchste Eisenbahn dafür und ich lege mir alle Unterlagen zurecht und nutze den Morgen. Nachher will ich meine Zeit anders nutzen ... juchhu!

Ich komme fix durch und bin voll im Flow. Gleich ist mein Keller dran – mein Unterbewusstsein freut sich bereits. Ich bin so gespannt was passiert, wenn ich ihn aufgeräumt und gelüftet habe. Es ist immer wieder verblüffend zu erleben, was passiert, wenn man Ordnung schafft. Sich von Ballast trennt, der völlig unnötig vor sich hin dümpelt und sich kein Mensch mehr dafür interessiert. Kartons mit Dingen, die sich seit Jahren darin befinden und deren Energie man nie wieder braucht.

Die Kinder werden viel Kraft aufwenden müssen, um das alles wegzuwerfen, wenn ich bereits in einer anderen Welt bin. Dann mache ich das doch lieber jetzt und schaffe Platz in meinem jetzigen Leben. Es tut so gut auszumisten.

Hinzuschauen, was davon noch wirklich benutzbar ist und alles andere wegzuschaffen. Dasselbe gilt für meine Wohnung. Es ist herrlich, Platz zu machen und dadurch innerlich frei zu werden. Luft zu schaffen.

Alleine in der Küche. Wer braucht bitte 20 verschiedene Kochlöffel? 98 Tupperschüsseln in den unterschiedlichsten Farben? Oder Kleiderschränke, vollgestopft bis oben hin? Da passt kein Blatt mehr dazwischen. Wer bitte soll das alles anziehen? Keiner zieht sich 5 Mal am Tag um.

Was staubt unter den Betten ein? Wohnungen, zugestellt mit Schrankwänden voller Nippes. Staubfänger, die sich kein Mensch mehr ansieht oder sie wertschätzt. Viele haben 4-fach Essbesteck. Wer benutzt das und macht sich die Mühe und poliert das kostbare Zeugs? Eingangsbereiche, die vollgestellt sind mit Schuhen. Garderoben voller Jacken, Mützen, Schals. Liebt man jedes einzelne Teil?

Das machen sich die wenigsten wirklich bewusst, doch Hauptsache sie besitzen es.

Ich war früher auch so, doch als meine geliebte Oma starb, eine hochintelligente Frau, kam ein großer Container und da wurde fast ihr ganzes Leben reingeworfen. Das waren alles Dinge, die sie besaß und die keiner mehr haben wollte. Ich fand das so schlimm und es hat etwas mit mir gemacht.

Ich habe entschieden, nichts mehr anzuhäufen, sondern mich wirklich zu fragen: Ist das noch notwendig? Benötige ich das wirklich zum Leben? Warum muss ich Dinge in hundertfacher Ausführung haben? Nein. Ich entscheide mich dafür, Dinge und Sachen um mich zu haben, die ich mag und schätze und genau weiß, was in den übersichtlich gefüllten Schubladen steckt. Die Ordnung oder Unordnung im Außen, in diesem Beispiel bei uns zu Hause, spiegelt auch immer unser Inneres wider.

Der Spruch „Haste was, biste was. Haste nichts, biste nichts." hat scheinbar immer noch Bestand. Ohne mich. Minimieren ist angesagt. In meinem Wohnraum habe ich einen Tisch und sechs Stühle, eine Sitzbank, ein Sofa und ein Wohnzimmertisch sowie eine Kommode und schöne Bilder an den Wänden, die liebevoll ausgesucht wurden. Ich behaupte, es sieht wohnlich aus und auch gemütlich. Es stehen immer frische Blumen und Kerzen auf dem Tisch. Es ist warm und herzlich bei uns zuhause.

Noch nicht mal einen Fernseher nenne ich mein Eigen. Ich unterhalte mich dafür gern, tausche mich aus. Kommuniziere. Setze mich mit mir und meiner Umwelt auseinander.

Mein Schlafzimmer besteht aus einem Bett, einer Nachtischlampe und einer hübschen weißen Kommode. Ich liebe dieses Zimmer. Es ist alles da und ich labe mich jeden Morgen an dem Ausblick in den Himmel, den ich von meinem warmen und bequemen Bett aus genießen darf. Fantastisch.

Für wen oder was sollte ich die ganze Materie anhäufen? Ich kam mit nichts auf diese Welt und ich kann auch nichts davon mitnehmen, wenn ich wieder gehe. Ich erfreue mich an den Dingen, die ich habe, doch ich möchte mich nicht daran festkrallen und völlig panisch sein, wenn ich es nicht mehr habe. Ich mache mich doch sonst zum Spielball der Materie.

Auch was meinen Keller betrifft, gehe ich völlig emotionslos vor. Wenn ich beim Ausmisten etwas in die Hände nehme und dabei etwas in mir spüre, dann belasse ich es und es darf bleiben. Doch alles andere kommt weg. Die Klamotten – allein darüber nachzudenken, die könnte ich ja noch auf dem Flohmarkt verkaufen. Nein, der nächste Flohmarkt ist lange hin oder ich bin an dem Termin nicht da. Nix da – in Säcke gepackt und beim Deutschen Roten Kreuz gespendet. Wunderbar – so habe ich sogar noch etwas Gutes getan. Dekosachen. Eine Weihnachtskiste, gut zwei, äh, drei, da bin ich ehrlich. Die Ostersachen bekommen eine Kiste und die Herbstsachen auch. Fertig ist der Lack. Die Koffer brauchen wir oft, die kommen nach vorne. Das war es dann auch.

Zwei Stunden später, in denen A. nicht angerufen hat, einem Auto voller Klamotten, die nächste Woche zur Altkleidersammlung gebracht werden müssen und einem vollen Restmülleimer, habe ich es endlich geschafft. Ich kann meinen Keller wieder betreten und es fühlt sich sauber und luftig an. Fantastisch! Ich freu mich und bin stolz auf mich. Meinen Käsekuchen habe ich mir redlich verdient.

Meinen süßen Gartenzwerg aus Terrakotta nehme ich gleich mal mit. Der freut sich auf meinem Balkon. Ganz schön schwer der Gute. Mein Ellenbogengelenk des linken Armes tut mir mittlerweile so weh, dass ich den Zwerg kaum mehr hochheben kann. Dann nehme ich ihn eben in die andere Hand und packe den lustigen Gesellen an der Mütze. Mein Handy habe ich während der ganzen Aufräumaktion immer in der Tasche. Nicht, dass ich nachher noch den Anruf aller Anrufe verpasse. Immer wieder schaue ich auf die Straße. Vielleicht überrascht er mich auch. Oh, das fände ich toll. Ich liebe Überraschungen!

Ich schleppe einige Sachen die Treppe hoch, packe meinen Gartenzwerg am Schlafittchen, laufe das Treppenhaus hoch und denke an A. und unser Wiedersehen. Da rutscht mir der Gartenzwerg plötzlich aus der Hand und in Bruchteilen von Sekunden gibt es einen Riesenschlag und tausend Terracotta-Scherben purzeln lautstark die Stufen hinab.

Dann Totenstille im Treppenhaus. Das darf doch nicht wahr sein, denke ich bei mir und schaue mir an, was von dem guten Mann übrig geblieben ist und murmle vor mich hin: Der wollte wohl nicht mehr bei mir bleiben. Und während ich die Reste, die von ihm noch übrig geblieben sind, aufsammele, denke ich mir: So wie A. vielleicht auch.

Kurzerhand und ganz klar – ohne Schimpfen oder Ärger in mir – landet der Zwerg auf dem Müll. Was bedeutet so ein Gartenzwerg schon? Er ist ein kleines Männchen, was dauergrinst und das immer starr auf demselben Fleck im Vorgarten sein Dasein fristet und irgendwann von der Sonne verblasst und nicht mehr farbenfroh dreinschaut.
Es wurde somit Platz geschaffen für etwas Neues. Vielleicht sollte ich mir eine Art Adonis auf den Balkon stellen, der dafür steht, ein richtiger Mann zu sein, der liebevoll ist und weiß, was er will.

Blick aufs Handy – Bildschirm schwarz. So wie mein Käsekuchen, bei dem die Oberfläche auch verbrannt ist. Sag mal, das gibt es doch nicht! Was ist denn heute los? Erst der Gartenzwerg und jetzt auch noch der Käsekuchen. Das Äußere spiegelt mein Inneres. Was geht innerlich bei mir kaputt, und was wurde in mir so heiß, dass die Oberfläche angebrannt ist?

Ich schüttle mich.

Nun brauche ich mal eine Pause – alles braucht Ausgleich. Ich lege mich hin und versuche etwas auszuruhen. Handy neben mir. Auf meinem Flug-Tracker sind bereits schon zwei Flüge nach Tunis gestartet. Einen letzten Flug abends um 18.30 Uhr gibt es noch. Das war es dann. Ich verstehe das nicht.

Während ich darüber nachdenke, werden meine Augen schwer und ich falle in einen ganz leichten Schlaf. Das tut mir gut. Kathrin, achte auf dich. Du bist wichtig und wertvoll. Und übe das weibliche Prinzip der Geduld.

Ein leises „Bing" einer angekommenen E-Mail weckt mich. Nichts Weltbewegendes im elektronischen Postfach. Ich schaue im Liegen aus dem Fenster. Wieso meldet er sich nicht? Kathrin, bleib bei dir. ‚Es gibt immer einen Grund', hat A. oft gesagt. Zum richtigen Zeitpunkt wird er sich schon melden. Achte auf dich und rapple dich auf, lass das Leben einfach fließen und mache einen Spaziergang. Gehe in die Natur.

Gesagt getan, ich stopfe mir meine Kopfhörer in die Ohren und laufe mit einer Meditation im Ohr eine Runde durch den Park. Es tut mir gut, nur mit mir zu sein. Mein Handy ist immer dabei. Es könnte ja sein, dass ...

Als ich wieder zu Hause ankomme, gönne ich mir ein großes Stück Käsekuchen – ohne Oberfläche. Manchmal muss man die Oberfläche einfach abkratzen, um in die Tiefe zu gehen. Schätze, die man da genießen kann. Das Käsekuchenessen ist wie das wahre Leben und wird zum Genuss.

Meine Kinder werden gleich vom Papa gebracht und es ist schon 17.00 Uhr. Keine Meldung. Ich kann das nicht glauben. Was ist da los? Geduld, Kathrin. Er ruft nachher an. Ganz sicher.

Ich gehe ins Yoga und stecke komischerweise so voller Power, dass mein Körper wunderbar im Flow ist. Das heutige Thema ist der leere Raum zwischen den Gedanken. Ich stelle mir vor, wie ich im Liegestuhl sitze und die Wolken am Himmel betrachte. Jeder Gedanke ist eine Wolke und sie ziehen an mir vorüber. Zwischen den Wolken ist auch Platz, der leer bleibt. Da ist nichts. Es ist leer. Kein Gedanke. Wie wunderbar Leere sein kann. Wir konzentrieren uns immer wieder auf diesen leeren Raum in der Stunde, so dass ich ganz erfüllt bin von dem Erlebnis der Leere.

Mein Handy habe ich natürlich dabei, auf Flugmodus geschaltet, doch keine Meldung. Und das ist der Zeitpunkt, wo ich beginne richtig nervös zu werden. Es ist jetzt 19.00 Uhr durch und der letzte Flieger ist nun auch weg. Sind sie vielleicht gar nicht zurückgeflogen? Bleiben die Kinder vielleicht hier? Geht sie auch nicht mehr zurück? Sind sie gemeinsam in den Urlaub geflogen? Ist alles wieder auf Neuanfang gesetzt worden? Kann er nicht telefonieren? Will er nicht? Was spielt sich da ab? Und kaum bin ich aus dem Yogaraum heraus, hat sich mein luftleerer Raum aufgelöst ... ich habe es erschaffen und die Hölle ist schon wieder in mir und die ist richtig, richtig heiß! Und A. ist noch nicht mal da, geschweige denn, dass er sich gemeldet hat.

Ich fahre mit meiner großen Tochter, die auch im Sport war, nach Hause. Ich mache wie ferngesteuert Abendessen und denke und denke. Mein Ellenbogenaußengelenk tut furchtbar weh. Ich muss mich darum kümmern was das bedeutet ... doch nicht jetzt. Es gibt Wichtigeres.

Was ist passiert? Er hat mir gesagt, ich solle ihm vertrauen. Diese Ungewissheit ist so schlimm für mich. Ich möchte Gewissheit haben, woran ich bin. Bin ich noch drin, in diesem Spiel, oder bereits draußen? Wieso mache ich das eigentlich von ihm abhängig? Wieso trifft er eigentlich die Entscheidung? Wieso mache ich mich hier gerade zum Opfer? Warum gebe ich ihm die Macht über mich? Ich habe somit keine Macht mehr und bin stattdessen ohne – Ohnmacht. Ja, ich fühle mich ohnmächtig. Ich habe das Gefühl, ich kann nichts machen.

Sicher! Natürlich kann ich was machen. Mir meine Macht wieder zurückholen. Macht kommt von machen. Ich möchte machen. Mich aus der Warteposition in die Gestalterposition bringen. Ich gestalte mein Leben weiterhin, so wie ich es für richtig halte. Worauf warte ich? Bis sich jemand anderes bewegt? Bis A. endlich anruft und mich befreit aus dieser Ungewissheit? Was spiegelt mir das? Meine eigene Unwissenheit? Fühle ich mich nicht sicher? Ich fühle Mangel. Mangel an Kommunikation, Mangel an Wissen. Das löst er jedoch nur aus, indem er sich nicht meldet. Doch die Ursache für dieses Gefühl, diese Emotion, liegt in mir.

Kommuniziere ich nicht genug mit mir? Ich eigne mir zurzeit sehr viel Wissen über Lebensthemen an, die mich selbst betreffen, doch auch was andere mir spiegeln. Was ist hier los? Wo ist des Rätsels Lösung? A. ist nicht da, doch der Umstand, dass er sich nicht meldet, ist allgegenwärtig. Ich übe mich darin, diesen Umstand nun so anzunehmen, wie er nun mal jetzt ist. Es ist sehr schwierig für mich.

Ich überlege. Kann ich vielleicht nicht warten? Warten ist doch auch etwas Schönes. Mich in Ruhe an den Fluss des Lebens zu setzen und einfach abzuwarten. Ruhe zu bewahren und einfach sein. Mich um das „eine Fach des Seins" kümmern. Kein Rumrennen und rastloses Handeln. Denn auch das ist Ablenkung.

In diesen Momenten gibt es nichts zu tun. Das weiche Moos unter meinen Füßen genießen und auf den Strom des Lebens, der da so natürlich fließt, schauen – das ist alles.

Neben meinem Schlafzimmer verläuft ein Bach. Er fließt mal schneller, mal ruhiger, mal hört man ihn kaum und wenn es ein richtiges Unwetter gibt, ist er fast nicht zu bändigen. Er fließt einfach in seinem natürlichen Verlauf. Wie von selbst. Er vertraut dem Weg. Natürlich. Natur. Was da spontan so alles passiert? Sehr spannend.

Dennoch zermartere ich mir das Hirn, um 21.00 Uhr, um 21.20 Uhr, um 22.17 Uhr und auch um 23.30 Uhr, als ich mich dann endlich ins Bett zwinge. Werde ich überhaupt schlafen können? Ich wünsche mir heute den Mond – dringend! Heute brauche ich ihn. Aber es ist, wie bereits in den letzten 15 Tagen, komplett neblig. Mit dem Mond wird das heute auch nichts mehr.

So leicht war das Leben für uns, das letzte halbe Jahr – es war wie auf einer watteweichen Wolke. Da war Raum, nur für uns beide. Alles floss nur so – egal, was wir gemacht oder geplant hatten. Alles klappte, als ob es so sein sollte. Und wir haben einfach genommen und „Danke" gesagt. Danke, dass wir das erleben dürfen. Wir waren stets bewusst im Hier und Jetzt. Ich trage das in meinem Herzen.

Doch seit das neue Jahr begonnen hat, klappt irgendwie nichts mehr so richtig. Zuerst wurde A. an der Bandscheibe operiert, dann war er krank, dann kam überraschend seine Frau nach Deutschland, danach war ich in Stuttgart und nun kommt seine Reha. Leere. Auf einmal wurden uns vom Leben die Umstände so geliefert, dass ein Wiedersehen, ein Treffen, ein Austausch nicht mehr möglich war. Der Raum dafür wurde uns plötzlich entzogen. Doch alles hat seinen Sinn. Ich entscheide mich dafür, es so anzunehmen, dennoch hoffe ich, dass er sich morgen meldet. Denn da kommt ein neuer Tag, eine neue Chance. Ich bin positiv und optimistisch. Alles wird fantastisch!

Ich ziehe mir die Bettdecke über den Kopf. Irgendwie kommen nicht mal Tränen. Ich fühle mich wie in Schockstarre. Wie eine Echse, die bei Gefahr erstarrt stehen bleibt und sich farblich dem Erdboden gleich macht. Irgendetwas wird kommen. Ich habe Angst. Doch wo Angst ist, gibt es keine Liebe. Ich bin überfordert. Da kommt mir erneut der Spruch in den Sinn: „Vertrauen heißt, an etwas zu glauben, was ich nicht sehe. Und irgendwann werde ich damit belohnt, dass ich sehe, an was ich geglaubt habe."

Ich schließe die Augen und versuche zu visualisieren, was ich mir wünsche. Fülle! Auf ganzer Linie.

Ich bin eine wunderbare Frau, die kostbar und wertvoll ist. Wie ein Schatz. Ich sorge gut für mich und schenke mir immer wieder positive Gedanken. Sonntag ist vorbei. Morgen ist Montag. Neue Woche. Neues Glück.

Kathrin, alles ist gut. Meine Augen werden schwer, wie mein Herz und ich falle in einen unruhigen Schlaf, ohne Mond und Gartenzwerg.

Tag 17

Es ist 6.40 Uhr. Mein Wecker klingelt. Ich bin wie benommen, schäle mich aus dem Bett und tappe erstmal ins Bad. Dann schleppe ich mich müde zu Neele ins Zimmer. Ich küsse sie sanft auf die Wange und flüstere ihr ein liebevolles „Guten Morgen mein Engel" ins Ohr. Sie brummelt vor sich hin, dreht sich um und schläft weiter. Da hat sie schön Recht.

Ich gehe in die Küche, schalte den Wasserkocher ein und lege mich danach nochmals in mein Bett. Noch vor 23 Tagen habe ich mit A. im Bett gekuschelt. Oh, wie sehr habe ich das genossen. Er hat meistens die Mädels geweckt und ich durfte liegen bleiben. Wie herrlich.

Heute meldet er sich bestimmt. Ich bin ganz sicher. Montag – selbst wenn die Familie gestern geflogen ist, hat er jetzt mal ein bisschen Ruhe gehabt – heute ruft er mich an. Wenn ich im Büro bin. Frohgemut mache ich für meine Mädels Frühstück und genieße meinen Tee.

„So, ab mit euch. Viel Spaß in der Schule!", schiebe ich meine Kinder liebevoll zur Tür hinaus. In aller Ruhe bereite ich das Mittagessen vor und dusche mich danach.
Hübsch zurechtgemacht gehe ich aus dem Haus. Das Auto ist noch immer voller Klamotten aus dem Keller. Die möchte ich noch wegbringen. Jeden Tag fahre ich am Roten Kreuz vorbei. Morgen.

Ich komme super durch und um 9.00 Uhr sitze ich geschniegelt und gebügelt an meinem Arbeitsplatz. Wieso habe ich schon wieder 78 E-Mails? Ok, es betrifft die große Veranstaltung, die wir bald haben.

Eins nach dem anderen und immer mal wieder aus dem Fenster schauen und sich sammeln, so gehe ich meine Arbeit durch. Und an A. denken. Mein Handy-Display – schwarz. Mir geht es nicht gut damit. Das kann doch gar nicht sein! Wieso meldet er sich nicht? Vielleicht ist er wirklich mit seiner Familie in die Sonne geflogen? A. ist immer kalt und hier in Deutschland sowieso. Ich bin nervös. Reflektiere den Samstagsspaziergang mit meiner Freundin Nicole. Wir haben lange über die Beziehung von A. und mir gesprochen.

Mich kostet das so viel Kraft, manchmal bin ich wirklich verzweifelt und dennoch schaffe ich es immer wieder, Herr meiner Gedanken zu werden. Vielleicht ist er doch zu schwach für mich? Nein, immer auf sich selbst schauen. Ich bin zu schwach, Dinge, die mir wichtig sind, klar zu äußern.

Und dann immer wieder meine Gelenkschmerzen – STOPP, Kathrin. Heute kümmerst du dich darum. Nun ist genau der richtige Zeitpunkt. In meiner Mittagspause.

Was bedeutet es, dass ich immer wieder diese Schmerzen in den Ellenbogengelenken habe und das schon so lange?

Die Gelenke unseres Körpers symbolisieren unsere geistige Beweglichkeit und stehen für die Richtungsänderung im Leben. Wenn wir auf der geistigen Ebene flexibel und beweglich bleiben, können wir uns auch dem Fluss des Lebens anpassen, der sich ganz natürlich seinen Weg durch die täglichen Gegebenheiten bahnt. Durch diese Beweglichkeit ist es erst möglich, uns optimal an unsere Umwelt oder innerhalb unserer Beziehungen, die wir zu anderen haben und den daraus hervorgehenden Umständen und Einflüssen, zurechtzufinden.

Wenn die Gelenke Schmerzen verursachen oder dort Probleme auftreten, egal in welcher Form, wehren wir uns gedanklich gegen die Leichtigkeit in der Bewegung des Lebens.

Ich gehe stets davon aus: Wir gehen immer in die richtige Richtung in unserem derzeitigen Bewusstsein und unser eigener Fluss fließt stets für uns, nicht gegen uns – doch darauf zu vertrauen ist ein Lernprozess.

Ich stelle es mir so vor – ich versuche gedanklich ununterbrochen die Bewegung meines eigenen, natürlichen Flusses, der genau weiß, in welchem natürlichen „Kathrin Flussbett" er zu fließen hat, zu ändern und das mit aller Gewalt. Ich lenke mit meinen Gedanken oft gegen diesen natürlichen Verlauf und das kostet mich viel Kraft. Der Körper ist unter ständiger Anspannung und die Gelenke ebenso. Das schafft auf lange Sicht ein Ungleichgewicht und die Gelenke „wehren" sich irgendwann mit Schmerzen gegen diese permanente Dauerreizung. Ich arbeite unbewusst somit gegen meinen eigenen Körper.

Warum setze ich mich nicht einfach hin, höre auf, ständig lenken und denken zu wollen und gönne mir etwas Ruhe? Warum lasse ich meine Gedanken nicht kommen und gehen und vertraue darauf, dass das Leben es immer gut mit mir meint?

Na toll, wenn das mal so einfach wäre.

Mein Kopf sagt mir immer wieder: Ich will A., ich will A. Ich will einen Mann an meiner Seite, der für mich da ist. Und ich tue alles dafür, so viel, dass ich mich selbst von mir und meinem ICH entferne. Ich baue mir selbst Staudämme oder versuche eine unnatürliche Umlenkung in meinem Lebensfluss herbeizuführen – das ist sehr anstrengend.

Das Leben meint es doch immer gut mit mir und es kann mir doch nicht ernsthaft diesen Mann wegnehmen wollen, mit dem ich so vermeintlich glücklich bin?!
Tja, Kathrin, wegnehmen schon mal gar nicht, da du auf keinen Menschen einen Besitzanspruch hast und dir somit kein Mensch gehört. Eher ist es vielleicht so, dass mir A. als Weiterentwicklung geschenkt wurde, um mir die Möglichkeit zu offerieren, daran zu wachsen und zu lernen, in erste Linie für mich selbst da zu sein und bei mir zu bleiben.
Erst wenn ich es verstanden und verinnerlicht habe, was ich dabei lernen sollte, kommt etwas Neues und zwar etwas noch Besseres, da das Leben nämlich schon den Verlauf des Herzensweges um die Ecke kennt, ich jedoch noch nicht ...
Der Fluss ist nicht begrenzt nach vorne – er fließt immer weiter. Es gibt nur meine eigene Begrenzung, die ich ihm gedanklich gebe. Kathrin, vertraue und bewege dich mit Leichtigkeit durch dein Leben. Alles kommt richtig.

Bei diesen dynamischen Gedankengängen stopfe ich mir noch schnell ein Kaugummi in meinen Mund. Andere rauchen, wenn sie nervös sind, ich esse Kaugummi – das sollte ich auch ändern ... soll, muss ... und schon geht die Gedankenhölle von vorne los.

Naja, jetzt bin ich wenigstens ein bisschen schlauer und habe eine Erklärung. Nun gilt es, dass umzusetzen und zu leben. Weniger denken. Sich auf den Raum zwischen den Gedanken einlassen. Das hatten wir doch letztens schon mal im Yoga ...

Dennoch, dieses Gefühl der Unwissenheit macht mich wahnsinnig. Wahrheit schafft Klarheit – das ist auch ein Leitspruch von mir. Doch wie soll ich Klarheit schaffen, wenn ich nichts weiß? Ich will es einfach nur wissen. Bin ich noch drin, in dieser Geschichte, oder nicht?

Ich hänge so an diesem Mann, empfinde so viel für ihn. Er hat so ein gutes und großes Herz. Ich muss unweigerlich an die wunderbare Zeit denken, die wir letztes Jahr gemeinsam hatten. Unsere Verabredungen, unsere Autofahrten, Hamburg, sein Boot, die Ausflüge damit, das Wasserskifahren. Mit meinen Kindern versteht er sich so gut. Unser liebevoller Umgang. Dieser gigantische Sex. Seine so wunderbaren Küsse.

Mir steigen die Tränen in die Augen. Ich bin so unendlich traurig. Ich will nicht, dass es zu Ende ist. Diese Geschichte ist zu schön. Das darf einfach nicht sein.

Tränen rollen über meine Wange. Ich lasse sie einfach laufen. Da erscheint eine Nachricht auf meinem Handy. Sie ist von Nicole.

„Hast Du was gehört?"

„Nein, Nicole."

„Denkst du, dass es vorbei ist?"

Scheiße, jetzt kommen noch mehr Tränen.
Ich antworte ganz instinktiv.

„Das hier hat nichts mehr mit Wertschätzung zu tun. Wo auch immer er ist, es scheint ihm nicht wichtig zu sein, sich bei mir zu melden. Doch ich versuche, es so anzunehmen wie es ist, auch wenn es so verdammt schwer ist."

„Nun, du darfst nicht so urteilen, denn du weißt nicht, was wirklich los ist. Es gibt vielleicht eine ganz einfache Antwort auf sein Schweigen. Sei nicht so ungeduldig und nutze das weibliche Prinzip, Kathrin und bleibe positiv in deinem Denken."

Meine Finger fliegen über mein Handy-Display.

„Du hast Recht. Ich weiß nicht, was ist. Es gibt immer einen Grund. Doch welche Antwort, frage ich mich. Mir fiel gestern der Gartenzwerg die Treppe runter und zerbrach und der Käsekuchen, den A. immer so gern gegessen hat, verbrannte zum ersten Mal ... und er meldet sich nicht. Ist wie vom Erdboden verschwunden. Positiv zu denken ist gerade schwierig für mich. Manchmal bin auch ich tatsächlich nicht stark. Auch das gehört zu mir und darf da sein. Ich möchte mein Leben einfach weiterleben, selbst gestalten und Gewissheit haben. Ist das denn zu viel verlangt? Ich habe das Beste überhaupt verdient und das Leben schützt mich doch ...“

„Abwarten und weiter gut für dich sorgen. Alles wird sich klären.“

Ich brauche einen Kaffee. Meine Kollegin nimmt mich in den Arm. Es tut so gut getröstet zu werden. Das Telefon und mein E-Mail-Account halten mich auf Trab. Ablenkung scheint genau das Richtige zu sein.

Mittag. Wieso meldet er sich nicht? Das gibt es doch nicht! Ich hätte das wirklich nicht gedacht von ihm. „Vertraue mir!“, waren seine letzten Worte. Ja, ich vertraue. Doch langsam nur noch mir. Ich spüre eine Wut in mir. Warum lasse ich das mit mir machen? Ich kann mich dem nicht verwehren, ich spüre, dass sich etwas in mir verändert. Das Gefühl kann ich noch nicht richtig deuten. Ich entscheide mich genauer hinzufühlen. Das Gefühl will gefühlt werden. Ja, ich möchte es fühlen.

Ja, das ist wohl die Lehre, die hiermit verbunden ist. Dass Situationen, wie diese passieren und Dinge eintreten, die man sich nicht wünscht. Sie sollen mir was mitteilen und es steckt immer eine Lehre dahinter – ich soll etwas dabei lernen, mich weiterentwickeln und bei mir selbst bleiben. Die Kunst ist dabei, wie gehe ich damit um? Wie nehme ich die Gegebenheiten an? Was mache ich damit? Wie nehme ich diese Herausforderung, dieses Geschenk an und was mache ich daraus? Wie immer – einfach das Beste!

Also, erstmal den Käsekuchen ohne Oberfläche essen – selbst im Büro. Auch lecker. Dazu einen Kaffee, damit ich nicht ins 16.00-Uhr-Loch falle.

Meine E-Mails sind mittlerweile auch auf 32 gesunken. Sie sind bei meinem Arbeitstempo beinahe wie von selbst geschrumpft. Ich gehe in meiner Arbeit auf und das Tolle dabei ist, ich habe noch viele weitere Talente. Ich möchte noch so viel machen. Zum Beispiel mein Buch schreiben. Seit ich ein Kind war, habe ich diesen großen Traum. Habe früher schon immer geschrieben, darin viel für mich verarbeitet.

Ich möchte Vorträge halten über das Leben, Menschen zum „Selbst-Leuchten" bringen, mit Jugendlichen arbeiten und sie schon in ihrem jungen Alter für sich und ihre Potenziale, ihre Wünsche und Träume begeistern und bestärken daran festzuhalten, egal was andere sagen. Menschen aller Altersklassen motivieren und sie aus ihrer Komfortzone locken.

Ich kann das, die Energie, die ich versprühe, ist wie ein warmer leichter Sommerregen, der herrlich erfrischend auf der Haut ist und ins Herz geht. Die Dynamik, die während meines Handelns entsteht, reißt meine Mitmenschen mit und bringt sie oftmals dazu, über ihren eigenen Tellerrand hinweg zu schauen. Und dabei sind meine Fröhlichkeit und mein Lachen wie das Sahnehäubchen auf den leckersten Kuchen meines Papas, die er so gern in seiner Freizeit mit Begeisterung und Hingabe backt.
Die brillanten rhetorischen Fähigkeiten hat mein Papa mir vererbt.
Die Kreativität, die meine wunderbare Mama mir mitgegeben hat, ist einfach ein sensationelles Fach – „Ein-Fach" in meinem Kopf und macht das Ganze bunt wie Konfetti – so wie das Leben selbst bunt ist!

All diese Fähigkeiten habe ich von meinen großartigen Eltern und deren Eltern und wiederum von deren Eltern mitbekommen. Jeder hat seinen Teil weitergegeben. Die Vorstellung, dass all meine Ahnen hinter mir stehen, die bunten Fahnen für mich hochhalten und laut rufen: „Mach was aus unserem Erbe, das wir dir mitgegeben haben. Führe das fort, was wir nicht beenden konnten." Diese Vorstellung von all diesen großartigen Menschen und Verwandten, deren Blut auch ich in mir trage, ist so groß und so kraftvoll, dass ich Gänsehaut bekomme, wenn ich nur daran denke. Ich fühle mich gewürdigt bis ins Mark und gebe diese Würdigung dankend an meine Ahnen zurück.

Ich bin stolz! Auf dieser Familie aus der ich komme, für die sich meine Seele vor meiner Geburt vor 45 Jahren entschieden hat. Genau in diesem Land, in dieser Stadt, mit den Eltern und dem Bruder und den dazu gehörigen Situationen und Umständen, die im Laufe meines Lebens entstanden sind, um meine Aufgabe zu erfüllen. Und ich habe es bisher fantastisch gemacht. Mutig und mit Optimismus. Doch auch manchmal schwach und kraftlos, dennoch – ich habe alles so gemacht, wie ich es am Besten konnte. Der Ertrag ist Fülle! Auf ganzer Linie. Ich fühle mich erfüllt, aufgefüllt, satt, voll, reich, vollkommen. Und ich nehme es an. Mit meinem Sein gebe ich anderen, und fülle mich gleichzeitig selbst damit auf.

Danke!

Was passiert hier gerade? Nennt man das Transformation? Ich fühle mich hell und leicht.

Das Telefon klingelt und reißt mich aus meinen Gedanken. Mein Chef ruft an und gibt mir Infos durch. Ich notiere und mache mir Reminder, damit ich nichts vergesse.

Hat A. mich vergessen? Er braucht eine Assistentin, die ihn erinnert. Er braucht auch mal einen Reminder, dass die wunderbarste Frau dieser Erde auf ein Lebenszeichen von ihm wartet. Wo ist mein Mantra? „Brauche nichts wünsche alles und wähle, was sich dir zeigt."

Heute Abend mache ich keinen Sport, spüre meinen Körper noch vom Yoga von gestern und die leeren Räume zwischen meinen Gedanken. Dafür bedanke ich mich.

Meine Freundin Nicole schickt mir eine Nachricht.

„Na, wie geht es dir? Hat er sich gemeldet?"
„Nein, Nicole."
„Ok, lasse das weibliche Prinzip der Geduld einfach weiter arbeiten. Vertraue."

Gegen Abend erreichen mich 5 Anrufe meiner Kinder, wann ich endlich nach Hause komme. „Ich eile, meine Engel, ich eile."
Immer noch keine Meldung von A.. Mir fehlen langsam die Worte. Ich fahre

nach Hause und höre auf dem Heimweg „The heart asks pleasure first" aus dem Film „Das Piano". Vergnügen ist das hier gerade sicher nicht und mein Herz zieht sich bei dieser emotionalen Klaviermusik schmerzvoll zusammen. Es tut so weh. Ich will positiv denken, alles wird gut, auch für mich. Ganz bestimmt. Ich versuche mich darin zu bestärken.

Zu Hause angekommen, trage ich die gelben Säcke auf die Straße. Es ist kalt geworden. Ich friere. Im Briefkasten herrscht gähnende Leere. Wer schreibt eigentlich noch? A. leider nicht.

Aber ICH! Postkarten zu schreiben ist das Größte für mich. Mich hinzusetzen und mir Zeit zu nehmen, um einem Menschen eine Freude zu machen, indem ich ihm kostbare Worte mit dem Füller geschrieben schenke. Das ist so etwas Wunderbares.
Vielleicht schreibe ich mir mal selbst eine Postkarte mit einem guten Spruch.

Ich laufe die Treppe hoch, mit zwei Taschen, Laptop, Jacke und einer Einkaufstasche. Wie ein Packesel bin ich unterwegs. Ich könnte ja zweimal gehen. Doch nein, Kathrin schleppt lieber und ärgert sich darüber, dass sie immer zu viel tragen muss. Ich kann es ja ändern und weniger tragen, mir Hilfe holen von meinen Kindern. Doch auch diesen Umgang damit erschaffe ich mir selbst. Immer schön auf dich schauen, Kathrin.

Meine Mädels freuen sich, dass ich zuhause bin. Die Kleine, wegen des Handys ... und die Große, dass sie mit jemanden reden kann. Gern!
Mit A. würde ich jetzt auch gern reden.

Während ich koche, plappert Annika munter von ihrem Tag. Dennoch gehen meine Gedanken immer wieder spazieren.

Vertrauen – trauen – Mut – mutig. Auf den Fluss des Lebens zu vertrauen. Ich traue mich diesen zuzulassen und habe viel Mut, mich auf mich einzulassen und zu vertrauen, dass mir alles zum richtigen Moment offenbart wird. Positiv zu sein und das Beste aus den Angeboten des Lebens zu machen. A. ist jetzt was-weiß-ich-wo und hat eine gute Zeit – vermute ich zumindest. Der macht sich bestimmt nicht so einen Kopf wie ich und ich bin bereits in der hausgemachten Hölle am Schmoren wie ein Braten. Und das Schlimmste ... ich habe mich da auch noch selbst reinkatapultiert. Ich könnte heulen.

Nach dem Essen spüre ich eine innere Aufregung. Ich kann es mir selbst nicht richtig erklären, doch ich verspüre den Drang, diese Energie, die sich in mir breit macht, zu nutzen und zwar nur für mich selbst. Einzig und allein für mich. Diese Energie der Leidenschaft – auch das Wort nehme ich auseinander – das was Leiden schafft – diese Kraft muss irgendwohin.

Und hier bin ich nun und entscheide mich zu gestalten. „Gesunden Egoismus" nenne ich das.

Also frage ich mich: Wieso mache ich eigentlich aus meinen Gedanken und Gefühlen, die ich hier Tag für Tag aufschreibe – um genau zu bleiben seit 17 Tagen – kein Buch? Mein Tagebuch der letzten 17 Tage wird zu meinem Buch, von dem ich schon so lange geträumt habe. Das Buch der Geliebten. Du wirst geliebt. Ich liebe und werde geliebt. Ja, das ist die Idee überhaupt!!!

Ich bin plötzlich wie im Rausch. Komme mir auf einmal wie ein Uhrwerk vor. Alles was passiert, macht gerade Sinn und das, was ich wissen muss, kommt zum richtigen Zeitpunkt. Die Zahnräder beginnen sich von einem Moment auf den anderen knirschend zu bewegen und wie von selbst ineinander zu greifen. Als ob sie die ganze Zeit darauf gewartet haben, laufen zu dürfen.

Die Maschinerie in meinem Kopf setzt sich in Gang. Ich weiß instinktiv genau, was ich zu tun habe. Mein Herz klopft schneller. Ich spüre, es singt, erst ganz leise, dann immer lauter.

„Ressourcen" flüstert mir ein Zahnrad zu – „Bediene dich deiner Ressourcen! Aller, die du zur Verfügung hast."

Ich schreibe völlig enthusiastisch Nicole von meiner Idee und sie ist restlos begeistert. Bietet sich sofort ohne mit der Wimper zu zucken als Lektorin an. Ich vertraue ihr. Sie hat die nötige Ruhe und Struktur, die ich für dieses Projekt brauche. Meine Gedanken gehen spazieren. Schnell spazieren ... sehr schnell spazieren.

Im Kopf sehe ich mein Buch, eBook, Lesungen, Lesereise quer durch Deutschland, Vorträge, Motivationscoaching ... Juhu! Ähm, hatte ich schon erwähnt, dass Hollywood noch ganz oben auf meiner Lebensliste steht? ... Das Kleid für den roten Teppich habe ich imaginär bereits gekauft. Nicole, verkauf schon mal die Filmrechte ... ich muss lauthals lachen. „Visualisieren" heißt das Zauberwort und ich hatte da doch noch ein Mantra in meiner Tasche. Denke groß und unrealistisch. Alles ist möglich, du musst nur daran glauben, dass es möglich ist.

Nächste Ressource. Meiner Arbeitskollegin schreibe ich auch, dass wir morgen was besprechen müssen. Sie hat das absolute Talent, Dinge auf den Weg zu bringen. Technisch umzusetzen. Zu gestalten. Kennt sich bestens in IT-Fragen aus.

Ich schreibe meiner anderen Freundin Simone, dass wir uns nächste Woche zum Brainstorming treffen sollten. In meinem Kopf stelle ich mir bereits eine Kolumne in der ortsansässigen Zeitung vor – das wollte ich immer schon machen. Man nennt mich auch mit Zweitnamen „Carrie", wie die Dame aus der amerikanischen Serie „Sex and the City", die in New York spielt. Ich sehe schon die Überschrift in großen Lettern: „Kathrins geliebte Kolumne – Dynamik & Motivation im Taunus" ... Juchhu!

Einen Motivationsblog habe ich schon seit Jahren im Internet. Zurzeit liegt er allerdings ein wenig brach. Warum nutze ich ihn nicht? Simone ist genial – sie hat früher selbst für die Zeitung geschrieben, weiß somit genau was die brauchen. Mit ihr kann ich sowas prima machen. Sie kennt das „Uhrwerk". Ein Versuch – auch zwei oder drei sind es jedenfalls wert. Die Idee ist genial.

Dann besprechen wir, wie wir es schaffen, Menschen für Vorträge von mir zu gewinnen und wo wir diese halten wollen. Die eine oder andere Rede habe ich ja schon im Rahmen der Quartalmeetings und Kundenveranstaltungen unserer Firma gehalten. Doch wie unterhalte ich 45 Minuten lang? Na, das ich mach schon. Wo ist mein Konfetti?

Aus diesen vielen Ideen kann ich einiges machen.

A. hat mich immer dazu ermutigt. Er hatte es von Anfang an gesehen und gefühlt. Er hat mir bis in meine Seele gesehen, so wie ich auch seinen Kern im Ganzen erfasst habe.

Simone findet meine Idee klasse – auch die des Buches – sie kennt genau, wie alle meine Freunde, meine Träume, die ich seit Jahren habe und wird mich unterstützen, mit allem, was in ihrer Macht steht. Ich stelle sofort einen Termin dafür ein.

Tick, Tick, Tick, die Uhr läuft wie am Schnürchen.

Wir Frauen müssen zusammenhalten, uns gegenseitig stärken und uns gemeinsam nach oben bringen, an einem Strang ziehen. Jeder hat seine einzigartigen Fähigkeiten. Warum soll ich mich derer nicht bedienen? Ich mache das auch für andere. Helfe und unterstütze jederzeit gern. Es freut mich immer, wenn andere auf mich zukommen und um Unterstützung bitten – erst recht wenn es Herzensprojekte sind. Es befruchtet einen selbst und das Geben kommt immer wieder zu einem zurück – egal in welcher Form.

Frauen sind etwas Wunderbares!

Auch wenn wir weit voneinander entfernt wohnen und somit getrennt sind. Unsere Kinder werden erwachsen und unsere Jobs kommen und gehen. Auch die Liebe blüht auf und vergeht wieder. Herzen brechen. Eltern sterben. Doch wir Frauen sollten uns dazu entscheiden, immer füreinander da zu sein. Wenn ein dunkles Tal vor mir liegt, und ich durch dieses ganz allein laufen muss, stehen meine Freundinnen am Wegesrand und motivieren mich. Sie sprechen mir Mut zu, beten für mich, tragen mich und erwarten mich auf der Anhöhe mit offenen Armen und drücken mich ganz fest, weil sie sich so freuen, dass ich es geschafft habe.

Manchmal nehmen sie mich auch liebevoll an der Hand, reichen mir ein Taschentuch, um meine Tränen zu trocknen und gehen ein Stück des Weges mit mir oder tragen mich Huckepack. Es ist schön diese Unterstützung und den Zuspruch zu spüren. Wir sind alle auf eine ganz besondere Weise miteinander verbunden und das fühlt sich für mich fantastisch an!

Freundschaften fangen mit Begegnungen an, irgendwie, irgendwo, irgendwann und meist ahnt man noch nicht, dass dies vielleicht einer der wichtigsten Menschen in deinem Leben werden kann.

Der Abend fühlt sich gut an, obwohl A. immer noch nicht angerufen hat. „Vertraue mir ...", höre ich immer wieder seine tiefe dunkle Stimme in meinem Ohr. Ich habe nicht das Gefühl, dass ihm was passiert ist. Wer würde mich in diesem Fall eigentlich informieren? Niemand weiß, dass es mich gibt, außer seinem Geschäftspartner. Gut, der würde es sicher machen.

Ich setze mich hin und teile mein Tagebuch in Kapitel ein, pro Tag ein Kapitel – das geht flott und ich schicke noch am selben Abend das erste Kapitel an Nicole raus. Ein bisschen gespannt bin ich schon, was sie dazu sagen wird. Vielleicht sind das alles nur meine Hirngespinste. Du bist doch gar nicht so gut. Andere können das viel besser. Ich schubse den kleinen imaginären Teufel von meiner Schulter. Nicht kleinmachen, Kathrin! Warte ab – weibliches Prinzip. Lass sie es erst mal lesen.

Völlig erschöpft, doch glücklich liege ich um Mitternacht im Bett. Ich habe alles geschafft und warte einfach auf ihre Rückmeldung. Sie hat noch nie etwas von mir gelesen. Ich bin sehr gespannt.

Ein letzter Blick auf das gemeinsame Foto von mir und A. auf seinem Boot. Sommer 2016 – wir sehen so glücklich und zufrieden aus. Seine Augen sind so wunderbar blau und tiefgehend, wie das Wasser auf dem wir gefahren sind mit seinem schönen Boot – ich könnte dort jeden Tag sein. Das ist Urlaub, Auszeit, Zweisamkeit – alles in einem.

Ich schließe die Augen und träume vom Mond, der wieder mal nicht da ist. Scheiß Nebel! Morgen meldet A. sich bestimmt. Mal sehen wie oft ich mir diesen Satz noch sage.

In der Nacht von Montag auf Dienstag erhalte ich eine Antwort von meinem Papa auf meine E-Mail, die ich ihm vor einigen Tagen geschrieben hatte und der immer noch in Australien weilt.

„Liebe Kathrin,

das war ja eine E-Mail! Sie schien den Anfang eines Buches darzustellen (Vielleicht wird es ja mal eines) ..."

Die Worte rühren mich zu Tränen und ich weiß, dass ich auf genau dem richtigen Weg bin.

Tag 18

Dienstag. Blick aufs Handy. Schwarz. 18 lange Tage. Eine endlose Zeit. Ich gebe langsam die Hoffnung auf. Ich beginne darüber nachzudenken, wann ich ihm seine Sachen, die hier noch bei mir liegen, zurückschicken soll. Ich mag nicht mehr. Wieso tue ich das? Warum mache ich das mit? Ich schwanke immer wieder zwischen Hoffen und Bangen.

Ich wecke die Mädels. Hier ist alles wie immer und dennoch ist alles anders. Mein Herz ist abgestumpft. Hilft ja nichts. Frühstück machen, Schulbrote richten, Kinder in die Schule schicken und ins Büro fahren. Alles wie immer. Als wäre nichts gewesen.

Ich heule mich bei meiner Arbeitskollegin aus. Das hat wirklich nichts mehr mit Wertschätzung zu tun. Ich habe Besseres verdient und ich habe wirklich gedacht, ihm könnte ich vertrauen.

Ich steigere mich rein, versuche dennoch immer wieder in meinem Kopf umzuschwenken. Es hat die letzten zwei Wochen doch auch gut mit der Abstinenz geklappt. Naja, da wusste ich natürlich auch, dass es abgemacht war. Kein Kontakt. Mir war bewusst, da wird auch nichts kommen. Doch jetzt kommen mir die Tränen.

Die Zeit der Abmachung ist abgelaufen, jetzt warte ich und was passiert? Nichts! Keine Meldung. Einfach nichts. Das gibt es doch nicht.

10.30 Uhr – immer noch nichts. Doch – Nicole schreibt.

„Und? Ist was passiert in der Zwischenzeit? Any news?"

„Nein, Nicole."

„WAS?! Vielleicht ist was passiert? Vielleicht kann er nicht, warum auch immer?"

„Dieser Mann hat sich in Luft aufgelöst ..."

„Soll ich ihn mal kontaktieren und fragen, ob alles ok ist? Blöd ist nur, dass ich mich ihm erklären muss, wer ich bin. Denn er kennt mich ja nicht, hat mich nur einmal gesehen."

„Nein, Nicole. Das ist total lieb von dir. Doch das ist eine Sache zwischen mir und ihm. Alles hat seinen Sinn."

„Ja, klar. Du hast Recht. Ich würde genauso handeln."

„Es gehört zu meiner Geschichte. Ich werde ihm am Wochenende seine Sachen schicken, die noch bei mir sind. Zu seinen Eltern. Da holt er immer seine Post ab."

„So weit bist du schon mit deinen Gedanken? Gib dir noch ein wenig ‚weibliches Prinzip' mit dem Verschicken. Du kannst ja alles schon mal in eine Kiste packen und in den inzwischen freigewordenen Keller stellen. Dann warte noch ein bisschen. Das wäre ansonsten mal wieder ein Kathrin'scher Schnellschuss."

„Einverstanden."

Ich haue in die Tasten und lasse meine Wut auf die ganze Situation an meinen E-Mails aus, die rasant schwinden. Ich habe mal irgendwo gelesen, Wut ist verzerrte Liebe.

2 Stunden später schickt Nicole mir noch eine Nachricht.

„Sag mal, vielleicht kontaktierst du seinen Geschäftspartner mal, ob der etwas weiß?"

„Nein, es ist eine Sache zwischen mir und A.. Der Partner von ihm steht sowieso schon zwischen den Stühlen. Alles kommt richtig."

„Aber vielleicht ist ja wirklich irgendwas vorgefallen."

„Ja, wie auch immer. Die Billardkugeln sind angestoßen, ich kann sie nicht aufhalten."

„Ok, du bist ja inzwischen ein großes Mädchen und wirst wissen, was du tust. Ich belasse es jetzt dabei. Wenn ich etwas für dich tun kann, lass es mich wissen. Ich fahre jetzt in die Hundeschule."

Auch am Nachmittag gibt es immer noch keine Meldung. Der muss ausgereist sein, aus Deutschland, im Urlaub mit der Familie. A. meldet sich nicht mehr. Er traut sich nicht mehr mich anzurufen und mir das zu sagen. Doch warum? Mit mir kann man doch reden. Kommunikation ist mir so wichtig und so vieles klärt sich dadurch.

Das war es dann wohl. Ich habe mich eben getäuscht.

Doch Nicole meldet sich erneut. Was für eine Freundin!

„Wie geht es dir, Schnuckilein?"

Sie hofft auch, dass was passiert. Egal was, Hauptsache es passiert was.

„Lieb, dass du fragst ... irgendwie bin ich voller Energie bezüglich der Idee für mein Buch. Und gleichzeitig bin ich traurig, dass es jetzt so ausgeht."

„Kathrin, ich habe dir am Wochenende gesagt: Diese Geschichte ist noch lange nicht zu Ende. Erinnere dich an meine Worte und harre der Dinge. Ich habe übrigens alle Kapitel deines Buches gelesen. Kathrin, dein Buch ist super! Ich lese es total gern und widme mich auch nur dem Inhalt, nicht der Rechtschreibung. Das kommt natürlich als nächstes. Ich bin in voller Vorfreude auf weitere Kapitel. Meiner Meinung nach hast du es echt drauf! Man will wirklich wissen, wie es weitergeht. Man will das Buch nicht aus der Hand legen. Das sind die besten Voraussetzungen für ein gelungenes Manuskript."

Ich lese ihre Worte und platze fast vor Stolz. Kann es gar nicht richtig glauben, was sie da schreibt. Ich weiß, dass Nicole viel liest und sie wirklich Vergleiche hat. Ich bin happy! Und wenn A. nur diesem Zweck diente – mir den Stoff in Form unserer Geschichte für dieses Buch zu liefern, mein Tagebuch mit all meinen Gedanken und Gefühlen. Und ich sollte vielleicht auch seiner Frau danken, dass sie die Entscheidung gefällt hat, die Tickets zu buchen und hierher zu kommen. Dadurch konnten A. und ich keinen Kontakt haben und ich mir die Gefühle und Gedanken der letzten 18 Tage von der Seele schreiben. Da sind wir wieder. Alles hat seinen Sinn.

„Kathrin, wann gehst du heute?", fragt mich meine Kollegin.
„Ich mache heute noch Sport. Und du?"
„Mir geht es nicht gut. Eigentlich ist heute Sporttag. Doch ich glaube, ich gehe heim."

Ich arbeite weiter und breche gegen 17.30 Uhr auf. Muss noch zur Bank mit meiner großen Tochter. Auf dem Weg höre ich erneut meine traurige Piano-Musik. Ich brauche das jetzt. Die zieht mich noch mehr in das Tal der Tränen, doch es ist mir egal. Ich bin einfach enttäuscht und so unendlich traurig. Wieso habe ich mich so sehr in diesem Mann getäuscht? Täuschen – Tausch – Blickwinkel tauschen ...

Irgendwie bin ich auch motiviert, dieses Tagebuch doch tatsächlich in ein richtiges Buch umzuwandeln. Jetzt habe ich Zeit. Keiner ist da, der mich ablenkt.

Als ich in meinen Wohnort einfahre, habe ich plötzlich das Gefühl, als ob ich die Seele von A. loslasse und sie von mir geht. Ich kann es irgendwie nicht erklären. Ich habe das Gefühl, als ob ich ihn innerlich loslasse. Und ich fühle, es ist ok für mich. Ich beschließe, mich auf mich zu konzentrieren. Ich bin wichtig und wertvoll. Das, was nicht freiwillig bei mir bleibt, soll auch nicht mehr da sein. Ich brauche es scheinbar nicht mehr. Ich entscheide mich, es so anzunehmen.

Ich rufe Annika an, um zu fragen, wo sie gerade ist und delegiere sie vor die Bank. Wir wollen ein paar Dinge beantragen. Der ganze Termin dauert 30 Minuten.

Danach fahren wir in den Sportpark, wo wir auch Mitglied sind. Ich mache mein TRX-Training, was auch richtig Spaß macht. Und weil ich so abgeklärt bin, schiebe ich noch ein Kettlebell-Training – mein eigenes – hinterher. Da fliegen die Kugeln nur so ... das gibt definitiv Muskelkater.

Eigentlich möchte ich noch in die Sauna gehen. Doch Annika ist fertig mit ihrem Programm und will heim. Ich habe überhaupt keine Lust auf Hektik. „Gut – auf geht's. Wir fahren."

Mittlerweile ist meine Hoffnung, dass dieser wunderbare Mann, an den ich mein Herz vor 7 Monaten verloren habe, sich endlich bei mir meldet, mit dem Blick auf mein schwarzes Handydisplay, gestorben. Jetzt habe ich einfach nur noch Hunger. Es ist 19.30 Uhr. Ich mache Essen. Neele hat ihr Handy und Annika will mit mir zusammen Abendessen.

Ich schicke Nicole eine kurze SMS, während ich die Nudeln umrühre.

„Nicole, es ist alles so surreal ... diese Geschichte ist so unwirklich ... es passt irgendwie nicht."
„Kathrin, echter geht es fast nicht mehr! Nix surreal. C'est la vie! Par excellence!"
„Ja, ich esse jetzt was und fange an, den Schluss des Buches zu schreiben. Ich muss die Seiten mal zählen."

Mit Schmackes kippe ich die Nudeln in meinen und Annikas Teller. Wir essen in der Küche. Habe keine Lust auf Tischdecken. Ich will einfach nur das Ende schreiben. Wir unterhalten uns, wie der Tag für jeden so war. Die Nudeln sind lecker und ich habe richtig Kohldampf.

Ich schiebe mir die nächste Gabel mit Nudeln in den Mund und wie aus dem Nichts erscheint das Bild von A. auf meinem Handy. Mir fallen fast die Nudeln aus dem Mund und ich schaue wie gebannt auf sein Gesicht im Display. Die Gabel knallt mit einem lauten Krach auf meinen Tellerrand, als Annika auf mein Handy sieht und aufspringt. So wie ich. Ich schreie auf und wir wissen gar nicht, wo wir hinlaufen sollen, so aufgeregt sind wir. Es klingelt und vibriert weiter. Wie mein Herz. Immer wieder.

Ich bin total geschockt, null vorbereitet und weiß gar nicht, was ich sagen soll.

Ich schnappe mir das Handy und laufe ins Schlafzimmer. Ich versuche ruhig in der Stimme zu sein, als ich mich mit meinem Namen melde.

Und da ist sie. Seine Stimme. Nach 18 langen Tagen. Warten. Hoffen. Bangen. Mein ganzer Körper ist angespannt, wie ein Bogen kurz vor dem Abschuss auf die Zielscheibe.

„Hallo Kathrin. Wie geht es dir?"

In mir vibriert alles. Ich lache etwas überdreht in den Hörer. Kann es einfach nicht fassen.

Ich sitze im Schneidersitz auf meinem Bett und schaue auf die beleuchtete Burg, die stolz und fest auf der Anhöhen steht.
„A.!"
„Ja? Du freust dich. Wie schön! Wie geht es dir?"
„Mit deinem Anruf habe ich nicht mehr gerechnet. Ich kann es nicht fassen, dass du dich meldest."
„Wieso, denn? Ich habe doch gesagt, ich rufe dich an. Wie geht es dir?", fragt er erneut.
„Gut geht es mir. Es ist viel passiert. Und dir? Wie geht es dir?"

Ich höre, dass er im Auto sitzt und frage ihn noch: „Wo bist du denn gerade?"
„Im Auto. Ich bin auf dem Weg zu dir. Möchtest du mich denn sehen?"

Die Frage hallt noch in meinem Ohr nach und mein Herz hüpft:
„Ja, das möchte ich!"

„Dann bin ich in 10 Minuten bei dir und dann musst du mir alles erzählen.
Ich bin sehr gespannt."

Wir legen auf und ich springe von meinem Bett und laufe ins Wohnzimmer.
Annika lacht mich an. Sie sieht in meinem Gesicht, wie glücklich ich bin. Sie
freut sich für mich. Meine Kinder haben die ganze Zeit meine Anspannung
mitbekommen und gespürt, wie sehr ich gelitten habe. Dennoch haben sie
mein Optimismus und mein positives Denken beeindruckt. Damit gebe ich
meinen Kindern auch etwas mit fürs Leben.
„Und?", fragt Annika vorsichtig.
„Er ist in 10 Minuten hier."
„Was? Nein, schau mal wie ich aussehe ...", ruft sie erschrocken. Wir kamen
ja gerade noch vom Sport und alles war anders ...

Ich schicke Nicole ganz schnell eine Nachricht.

„NICOLE!!! Er hat gerade angerufen!!! Ich bin völlig außer mir."

Prompt kommt die Antwort. Sie saß wahrscheinlich auch auf ihrem Handy.

„Was?? Und was hat er gesagt?"
„Ich rufe dich morgen an und erzähle alles."

Ich stehe da und kann mein Glück kaum fassen. Er kommt. Er wird gleich
in meiner Wohnung stehen. Ich werde ihn riechen, fühlen, sehen, hören und
anfassen. Ich bin total aufgeregt.

Es klingelt. Annika und ich schicken Neele. Sie öffnet nichtsahnend die Tür.
Ich höre im Treppenhaus, wie sie voller Freude schreit, dass er da ist. Auch sie
hat ihn vermisst und oft nach ihm gefragt.

Dann gehe ich um die Ecke und sehe ihn wie er die Stufen hinaufkommt.
Er sieht so gut aus – so erholt.

Er sieht mich an. Nimmt mich wortlos in den Arm und hält mich einfach fest, ganz fest und lässt mich nicht mehr los. „Kathrin" haucht er mir in mein Ohr.

Wir stehen zusammen eng umschlungen an der Tür und ich fühle, wie er meinen Geruch aufsaugt und innerlich zittert vor Anspannung.

Er ist da. Bei mir. Jetzt.

Epilog

Ich fühle die Wärme seines Körpers, während ich eng an A. gekuschelt auf dem Sofa sitze. Ich kann es immer noch nicht fassen, dass er da ist. Dieser Mann ist so wunderbar und er ist wieder hier, bei mir, nach 18 langen Tagen.

Natürlich will ich wissen, wie die letzten Wochen für ihn waren, doch erstmal nur fühlen.

„Wann ist deine Frau mit den Kindern denn zurückgeflogen?", will ich wissen und schaue ihn von unten an.

„Am Samstag."

„Und was hast du dann gemacht?", taste ich mich zaghaft an meine eigentliche Frage ran.

„Ich bin sofort nach Bayern gefahren. Hatte dort dringend was zu erledigen."

„Wie lange warst du denn in Bayern?"

„Bis gestern."

Ich setze mich abrupt auf. „Wieso meldest du dich erst heute?"

„Kathrin, ich wusste, dass diese Frage kommt. Ich war 24/7 mit meiner Familie zusammen. Die Kinder waren permanent um mich rum. Meine Frau ebenso. Ich hatte nicht eine Minute mit mir allein. Ich brauchte einfach Abstand und hatte keine Lust auf Fragen."

„Hm, verstehe." Wie im Reflex drehe ich mich ein wenig von ihm weg, um unbewusst Abstand zu nehmen.

Komischerweise kann ich es wirklich verstehen. Er war nie allein, um sich Gedanken machen zu können, über alles was ist oder wird, um in sich reinzufühlen und einen Hohlraum zwischen seine Gedanken bringen zu können. Ruhe haben, seine Emotionen rauskommen zu lassen, und einfach nur fühlen. Sich ehrlich fragen: Was will ich eigentlich? Ich! Nur ich!

Natürlich hatte ich mir in meinem Kopf zurechtgelegt, dass er die Familie am Flughafen raus lässt, ins Auto hüpft, mich sofort anruft. Haha, Kathrin, nein!
A. brauchte genau 72 Stunden, um sich zu melden. Das kenne ich doch irgendwoher ...

„Habt ihr denn in den letzten 2 Wochen mal über eure Situation gesprochen? Wie es weitergehen soll. Was euch betrifft?"

„Nein, es war recht harmonisch zwischen Leila und mir, doch jeder hat sich zurückgehalten. Die Kinder waren auch permanent um uns herum und sobald das Wort lauter wurde, standen sie sofort parat. Sie waren hochsensibel und auf Halbachtstellung."

„Es wurde also alles unter den Teppich gekehrt?"

„Im Prinzip ja!"

„Ein Schwelbrand sozusagen."

A. sagt nichts mehr.

Er zieht mich sanft an sich. Ich schmiege mich an ihn. Schweigend sitzen wir da. Gemeinsam auf meinem Sofa. Die Kinder lassen uns taktvoll in Ruhe. Und ich spüre, wie meine ganz persönliche Frage aller Fragen ganz langsam in mir hochsteigt. Wie ein mit Gas gefüllter Luftballon, hoch in den Himmel. Nur, dass diese Frage nicht so schön bunt aussieht. Ich schlucke, hole tief Luft und dann spreche ich sie einfach aus: „Und? Wie geht es jetzt weiter mit uns?"

Ich will mich erneut aufsetzen, um ihn anzuschauen. Er lässt es nicht zu, hält mich sanft an der Schulter fest.

„Kathrin, sie will im Juni ganz nach Deutschland zurückkommen, zusammen mit den Kinder und sie möchte, dass alles wieder so wird wie früher."

Ich liege an ihm und bin in Schockstarre. Ich spüre einfach nur Verlust in mir. Mein Inneres schreit so laut, doch ich bin wie betäubt.

„Willst du das auch?"

„Kathrin, ich bin schon so lange mit Leila zusammen und wir hatten auch gute Zeiten. Uns verbindet viel. Meine Kinder können nichts dafür und ich will, dass sie wieder bei mir sind. Leila hat zu viel Einfluss auf sie und das gefällt mir nicht. Außerdem weißt du mittlerweile, wie sprunghaft sie ist. Wer weiß, was bis dahin ist."

„Willst du mich denn noch?" Mir kommen die Tränen. Ich spüre wie er mir entgleitet, doch ich will niemanden, der nicht freiwillig mit mir zusammen sein will.

Er drückt ganz fest meine Hand. Ein für mich etwas zaghaftes „Ja" kommt aus seinem Mund. Überzeugung klingt irgendwie anders.

Dieser Mann ist innerlich zerrissen. Ich kann es förmlich spüren.

„Gut", sage ich tapfer, „dann entscheide ich mich für die 4 Monate, die wir noch gemeinsam verbringen können und diese werde ich genießen. Im Juni ist es dann vorbei." Ich versuche es ganz rational zu sehen, doch ich spüre, das läuft für mich in keine gute Richtung.

„Du weißt doch gar nicht, was bis dahin ist." Ich merke deutlich, dass er auch nicht möchte, dass ich das Ende in Zeit fasse. Doch es ist die Wahrheit.
„Es kann noch so viel passieren bis dahin, Kathrin. Ich weiß nicht was morgen ist. Ich lebe im Hier und Jetzt."

Habe ich hier etwa den leisen Verdacht, dass dieser Mann sich absolut nicht entscheiden kann und sich alle Türen offen lassen will?

„Hast du mit deiner Frau geschlafen?" Die Frage kommt so schlagartig aus mir heraus und ist so abartig hart und surreal, dass ich selbst darüber erschrecke. Aber ich stelle sie dennoch. Ich will es wissen. Er steht auf, aber ich halte den Blickkontakt mit seinen Augen.
„Was willst du darin sehen, Kathrin?"
„Die Antwort, die du mir gleich gibst!"
Es dauert einen Moment und dann sagt er: „Nein!"
„Nein? Hat sie es nicht einmal versucht in den letzten 14 Tagen? Nicht einmal?" „Nein."
„Das kann ich gar nicht glauben. A., ihr hattet seit fast einem Jahr keinen Sex mehr. Hat sie denn gar keine Bedürfnisse?"
„Sie will mich zurück und will das alles wieder so wird wie vorher. Sie hat sich total zurückgehalten und mich nicht in irgendeiner Art bedrängt."
„Und du? Wolltest du denn nicht?"
„Kathrin, ich war noch gesundheitlich angeschlagen und hatte wahrlich anderes im Kopf!"
Seine Frau hatte ihm vor Monaten die Frage gestellt: „Gibt es da jemanden? Hast du eine Affäre?" Und er hat sie angesehen und einfach „Nein!" gesagt.
Er hatte sie angelogen.

Ich glaube ihm dennoch. Warum auch immer, oder ich schaue nicht richtig hin, will es vielleicht auch gar nicht wahrhaben.

Wir landen im Bett. Der Sex ist fantastisch und dieser Mann erfüllt mich einfach nur.

Ab diesem besagten Dienstag ist er wieder bei mir, als ob er nie weg gewesen wäre. Alles ist wie immer. Wir haben viel Spaß, einen tollen Austausch, Wertschätzung und Respekt sind an der Tagesordnung. Die Kommunikation läuft, jeder geht seiner Arbeit nach. Kurz, ein herrlicher Alltag kehrt ein. Ich möchte nicht, dass es irgendwann aufhört.

Meine permanente Hoffnung ist, dass es sich mit seiner Frau von allein erledigt. Sie lernt jemanden anderen kennen und er ist endlich frei. Frei für mich! Tja, aber so einfach ist es nun mal nicht im Leben.

Meine Mama ruft mich an und informiert mich, dass sie zu ihrem Geburtstag mit der ganzen Familie wegfliegen will. Mit den Kindern und Enkelkindern irgendwo ins Warme. Und sie organisiert auch die ganze Reise allein. Tolle Idee! Klar, da sind wir dabei. Ich freue mich. Vor allem, dass sie es selbst plant.

Ich erzähle abends A. davon und er findet, dass diese Reise auch eine schöne Sache ist. Die Kinder wissen noch von nichts.

Wir genießen die freien Wochenenden ohne die Mädels und füllen uns gegenseitig einfach nur auf. Dann kommt die Information, dass die Reha beginnt und er Ende des Monats für 3 Wochen an den Chiemsee soll. Alles hat seinen Sinn. Wieder getrennt, doch ich bin guten Mutes. Seine Frau ist weg und wir können wenigstens telefonieren.

Geplant ist, dass ich ihn dort an einem Wochenende besuche und über seinen Geburtstag bleibe. Meine Mama will in dieser Zeit auf die Kinder aufpassen. Mir ist das wichtig.

Es ist Samstag. Ich habe viel zu erledigen und A. fährt zu sich nach Hause, um zu packen. Er will später wieder zurückkommen und dann von hier aus losfahren. Ich backe seinen heißgeliebten Käsekuchen, bereite einen ganz liebevoll gepackten Picknickkorb mit viel Proviant für ihn vor – für die Seele und den Körper - und schreibe genau 21 Karten, für jeden Tag eine. Ich liebe diesen Mann so sehr!

Um 22.30 Uhr bekomme ich eine SMS von ihm.

„Bist du noch wach?"

Ich stehe gerade unter der Dusche und antworte ihm erst 20 Minuten später.

„Klar!"

Dann kommt keine Antwort mehr ... Schweigen. Ich warte und schlafe kaum, schaue immer wieder auf mein Handy, auf meine Uhr ...

Es wird Mitternacht. 2.00 Uhr. Kein A. kommt, keiner meldet sich. Um 4.30 Uhr wird mir klar, dass er nicht mehr kommen wird. Ich weiß, dass er um 12.00 Uhr am Chiemsee sein muss und rechne mir aus, dass ich ihn vorher nicht mehr sehen werde. Ich werde mich nicht von ihm verabschieden können. Warum? Was soll das?

Und genau so kommt es – um 9.30 Uhr wache ich auf und rufe A. an. Wie gewohnt nimmt er nicht ab und ruft kurz darauf zurück.

„Kathrin, guten Morgen!"

„Guten Morgen! Wo bist du?"

„Du, ich bin schon unterwegs. Ich musste gestern noch so viel machen. Dann hatte ich dir geschrieben und es kam keine Antwort."

„Ich habe geduscht und hatte mich dann gemeldet." Innerlich ärgere ich mich, dass ich ihn nicht angerufen habe. Wie ich jetzt erfahre, war er noch bis 2.00 Uhr wach und hat rumgewuselt.

A. sagt immer, dass er all seine Zeit mit mir verbringt und das auch will, dann bleibt eben vieles liegen. Jeder entscheidet für was oder wen er seine Zeit einsetzt, die uns jeden Tag ausreichend neu geschenkt wird.

„Wir konnten uns noch nicht einmal voneinander verabschieden!", sage ich traurig.

„Kathrin, ich bin doch nicht aus der Welt. Wir telefonieren."

„Ich hatte so etwas Schönes für dich vorbereitet, was ich dir gern mitgeben wollte. Dann werde ich es dir eben per Post schicken."

„Prima, da freue ich mich."

Die folgenden Tage sind sehr überraschend. Er meldet sich mehrmals am Tag und wir telefonieren oft. Vor allem abends. Ich genieße das, wobei es immer sehr spät wird und ich meinen Haushalt und die Kinder auch noch organisieren muss. Doch ich ordne das unter und fokussiere mich auf ihn. Innerlich scheine ich mich völlig zu verlassen. Ich fühle mich weit weg von mir selbst.

Die erste Woche der Reha läuft super. In der zweiten Woche will ich ihn besuchen, da er auch Geburtstag hat, doch er möchte es nicht.

„Kathrin, das ist Quatsch. Ich habe hier Anwendungen, die Anreise ist viel zu teuer und zu anstrengend. Ich bin doch bald wieder da. Was machst du eigentlich am Wochenende?"

„Nichts Großartiges. Ausruhen, damit ich fit bin für meine Veranstaltung."

Ich kann es nicht verstehen, dass er niemanden sehen will. Auch seine Eltern wollen ihn anlässlich seines Geburtstages besuchen. Auch ihnen sagt er ab. Schottet sich komplett ab.

Mir wird plötzlich etwas sehr bewusst. In den ganzen Monaten, in denen ich diesen Mann kenne, war ich nicht ein einziges Mal bei ihm zu Hause. Er hat mich nie eingeladen zu ihm zu kommen. Alles hat sich immer nur bei mir zu Hause abgespielt. Gekocht, gefeiert, geliebt. Warum?

Sein Elternhaus, wo er aufgewachsen ist, hat er mir gezeigt. Es war ihm wichtig, dass ich sehe, wo er herkommt und groß geworden ist. Doch in sein jetziges Zuhause, wo er heute lebt, hat er mich nie reingelassen, mir nie Zutritt gewährt. Was soll mir das sagen?

Heute ist Freitag. Ich habe einen relativ ruhigen Arbeitstag, mache es mir danach zu Hause gemütlich und gehe früh schlafen. A. hat sich auch heute Abend nicht gemeldet. Mich macht das wahnsinnig. Immer diese Warterei und keine Kommunikation. Das passt mit meinen Werten nicht zusammen.

Verlässlichkeit. Ruft er an oder nicht? Doch auch hier, ich versuche ihm den Raum zu lassen. Ich habe kein Recht auf die Zeit eines anderen Menschen. Wenn er sie mir schenkt, dann ist das wundervoll, doch wenn nicht, habe ich das so zu respektieren und anzunehmen, kann jedoch jederzeit entscheiden, ob ich damit leben kann oder nicht.

Ich schicke ihm eine kurze Nachricht.

„Wo immer du auch bist. Mein Gefühl sagt mir, es ist besser wenn ich nicht anrufe. Ich wünsche dir einen schönen Abend. Kuss, Kathrin!"

Ich drehe mich um und schlafe recht schnell ein. Mitten im Schlaf spüre ich plötzlich eine Hand auf meiner Schulter. Ich schrecke hoch und A. sitzt auf meiner Bettkante. „Was ... A.! Was machst du denn hier?"
Er lächelt mich an. „Kathrin, ich wollte dich überraschen."
Ich falle ihm um den Hals und kann mein Glück kaum fassen. Wie süß von ihm! Er ist aus der Reha „abgehauen", die ganze Strecke gefahren, nur um mich zu sehen! Fantastisch!

Er kommt zu mir ins Bett und schmiegt sich an meinen warmen, weichen Körper.

Es fühlt sich so gut an. Ich fühle mich so komplett. Dennoch, der Sex ist zwar vertraut, doch irgendwie anders als sonst. A. ist sehr still. Sicher liegt es an der Müdigkeit.

Das gemeinsame Wochenende, das so unverhofft anders als erwartet gekommen ist, wird einfach wunderbar. Die Sonne scheint und wir verbringen die Zeit gemeinsam und freuen uns, dass wir uns haben. Am Sonntag folgt ein langer Spaziergang. Erst am Montagmorgen um 4.00 Uhr bricht er wieder auf. Ich schmiere ihm die liebevollsten Brote der Welt und will ihn gar nicht gehen lassen. Doch alles geht einmal zu Ende – auch das schönste Wochenende. Ich bin dankbar, dass ich die Zeit mit ihm hatte.

Dienstag ist sein Geburtstag. Ich habe alles organisiert. Die Klinikleitung habe ich mit ins Boot geholt und einen Käsekuchen bestellt, Kerzen hingeschickt und einen riesigen Heliumluftballon in Auftrag gegeben. Kathrin, voll in ihrem Element. Wir telefonieren an dem Vorabend nicht. Um Mitternacht schicke ich ihm meine Geburtstagswünsche per Sprachnotiz, da ich weiß, dass er schon schläft.

Am Morgen ruft er mich an – doch ich nehme nicht ab. Ein Geburtstagskind darf niemals selbst anrufen. Ich lasse es klingeln und rufe ihn zurück. Ich bin sehr aufgeregt und er freut sich richtig, weil ich mich so freue.

Er war sehr überrascht über alles, was ihm so zuteil wurde und ganz glücklich über den Käsekuchen. Doch irgendwie sind es doch nur Dinge im Außen, stelle ich seltsam nüchtern fest.

Ich arbeite eine Runde im Büro und als ich mich mit meiner Kollegin zum Kaffee verabrede, schreibt meine Mama plötzlich eine SMS. Ich möge sie bitte zurückrufen. Ich nehme mein Handy und melde mich gleich bei ihr.

„Kathrin, ich möchte nun die Reise für uns alle buchen und ich wollte fragen, ob A. mitfliegen wird?"
„Ich hatte schon mit ihm darüber gesprochen, doch noch nichts Konkretes mit ihm vereinbaren können. Weißt du was, ich frage ihn gleich mal."

„Ja, bitte und ruf dann noch mal an."

Ich beende das Gespräch mit meiner Mutter und wähle A.s Nummer. Wie immer lasse ich es zweimal klingeln und lege auf. Er ruft kurz darauf zurück.

„Na, wie geht es dem Geburtstagskind?", säusele ich in den Hörer. „Super! Heute Abend esse ich mit allen deinen Käsekuchen." „Schatz, ich hole dich jetzt mal kurz aus deiner Komfortzone raus."

Ein kurzes, etwas unsicheres „Oha", kommt durch die Leitung. „Meine Mama hat angerufen. Ich denke, du weißt, was jetzt kommt." „Ja." „Sie fragt, ob du mitfliegst." „Das kann ich machen. Wann ist das denn genau?" „Anfang Juni. Über Pfingsten."

Kurze Pause in der Leitung. „Du weißt, was eine Woche später sein wird?" Ich weiß es ganz genau, will es jedoch aus seinem Mund hören. „Was meinst du?" „Da kommen Leila und die Kinder wieder zurück. Ich will nicht mit dir wegfliegen und eine Woche später kommt meine Familie wieder. Wie sieht das denn dann für deine Familie aus? Wie stehst du dann da? Kathrin, ich will dir das nicht antun. Ich sage es dir vorher. Das ist nur wertschätzend dir gegenüber. Entscheide du das, ob du das wirklich willst, dass ich mitfliege unter den besagten Umständen."

Mein Herz fühlt sofort, was er mir eigentlich sagen möchte. Ich fühle es in jeder Pore meines Körpers ... Kurz angebunden sage ich: „Ok, ich denke darüber nach und entscheide das." Immer bekomme ich den Ball zurückgespielt. „Kathrin, du bist enttäuscht, das merke ich." „Klar bin ich enttäuscht. Ich möchte, dass du da mitfliegst, doch ...", mir bleibt der Rest im Hals stecken. Mir kommen die Tränen und ich möchte so ein Gespräch nicht an seinem Geburtstag führen. „Gut, ich muss zum nächsten Termin.", sage ich schnell.

Er selbst ist auf dem Weg zur Apotheke, Nasenspray kaufen. Ich glaube, er hat die Nase voll. Ich auch gerade.

„Wir hören uns später, Kathrin", höre ich noch in meinem Ohr und dann legt er auf.

Ich warte 2 Tage auf einen Anruf von ihm. Warum ich ihn nicht selbst anrufe, weiß ich nicht. Ich habe immer das Gefühl, ich störe ihn. Aber dann erlaube ich mir, ihm eine SMS zu schicken.

„Gibt es einen Grund warum du dich nicht meldest? Waren die Geschenke zu enttäuschend?"

Ich gebe zu – das ist provokant, aber in diesem Moment konnte ich einfach nicht anders.

„Ich bitte dich um eine ehrliche Antwort. Hab vielen Dank. Liebe Grüße K."

12 Stunden später kommt sie, völlig unvorbereitet, schutzlos und knallhart ... die Nachricht. Sie kommt als E-Mail.

Ich sitze an meinem Schreibtisch im Büro. Mein Herz klopft wie wild, als ob ich es genau gewusst habe. Da kommt sie nun, die Antwort, die ich eigentlich schon seit Monaten befürchte und vor der ich unbewusst die ganze Zeit Angst hatte. Das, vor dem man Angst hat, ist schon längst eingetreten.

Doch ich möchte mich ihr stellen – ganz mutig und erwachsen. Ich klicke auf „Öffnen".

Und es trifft mich mit einem Stich ins Herz und zwar mittenrein. Ich kann mich nicht schützen davor ... es tut unglaublich weh ...

Meine liebe Kathrin,

erst einmal möchte ich mich sehr für die Geburtstagsgeschenke bedanken. Es war eine sehr gelungene Überraschung und der Käsekuchen war der absolute Hit (Der war riesig!!!). Unglaublich, was du so alles organisierst. Dafür möchte ich mich sehr bedanken, denn so etwas Schönes hat noch niemand für mich gemacht.

Nach unserem letzten Telefonat brauche ich erst mal ein bisschen Zeit, um in mich zu gehen und zu reflektieren, was ich da eigentlich so mache. Gib sie mir bitte, und lass mich mal verstehen, ob das alles so richtig ist, was ich so mache. Deine Enttäuschung bei unserem letzten Telefonat war ja nicht zu überhören.

Und das Letzte was ich möchte, ist dich zu verletzen. Du bist ein so wertvoller Mensch und hast nur das Beste verdient.

Irgendwie habe ich das Gefühl, dass wir beide nicht wissen, wie es weitergehen soll, und das macht uns große Sorge.

Ja, es ist richtig. Ich werde die Kinder nicht allein lassen. Ich habe gesehen, wie katastrophal es mit Leilas erstem Sohn gelaufen ist, und das werde ich zu verhindern wissen, bei den meinen.

Ich weiß, dass dies eine Entscheidung des Mangels ist, das habe ich von dir gelernt. Jedoch habe ich auch eine Verantwortung meinen Kindern gegenüber, denn die können am wenigsten für meine Partnerschaftsprobleme.

Alles Liebe

Dein A.

Wie im Taumel drücke ich sofort auf „Antworten". Ich möchte genau das, was ich jetzt fühle und denke, mir sofort von der Seele schreiben, denn es ist das Ehrlichste, was aus mir herauskommt, ohne dass ich darüber nachdenke und mein Verstand wieder eingreift und Oberhand gewinnt. Denn nur dann ist es das pure Gefühl.

Lieber A.,

danke für Deine E-Mail.

Diese war sehr wichtig für mich und absolut dringend nötig. Mir geht es nämlich nicht gut in diesem Zustand.

Doch mit Deiner Nachricht kommt endlich die Klarheit! Daher danke ich Dir.

Nimm Dir alle Zeit der Welt. Sie gehört Dir und Du bestimmst, für was und für wen Du sie einsetzt. Gestatte Du mir, dass ich weitergehe und mich dafür entscheide, Dich aus Liebe loszulassen. Das ist mein letztes Geschenk an Dich. Ich steige aus Deinem Bus aus – bitte an der nächsten Haltestelle, die Du anfährst. Da wartet eine Bank in der Sonne auf mich.

Es war eine fantastische Fahrt und die damit verbundene Zeit mit Dir, A.! Ich werde sie kostbar in meinem Herzen tragen.

Ich denke, wenn ich das Bewusstsein vor 8 Monaten gehabt hätte, das ich heute habe, hätte ich mich nicht auf diese Fahrt eingelassen, da das nicht wertschätzend mir selbst gegenüber ist. Ich bin wertvoll und habe das Beste überhaupt verdient, so wie Du, so wie alle!

Doch ich habe die Entscheidung, mich auf unser Zusammensein einzulassen, selbst gefällt und trage deshalb auch selbst die Verantwortung dafür. Ich musste diese Erfahrung machen, um mich weiterentwickeln zu können.

Du hast ein anderes Bewusstsein und bist jünger als ich – auch das spielt sicher eine Rolle.

Ich war 4 Jahre lang allein und habe mich so sehr danach gesehnt einen Menschen bei mir zu haben, der mich so mag, wie ich bin und der mein Herz erwärmt. Und dann bist Du mir „zugefallen". Das war Deine Aufgabe, die sehr wichtig und eine ganz entscheidende Rolle in meinem Leben hatte und Du hast sie so wunderbar gemacht. Dafür danke ich Dir auch!

Wir beide haben uns zum richtigen Zeitpunkt getroffen, denn Du hast dich auch nach etwas gesehnt – was das ist oder war, weißt nur Du und kannst das benennen. Wir haben uns gegenseitig mit Liebe auf- und abgefüllt. Und das war richtig und wichtig! Für uns beide.

Nun kommt der Zeitpunkt der Wahr- und Klarheit. Auch der musste kommen, ausgelöst durch die Frage meiner Mama, die nicht hieß: „Fliegt A. mit?", sondern übersetzt: „Steht er zu dir?"

Und die Antwort hast Du ganz ehrlich am Telefon gegeben – ich konnte sie mit meinem Herzen klar hören. Deine Antwort und auch wie das Telefonat verlief, sollte genau so lauten und laufen. Es kam alles zum richtigen Zeitpunkt und war sehr wichtig für unser beider Weiterentwicklung. Es hat etwas mit dir gemacht, und mit mir ebenso. Das Leben meint es immer gut mit uns. Immer! Alles passiert für uns, nicht gegen uns.

Ich kann somit meinen Weg weitergehen und gestalten, und Du ebenso.

Traurig bin ich, die Empfindungen für Dich sind einfach sehr tief. Irgendwann wirst du es irgendwo lesen und wissen, wie tief. Doch ich darf traurig sein – mir laufen jetzt auch gerade die Tränen die Wange hinunter ... Doch ich gestatte mir auch das. Es gehört zu mir.

Es wird etwas dauern, bis die Traurigkeit vergeht. Die Geschichte mit uns war einfach zu schön. Ich hätte mir alles mit Dir vorstellen können, doch ich bin sicher, das Leben hält noch weitere wunderbare Geschichten, Erlebnisse und Begegnungen für mich bereit und darauf freue ich mich! Und wärst Du nicht gewesen, wäre ich nicht die Kathrin, die ich heute bin. Du bist ein so wichtiges Stück Weg meines Lebens liebevoll mit mir gegangen und dafür bin ich sehr dankbar.

Ich wünsche mir einen Partner, der innerlich frei ist. Einen Partner für mein Herz, für nichts anderes. Ich möchte leben, lieben und lachen – nicht mehr und nicht weniger. Das Leben ist zu kurz, um zu leiden. Du weißt, ich entscheide mich für die Fülle!

Ich wünsche Dir nun von ganzem Herzen noch eine gute restliche Reha! Komme gesund nach Hause und freue Dich auf Deine Kinder im Juni.

Bestimmt hören oder sehen wir uns zum richtigen Zeitpunkt wieder – wer weiß, wie der Fahrplan des Lebens irgendwann in der Zukunft sein wird.

Herzlichst,

Kathrin

Auf diese Mail habe ich keine Antwort mehr erhalten. Die Reise meiner Mutter wurde gestern storniert. Wir fliegen nicht.

Doch was wollte mir das Leben eigentlich mitteilen? Die gemeinsame Reise mit A. findet nicht statt. Sie ist abgesagt. Das ist die Sprache des Lebens und wenn wir genau hinschauen, erkennen wir, was das Leben uns sagen möchte.

Das Leben meint es immer gut mit uns und will uns schützen, egal was passiert. Alles passiert für uns, nicht gegen uns. Ja sagen zu dem, was ist und es annehmen, damit das Leben fließen kann.

Ich gestatte es mir jetzt traurig zu sein, ich weine und versuche tapfer durch dieses Tal durchzukommen. Mit meinen Freunden und meiner Familie an meiner Seite bin ich mir sicher, dass ich gestärkt da rauskommen werde. Eines ist sicher, es geht vorüber. Und wenn die schönen Zeiten wiederkommen, dann weiß ich es umso mehr zu schätzen.

...und ich setze mich derweil auf die Bank der Haltestelle, in das Licht der Sonne, genieße die Wärme und warte geduldig auf den nächsten Bus. Vielleicht dauert es etwas bis er kommt, ich kenne den Plan nicht und das was das Leben mir bringt.

Doch es wird ein Bus kommen und darauf freue ich mich und wärme mich derweil an den Sonnenstrahlen des Lebens.

Danksagung

Das Leben lässt mir immer wieder Menschen über den Weg laufen, die mich voranbringen. Sie tun es selbstlos, weil sie mich mögen und so schätzen, wie ich bin. Diesen Persönlichkeiten für ihre Unterstützung zu danken, ist etwas Wunderbares! Es erfüllt mich selbst. Mein Herz wird warm und weich, wenn ich an die lieben Freundinnen und Freunde denke, die mich bei meinem Herzensprojekt, dieses Buch zu schreiben, begleitet haben. Mit ihrem Rat, vielen langen Gesprächen und ihrem Know-how habe ich es tatsächlich geschafft, dieses Buch welches ein großer Kindheitstraum von mir war, umzusetzen und auf den Weg zu bringen.

An erster Stelle danke ich meiner lieben Freundin Nicole. Du kennst mich seit 17 Jahren und kennst mich ganz genau. Du begleitest mich, gehst mit mir durch dick und dünn. Sofort hast Du Dich bereit erklärt das Lektorat zu übernehmen, warst Feuer und Flamme und ganz gespannt auf jedes neue Kapitel. Wie viel Zeit Du in die Recherche gesteckt hast und auf alles eingegangen bist, was Dir unklar war – fantastisch! Du bist eine sehr gute Kritikerin, die so wichtig und richtig für mich war und mich immer wieder aufs Neue gespiegelt hat. Nicole, Du bist einfach wunderbar - Danke für alles, ich werde Deine Unterstützung immer in meinem Herzen tragen.

Meine liebe Arbeitskollegin und mittlerweile guten Freundin Manja, die ich als Geschenk des Lebens bekam, als sie 2016 bei uns im Unternehmen anfing. Ich staune immer wieder aufs Neue in wie vielen unterschiedlichen Bereichen Du Dich auskennst. Großartig, wie Du alles technisch auf den Weg gebracht hast. Auch Dir von Herzen ein großes Dankeschön!

Mein langjähriger Freund Oliver, dem das *TypeStudio* gehört und der mit seiner grenzenlosen Unterstützung was Cover, Layout und Logo betrifft immer kompetent geholfen hat – Du bist einfach großartig und machst so einen sensationellen Job, mich zu positionieren. Ich danke Dir für die vielen Stunden, die Du mir wertschätzend zugehört hast.

Meinen Freundinnen Kristina und Anja, die mich immer wieder bestärkt haben meinen Traum, ein Buch zu schreiben, wahr werden zu lassen. Ich bin glücklich, Euch als Begleiterinnen in meinem Leben zu haben.

Ein großes Dankeschön auch an meine Korrektorin Luise. Deine verlässliche und gründliche Bearbeitung war sensationell und Dein Feedback war großartig und extrem hilfreich.

Meinen wunderbaren Eltern danke ich für all das, was sie mir auf meinen Lebensweg mitgegeben haben. Ich bin für jede Eigenschaft, jedes Potential und Talent dankbar, welches Ihr mir vererbt habt. Somit konnte ich auch dieses wunderbare Buch erschaffen.

Meinen beiden Töchtern Annika & Neele sage ich ebenfalls von Herzen Danke! Für Eure Geduld, Eure Unterstützung und Euer Sein. Ihr ward so nah am Geschehen wie kein Anderer. Ihr seid fantastisch und das schönste Geschenk in meinem Leben. Ich habe so viel von Euch lernen können und tue es noch immer.

Mein Dank gehört auch Christel und Frank. Für Eure Zeit, die Ihr Euch immer für mich genommen habt, wenn mir so vieles auf dem Herzen lag.

Und zum Schluss möchte ich A. danken. Für die wunderbare Geschichte, die wir gemeinsam erlebt haben, und die ich somit erst aufschreiben konnte. Du hast trotz der kurzen Zeit, die wir uns kannten, immer gesagt: „Kathrin, Du kannst das."

Kathrin Schumann wurde 1971 in Delmenhorst geboren. Als gelernte Hotelfachfrau hatte sie schon immer mit Menschen und deren Geschichten zu tun. Basierend auf ihren gesammelten Eindrücken gründete sie vor ein paar Jahren ihren eigenen Blog zu unterschiedlichen Lebensthemen.

Ununterbrochen stellt sie sich die Frage, warum Dinge gerade jetzt geschehen und welchem natürlichen Gesetz das Zufallsprinzip an sich unterliegt. Begründet auf ihre steten Alltagsreflexionen entstand nun ihr erstes Buch und die Autorin erfüllt sich damit gleichzeitig einen großen Kindheitstraum. Sie schrieb den Roman binnen 18 Tagen.

Kathrin Schumann hält heute Vorträge über verschiedene Lebensthemen und schafft es hierbei, Menschen für sich selbst zu begeistern. Die Autorin lebt mit ihren beiden Töchtern im Taunus bei Frankfurt.